高从香 / 著

中国文联出版社

图书在版编目（CIP）数据

童年旧事 / 高从香著. -- 北京 : 中国文联出版社，2022.5（2022.12 重印）
ISBN 978-7-5190-4832-7

Ⅰ. ①童… Ⅱ. ①高… Ⅲ. ①散文集－中国－当代 Ⅳ. ①I267

中国版本图书馆 CIP 数据核字（2022）第 032496 号

著　　者　高从香
责任编辑　蒋爱民　袁　靖
责任校对　刘亚伶
封面设计　谭　锴

出版发行　中国文联出版社有限公司
社　　址　北京市朝阳区农展馆南里 10 号　　邮编　100125
电　　话　010-85923025（发行部）　010-85923066（编辑部）
经　　销　全国新华书店等
印　　刷　三河市龙大印装有限公司

开　　本　880 毫米 ×1230 毫米　1/32
印　　张　8.375
字　　数　200 千字
版　　次　2022 年 5 月第 1 版第 1 次印刷　2022 年 12 月第 2 次印刷
定　　价　48.00 元

自序

前几年，我曾跟旅游团去了北欧一些国家，到那儿一看，有些景点确实不错，到处是古建筑，蓝天白云，建筑物超过十层的寥寥无几，虽不高，但，都透着一种古典的雅气，感到它的内涵很丰满，给人的视野也很辽阔。特别是它那儿的蓝天白云，更给人一种心清气爽的感觉，啊！好舒服呀！已下了飞机，我就大口、大口地吸了几口空气，久违了。

触景生情呀！不由得就想到童年时我的老家——山东省平原县。在我的记忆中，也常常是蓝天白云，像现在的内蒙古呼伦贝尔大草原上的蓝天白云，处处鸟欢童乐。古色的建筑一幢幢一座座，到处充满了古色古香的气息，特别是那富有内涵的充满欢乐的传统文化节庆佳日，譬如过年，一个个习俗，一个个故事，传承着我们家乡民俗的美德，激励着我们一代代人茁壮成长，使我们的家乡人才辈出。不管是人文历史，还是自然地理历史，都给我留下了美好的记忆，至今使我难以忘怀。

现在想，如果我们的家乡自然人文环境保护得好，也不逊色于北欧的某些旅游景点，何不借自己的微薄之力，知多少算多少，反映出来，展现在大家面前呢？共享。

前两年听说，我们村庄有的家庭房顶已安装上了太阳能；我们村西的相家河（现改造成相家河水库），河堤上也布满了太阳板，百姓的美化环境和节能意识在不断增强。村西北边的马颊河的河堤上建起了绿化带，也修好了大马路；村以北的商丘干渠又重新进行了加固。村民的副业越搞越红火，致富意识在逐渐增强。百姓的互助精神和高尚品质进一步得到提高。正是这些优越的环境激励着我，茶余饭后，忙完自己的家务和闲杂事，借业余时间，想起来，坐到电脑桌前敲两个字，时间长了，积累多了，终于成书。

谢谢德州学院的周志刚教授在文版的排列和图片的复制、排列方面所给予的帮助！

目录

香喷喷的年味

从记事至今，猛回首，已过了几十个年，时间像流水一样，好快呀！回想着过的这几十个年，咀嚼着它的味道，最轻松愉快的，还是无忧无虑的童年时的年。每年一进腊月门，美美的年味到处飘香，如，很多家庭开始做腊肉了，我们小学生考完试也快放寒假了，将开心撒丫子的玩乐，不但享受着长辈们做的美味佳肴，还沉浸在丰富的传统文化活动中。所以感觉小时候的年过得特别浓厚有味道。

成年后，有时自己坐下来闲暇无事时，静静地想，怪不得，小时候的年过得是那么那么的隆重。对我来说，小时候过年，大概，一是逢年过节家务事情的操劳，安排，衣食住行，接送迎来都是父母亲来操劳；二是有姐姐哥哥当父母的帮手，我们小的孩子都是游手好闲，吃着玩、玩着吃，尤其是一放寒假就疯玩；三是传统的历史文化活动还很多，很活跃，享受着文化生活和习俗，总觉得美美的；四是寒假老师布置作业也不多，有些知识，从和青少年们玩耍中受益匪浅，无形中学了好多，一个一个的年味提着儿时的境界。不知是现在人们对年味淡化了，还是将精力集中到中央台的春节晚会了？也许是我成年了，所承担的家务事情多了。随着年龄的增长，自己安家立业了，懂得该有社会责任心了；随着年龄的成长，一年一年的历练，我懂得了，过年是中华民族的一个盛大节日，是对年的庆丰和起航，做一重大汇总总结和汇报，开启新的一年的行动规划和祈福。

反正回想在一个个过年的故事中，包含着意味悠长的答案，在答案中享受着过年的盛大节日，享受着童年时过年的美好纯真，自然环境、祖国传统文化给予的滋养和幽默、轻松、欢乐、喜气洋洋的生活。

“年”字的形体和本意

说到过年，一年一年，糊糊涂涂地过了几十年，具体年是怎么来的，为什么叫年？猛一想真是熟视无睹。

现在不妨先来谈谈“年”这个字，“年”字作为一个常用字，几乎常挂在人们的口头上，已约定俗成，真正从它的本意去理解，过往来，我几乎是没有认真地去思考过，尤其是儿时，除去上学就是傻玩，曾听到年的故事也不往心里拾。成年后，一般也就随着稀里糊涂叮叮当当，忙忙活活，不知不觉中，已过了几十年。

这天在外地，同事们闲聊中说快过年了。我便暗自想快回家吧！到家我得洗洗刷刷、打扫打扫房屋、买买食材，捡捡、摘摘、洗洗，做好一家人喜欢的成品等。虽然现在过年比起上世纪六七十年代以前要简洁多了，如做面食的材料面粉等是现成的，不用自己将原粮食颗粒先磨成粉状，现在专有面粉机械加工厂，直接买面粉就是了。还有现成的面食和肉食，但还是愿意食用传统的那原汁原味的，不用那些对人体不利的添加剂，如增白剂、甲醛、三聚氰胺之类的。能自己做的尽量自己做，虽累也愿自己做。过年嘛，享受得舒服些，并学着家乡的习俗，为逝去的长辈们做点祭品，供赏、拜祭一年来所获的劳动硕果，意念上风调雨顺，为一家人快快乐乐过个年，祈求来年的风调雨顺，所以好多活等着，一想这些活就感到好累呀！但，又一想过新年，累着，一家人团团圆圆并快乐着，就很起劲得忘却了累。不像童年，只享受父母忙碌、操劳得来的成果，只顾玩着享乐，享乐着玩，没有意识父母过年时是多么忙碌和劳累，只看到父母为我们孩子们过好年，高兴忙碌着，一转眼，几十年过去了。唉！脑子又一转悠，又突发奇想，一年一年又一年，退了休不上班，感到一年比上班时的一年过得还快。心想过了这么多“年”，什么叫“年”自己还糊糊涂涂，“年”的具体概念是什么？“年”的来历又是什么？哈哈，幼年时，只知道过年很喜庆、隆重，穿新衣、戴新帽，小朋友们吃喝玩乐，说年是动物。成年的人们洗刷、磨面，家家户户忙得热火朝天，我也真未曾动过脑子，几十年过去了，自己忙碌着办年货等，才有点一知半解，深刻的了解还谈不上。

随着自己年龄的增长，觉得自己好笑，过了这么多年，一年年的还不知什么叫“年”，还认为“年”是传说中的动物，真是好笑啊。所以这个问题，一直在我脑海里转悠过来转悠过去，不进一步理解好像对不住“年”。待忙忙活活，稀里糊涂这个年又到了收尾，老天又增我一年的生命和衣食住行的给予，使我收获大大，譬如，从生活中、社会活动人际交往中、报刊书本中又增

长了一些新的知识，为我人生的阅历中又增长了潜能。近正月十五，心略静下来了，心想，还是查查有关资料，了解一下我们中国的“年”，再谈过年的事吧。

“年”，记得小时候过年，有的男孩过于调皮时，如，把母亲给做的新衣服弄脏、挂破，大人就说，如果再不听话，年来了会吃人的。所以小时候认为年是一种动物。听人们传说着玩，说年是一种动物，不知是用来吓唬人还是真的。记得那年我刚上三年级，和同学们放学回家，看到我本姓家族的一位老爷爷，坐在他家的场院边上的一个轧谷物的石链上，朝着他的小孙子说着什么。看他的小孙子仰脸朝着他，目不转睛地听着。我们看到很好奇，他的小孙子这样认真，听老爷爷说的什么？我们静静地走过去站在旁边，侧耳细听，听得不完整，说的好像就是“年”。

老爷爷看我们也过来听，但还听不完整，便更来了精神。于是声音抬高，从头讲起来。他说:“又快过年了，我把这‘年’的故事从头再讲给你们听听吧！”老爷爷说，“年”，在古时候传说下来，说是一种野兽。“年”原来以百兽为食，严寒的冬天，晚上下山捕捉猎食人畜。曾经“年”来到一家人的门口。恰好，这家有人穿着红衣服，点着砍下来的野竹子取暖，竹子被火一烧，发出啪啪的响声，“年”吓得掉头就跑。从此人们知道“年”怕光、怕声，人们互相传开，每来到“年”，便用竹火等驱赶，第二天人们便互相祝贺，以后又发展到红色的条幅春联，放鞭炮，正月初一拜年，还有很多习俗都是由此而来。老爷爷讲得有滋有味，我们聚精会神地听着。当然我现在是粗略地说了下，从此这就是年给我的概念，一直在我脑海模模糊糊几十年，不加思考。

随着年龄的增长，随着阅读力的增强，知识面的拓宽，现在也有了闲暇时间，静静地思考。

“年”这个字，先从形体上看，据有关资料记载，在甲骨文中，上半部分是禾苗的“禾”，下半部分则是一个弯腰侧立的人形。即，“禾”字上方结了一个沉甸甸的穗，这表示谷物已成熟，从整个字形上来看，它是一个象形字，表达收获成熟的庄稼的意思。又，金文，作谷穗成熟下垂之象形。由此也就是说，“年”字的象形字，是一个人背负成熟谷穗为主要表意（这是文字发生学给汉字咱们的“年”所下的准确定义）。

“年”这个字，再从它的字义上说，《说文解字》:“年，谷熟也。”“年”的最早的写法是一个人背负着成熟的禾的形象，表示庄稼成熟，即“年成”也就是“年”的本意了。

以上是从“年”这个字的本义和形体上来说的，通过字形表达出来的字义，那又引申出了它的延伸义。然后我们再看“年”字的引申义，《中华文化知识宝库》释，由于古人的认识常常带有自然朴素的性质，所以对自然界的具体事物产生神秘感，也反映了我们的祖先洞察天地的认识事物的水平。因禾谷的成熟要经历春天的萌芽，夏季的成长，秋季的成熟收割，冬季的储藏修正，这样禾谷从生到成熟前后一般要经过四季这么一个过程，又每一个四季一个轮回，这是大自然对气候长期轮回和物种的生长

形成的一个规律，古人在这个自然气候的轮回中摸到了规律，在这个规律中人们总结出“候草药枯以为年岁”。又，“《新唐书·党项传》，说西藏在文成公主入藏前仍实行候草木记岁法；又据古书记载，自魏晋至宋代，许多少数民族就曾使用过以观察物候来记载岁时的物候历。还有《魏书》卷100，记载宕昌羌族历法“俗无文字，但候草木荣枯以记岁时”，另《隋书·流求传》记载，当时台湾习俗“俗无文字，望月亏盈以纪时节”。从大自然的气候及一般草木、禾谷成长的循环过程，古人是以“候草木荣枯”来实行纪年法的，即“已草、已青为一岁”的物候历。这是由年字的形体表出的意。又根据它的意，根据大自然气候的循环来记时，还根据《辞海》:“地球环绕太阳从某一定标点回到同一定标点，所经历的时间。”因此“年”也就成了约定俗成的引申为记时的量词。在这里，我想加一点自己对“年”字读音的看法。年和季及粘字，还有黏字的读音相近，“年”字的读音是否分别和这三字的读音和含义有关？季、粘、黏这三个字的含义都有粘连、连连不断的意思，所以“年”根据它的字义也有连连不断循环的意思，如，一年一年又一年，又如，旧的一年将终了，新的一年接着来到，这样像地球旋转、循环着，年年不断，所以它也要读作 nian 音。不知对否？这只是自己的一点肤浅的看法。

从以上关于“年”字的象形表象出收获、收成它的本意，又跟着大自然气候的循环草木荣枯（春、夏、秋、冬）周期延伸出“年”字约定俗成的这个量词。从象形到含义再到度量，这就是“年”字的综合含义呀。总之，从“年”字的发展过程，看我们祖先的智慧，可举一反三，每一个汉字都来之不易，并有循可查。由它的萌发，形成它的表象，由它的表象散发出它的意义，由它的意义，留住人们的记忆，引申到应用，逐渐形成它的成熟过程，这就是由“年”字说明了汉字的伟大所在，也是“年”字本字形、意的伟大所在。现在，我们通过对“年”字的进一步了解，又进一步懂得过年的缘由和它的寓意了。

可见“年”的概念的形成与上古物候纪时有关，也就是年的计算是和生产上的大致周期即大自然的物候变化的周期循环相联系。再进一步说就是一般庄稼，每从耕到种到培育，再到成熟收割储藏一次就是一周年了，可以说这是大自然的恩赐。至于“年”是一种野兽的说法是否有道理，是否从过年的一些活动中包含其意？

意味悠长的年

从以上的含义中，我们不难理解过年的来历了。现代，人们总结为大家为了庆丰收，就是从春天禾的萌发到夏季旺盛的生长，再到秋季的成熟收获，一直到冬季的修正储存，这么一个周期，为一年。这一年是天地人和所得来的成果，人们为之欢呼高兴，感天、谢地，感谢先辈们的教诲，感谢自己的劳动所获，庆祝一年的收获，迎接新一个周期年的到来，感恩大自然举行一个综合性的盛大活动，叫过年，这是我们现代人对过年的来历的一种看法。

据古籍记载，“年”起源于原始社会，那时有一种祭祀叫“腊祭”，传说人们每逢腊尽春来时，就要杀猪宰羊，祭祀祖先和老天，祈求来年的风调雨顺，免灾祸，人们还用朱砂涂脸，鸟羽装饰，既唱又跳，用许多方式以除旧迎新。据说从公元前21世纪夏朝成立，过年的习俗就流传下来，据《尔雅》一书记载，“春节，夏曰岁，商曰祀，周曰年”可以说，从周朝年的习俗就流传至今，约定俗成了，这就是过年的起源了。

具体地说，为什么人们把过年定在腊月？又据古书说："腊即腊祭，古人们每逢一年终了，耕种收割完毕，便忙完，闲下来，要猎禽兽来祭祀祖先、祭祀天地和百神，故称腊月。"单从"腊"字来说，"腊"字是从"猎"字演化来的。本来一年四季从春季开始，人们开始忙碌，对庄稼进行栽种，到夏季在庄稼的成长过程中人们给予修整培植，直到秋季的成熟收割获得收成归仓，人们闲暇了。到腊月，人们便开始了猎兽，以备祭祖先祭天地，以报天地和祖先之恩，祈求来年的好收成。以后这个月也就成为了腊月，也就是开始猎兽的时候了。

我们又再说过年，十二月份正处在新旧交替时期，也就是辞旧迎新，辞去旧的一年，迎接新的一年的到来，所以这个月还称涂月。涂，即除，也就是除旧换新的意思。于是人们在这个月里，打扫卫生，扫房子，清洗家什等活动，扫除灰尘，宰杀猪羊家禽，置办新装，忙忙活活，张灯结彩，欢天喜地地搞些文娱活动，使得处处焕然一新，感天谢地，感谢祖先，以竭尽之能事，迎接新年这个盛大的时刻的到来，史称过年。

总之从以上"年"的形体、字义和延伸义，再到"年"的起源、形成和流传，无不蕴含着中国文化的博大精深，同时也显示着我们祖先对大自然的赐给，对祖辈赋予我们生命并养育成长的感恩，不能只看成是一个单纯的节日，它是一种收获的庆祝，它是感天谢地迎接新一个四季轮回的到来的一种特大有意义的活动，所以百姓们尽心尽力，集中精力为过好春节不知疲倦竭尽之

能事地忙碌，以迎接新年的到来。我们应把它看成是一种感天动地的一场盛大活动。杀猪宰羊祭天祭地祭祖先，一切的娱乐活动都是围绕着这个年，借助这个过年的节日，感恩所有的给予，扫尘布新欢天喜地，迎接新的一个轮回“年”的到来。我认为以上这种认识比较符合中国人的优良传统，那就是感恩戴德。至于“年”是一种怪兽的说法，也能从过年的盛大活动中找到一点蛛丝马迹。

从以上关于“年”的起源和约定俗成，年的含义太丰富了，它牵涉到阴阳五行，即金、木、水、火、土，这些，古人把它们看作是构成世间万物的基本物质。所以，自古以来，我们国家，还有亚洲一些国家，如新加坡、日本、韩国、马来西亚等，对过年人们是无比崇尚，无比的重视和喜悦，以各种形式来迎接。通过以上所知，越想越觉得年的含量太丰富了，深不可测，高不可量，纵横无边。对于每个人来说，关于过年这个过程，它的伟大意义所知太少了，我更不例外。今天我就把我小时候过年时，所经历过的，所闻到的，所想到的，书本上所学到的，借这现代化的武器——键盘，将我所记忆下来的故事，贴在屏上、印在纸上，和大家分享。

腊八节的早晨

十二生肖循环图

从懵懂地记事以来，已过了几十个年，算来，一个甲子过去了，唯有无忧无虑的童年时代，过年最感兴趣。每年一进了腊月门，年的气息就传来，来得最早一个节就是腊八节，它带着年味来到年的概念里。据古书记载，“每年都在十二月份腊祭百神，这个月又叫腊月”。由此，我想腊八节是进了腊月门的第一个节日，所以被称为腊八节的吧。

岁岁腊八，今又腊八。一年一个腊八节，但，小时候过的腊八节，只知道，“腊七腊八冻死叫花”天气开始大冷，具体它的来意是什么，为什么要过腊八节？根本不去思考。小朋友们在一起玩得不亦悦乎，至今还意犹未尽。

说到腊八节，具体它的来历、发展过程、具体时间和含义，我翻阅了《大中华文化知识宝库》，上边记载：“腊月，每年的农历最后一个月称腊月，其间的一些事也冠一腊字，如，积腊肥、下腊雪、制腊肉等，这是因为古时每到岁末要举行腊祭活动，从周代开始，便称岁末这个月为腊月。当然，‘腊’在古代是祭名，腊也写作猎。”又《风俗通义》说：“腊者，猎也，言田猎取兽以祭祀其先祖也。”《说文解字》锴注云：“猎，合也，合祭诸神者。”还说，猎祭活动可追溯到夏商周时期。另《隋书·礼仪表》卷二：“开皇四年十一月诏曰：‘古称腊者，接也，取新故交替之意。’”另，据《荆楚岁时记》等古书记载：“每年的腊月初八日，全村百姓集合在一块，打腰鼓，有的则扮成金刚力士跳舞，以去瘟，谚语称‘腊鼓鸣，春草生’，城乡郎中还要将制好预防春瘟的药送给人们，称作腊药。”可见，“腊”字尚有送旧迎新除瘟之意。

腊八节，从以上可知，在我国古代历史上，最早是以腊祭日出现的。相传每逢腊日，便要举行祭祖先、祭百神的活动。据《风俗通义》《史记索隐》等记载，“夏朝时称腊日为嘉平，殷朝称之清祀，周朝称之大蜡，亦曰腊，秦朝仍称嘉平，汉朝时正式称为腊。”

关于腊日的时间，据说，周朝以农历十月为岁终之月，故腊在孟冬。汉朝之后行夏历，以十二月为岁终之月，因此腊日在十二月。又，《说文》：“冬至后三戊腊祭百神。”可见，汉代的腊日是在冬至后第三个戊日。南北朝时始改农历十二月初八为腊日，此后便相沿成俗。由此说明，腊八节的形成和历史沿革，原来是为了岁末祭祖和迎新辞旧及驱瘟疫、迎新等之意的开始。所以，慢慢，腊八节就约定俗成了。

以上是从腊八节的来源和它的历史沿革来说的，现在真正意义上的腊八节，比起历史意义上的腊八节简化多了，如，现在人们已不再打猎。但，想来还是很有趣味的，腊月门一进，不少家庭就开始做腊肠、腊肉等为过年而忙，腊八节也就是迎过年的伊始。

记得我小时候过腊八节，有时父母为了激发起我们对腊八节的兴趣，有意逗我们乐，往往在腊八节的前一天晚上，就告诉我们说："明天腊八节了，早起，穿暖和了，到咱家场院看麻雀骑在墙头上吧。看谁起得早，谁就先看见，表明谁灵透。"

这一年的腊八节，我们听父亲这么一说，个个争相当灵透的孩子，高兴极了，盼着腊八节这天的到来，暗暗准备着到这天早晨早起，争取先看见麻雀在墙头上骑着。哈哈，有一年腊八节的头天晚上，我们带着争当灵透的愿望，个个乖乖地就早早入睡了，可是因为太兴奋了，躺在被窝里好长时间才能睡着。半夜醒来，我和姐姐抢在哥哥的前头，偷偷起来了，跑到天井里，一看一团漆黑，只有满天的星星闪闪烁烁，好像在笑我俩说："你俩抢得太早了。"然后我俩笑嘻嘻地又偷偷地回到房间，轮流值班坐等。姐姐先值班，就是惊恐着，怕起得晚了呀。哈，不一会儿姐姐又睡着了，耽误了我们看麻雀在墙头上骑着，叫得靓丽。我醒

来哭着抱怨姐姐叫晚了我，没能去看到麻雀在墙头上骑着。现在想来，可那时的姐姐也是儿童呀，儿童就是儿童，在惊恐中困得前仰后合，能会不睡着吗？可父母亦没想到我们偷偷地那样早起呀，仅仅是想让我们早晨早起会儿。哈，那时的我，真是一个既执拗又不懂事的小孩子呀！

时过一年，在我们的期盼中，腊八节这天终于又来到了。这次谁也没值班，母亲为了接受前一年的教训，怕我们自己起晚了又不高兴，于是腊八节这天早晨旭日初升前，就把我们一个一个轻轻叫醒。我们在惊恐中一骨碌爬起来，穿戴暖和了，急不可待地往外跑。跑到屋门外，天将蒙蒙亮，室外清冷，晴朗的天空还点缀着几颗星星。我们不顾这些，揉揉自己刚起床的眼睛，高高兴兴，一溜烟跑到对门大娘家的房后——我家的场院里（秋收、夏收打轧庄稼的地方，也是儿童们做游戏、人们乘凉活动的地方），谁也不怕凉，争着坐在轧场的石链上。于是在石链上仰着脸，目不转睛地盯着墙头上，恐怕鸟儿飞来第一眼看不见。可，天气好冷啊，怪不得说“腊七腊八，冻死叫花”，虽寒气逼人，冻得我们只打颤颤，哈，也不敢挪地方呀！只是两手揣到袖口里，打着颤，悄悄地跺跶着脚。我和哥哥、姐姐、妹妹仰着脸，等啊等，头仰得好累呀！戴着棉帽和口罩，围着围巾，可脸面冻得有点疼，就是看不见鸟在墙头上骑着，只听到已有喜鹊在别处“喳喳、喳喳、喳喳”地叫，按现在的时钟的时间来说，也就早上六点钟。这是近些时间，每到早上六点钟准时，在我家听到楼前树木上，喜鹊先喳喳叫，由此我推算出来的，鸟儿也是按时起窝。当时天冷得虽然吐口唾沫，不到一分钟就冻成冰，但我们还是跺着穿着棉鞋的脚、目不转睛地瞅着墙头上飞来麻雀。望着望着，天已大亮，啊！真的从几个方向叽叽喳喳，飞来一群群小麻雀，妹妹高兴地刚想拍起她的小手，马上被哥哥制止住，怕把它们吓跑了。它们啧啧叫着呼啦落在我家的榆树枝上，有的落在地上，距我们六七米远，我们假装不看它们。它们精灵的躯壳，蹦蹦跶跶，从这个枝头上跳到那个枝头上，就是没落墙头上。尽管如此，我和哥哥姐姐，窃窃私语着，眼睛紧盯在那些麻雀身上。它们个个靓丽的小眼儿，不停地这转转，那看看，再低头点食。爪子每跳动一个地方都死死地抓住每一个枝头，锥子似的小嘴，这里啄啄，那里哚哚。我们静静地望着，它们就是不到墙头上骑着，只是有的像在那放哨略梢，我们开始怀疑。我们一边用眼斜视着麻雀们，一边窃窃私语。哥哥说:“可能是爸爸骗咱们，让咱们早起呀！”姐姐说:“可咱们看见了麻雀，站在树枝上，就是没看见它们落墙头上骑着呀！”我则附庸着:“可看见麻雀清早啄食了呀！”这时，我们冻得双手抱着膀子、颤抖着。

啊！霎时间，晴朗的天空中，东方旭日露出紫红色的光芒，随着，鲜红的太阳像端着一盘团团的火焰冉冉升起，将要爬上村庄的房脊，将晨光洒满我家场院，洒满村庄，更洒满大地（现在我想，那才叫清新的光芒四射）。慢慢我们的注意力转移了，在我们不经意中，突然，几只麻雀飞到墙头上，哥哥第一个看见，

高兴地说:“嘘嘘，快看，那几只麻雀落在了墙头上。”哥哥小声说着，我们的目光一起投向了墙头上的麻雀。妹妹说:“哥哥第一个看见的。”姐姐说:“你看我们都看见了。”我说:“哈，哥哥最灵透。”哥哥说:“咱们都看见了，咱们都灵透。”天暖和了许多，我们议论着，看着那几只小麻雀，在墙头上似啄着什么在吃，每啄上两下，撩起头，托着靓丽的小眼儿四下望望，然后再哚几下，这样反复着，灵巧的躯壳，一会儿蹦这，一会儿蹦那，被朝阳一照，给人一种灵动感。这些小麻雀一会儿飞走，一会儿又飞来，有的从树枝上飞来，有的从我家场院的地上飞来，还有的从远处飞来。它们呼、呼地聊着天，尖嘴哚哚，也不知它们说的什么，只觉得它们好欢快呀!

我们正端详着这小麻雀们，突然，几只灰喜鹊展翅叫喳喳地又飞来了，打破了清晨的静谧，轻轻地落在我家场院边上那棵大槐树上，一会儿又飞来了黑喜鹊，哈，还有啄木鸟。霎时间，喳喳、啧啧、咚咚，整个场院里活跃起来。哥哥高兴地说:“咱这场院像个大戏台，有唱的，有道白的，还有飞舞表演的。”“不，又像个赶大集的。”姐姐争着说。“呀！看，那边又飞来了一个花鸟！”我猛一回头，看到一只少见的花鸟，突然也落在场院边的草丛中，我高兴地叫起来。哥哥说:“可能它们今天也都来过腊八节了。”姐姐说哥哥瞎猜，哥哥又说:“也可能是群英会，为什么都来了？”姐姐接着说:“猫头鹰没来，蝘白狐（蝙蝠）没来呀。”我不管姐姐哥哥念叨，只看那风头鸟走着捡食吃，边捡拾着食，边抬头转动眼睛四下略梢，像一束挪动的花朵。姐姐瞧我看傻了眼说:“这是啄木鸟的另一种，也叫凤头鸟，你看它那花花的凤冠，像转动的风车，脖颈的毛像斑马，花花的翅膀，一步一抬头，一步一低头，啄拾着食物吃，多漂亮呀！”我点头啧啧着小声地说:“这鸟是从咱家场院东侧的湾边飞来的。”说到那边的湾，纵横各有一百多米，周围栽满了柳树，还有榆树和枣树。夏天成年人和老人们在湾边洗衣乘凉，青少年们在湾里戏水游泳，冬天在上边滑冰，这湾水滋润美化着周围的环境，连鸟儿也喜欢集聚这里，我家场院真是个好地方。一大清早，鸟儿们是来觅食、过腊八节，还是来参加欢乐的演唱会？它们都来这美好的环境中各取所需，只是它们的活动演唱话语咱们人类听不懂呀！特别是那灰喜鹊和黑喜鹊，踏在树枝上叫喳喳的声音特大，像对话又像演唱。我想，母亲绣的枕头顶上的那花鸟，可能就是比着这个绣的吧，母亲说过那叫喜鹊登枝。啊！我看到了真的喜鹊登枝。我脑海刚开了一会小差儿，“唿”一阵响，把我从小差儿中拉回来。我和姐姐高兴极了，从石链上站起来，蹦着，喊着:“又一群麻雀来啦！”可它们有的落在树上，有的落在地上，还有的真的落在了墙头上了，可就见不着骑在墙头上一个麻雀。我们一直目不转睛地看着，看得眼花缭乱，哥哥让我们回家，可我还不肯回家。姐姐说:“那小麻雀站在墙头上和骑在墙头上没多少区别，其实站在墙头上就是骑在墙头上了，我们都看到了。”我说:“这群刚飞来的麻雀是我先看到它飞来，落在墙头上的。”姐姐说:“好，是

你先看到的，还是你的眼睛亮啊！”哥哥突然说：“麻雀不是来骑墙头的，喜鹊也不是只来登枝的呀！”我说：“那它们是来干什么的呀？”姐姐抢着说：“我知道了，它们都是来找食物的嗷。”哥哥说：“八九不离十，是来找食物。”我说：“你看它们的尖嘴各啄各的，哚一会喜鹊就抬头喳喳叫两声。”“你看麻雀也是呀，吱吱两声，再低头啄、啄树枝，都蹦跶跳跃着，还挺美的呢。”姐姐接着我说。哥哥说：“它们在互相比试呢，看谁啄得快。”我说：“它们为什么啄？啄的是什么呀？为什么不在一块抢啊？”哥哥说：“如果他们都是来觅食，现在可没小虫吃呀。喜鹊可能寻的是槐树上的豆，麻雀吃得下吗？嘴又小又尖，麻雀寻的可能是冬眠在树枝上的小虫呀。”姐姐又说：“你们仔细看，它们不同时在一棵树上。”哎！对了，我和哥哥一走脑子，仔细一看，是啊，它们谁也不打扰谁。哥哥端详了一下说：“多亏咱家栽的树种多，不然鸟儿来了往哪落呀？”。姐姐又突然对我说：“考考你，数数咱家场院有几样树呀？”我高兴地说：“数就数。”说着就兴奋地站起来，用小手指着说：“这边是榆树，那边一头是槐树，角那边是椿树，邻家嫂子家，从墙头里探咱家来的那树枝，是枣树的，角这边那一棵大的大叶树叫什么来？”哥哥、姐姐刚笑我说：“还不知东、西、南、北、中哪，这个角那个边儿的，还大叶树，连梧桐树就叫不下来。”我不服气，刚想反驳，突然传来喊叫声。我们侧耳倾听，原来是母亲打开我家的后吊窗，一声声在喊叫我们的乳名：“快着，家里做熟了甜沫了，回家喝甜沫了。”我们听到回家吃饭喝甜沫时，才从那聚精会神议论的状态中转过神儿来。抽抽鼻子，感到好香啊！随着口水在我们的小嘴中打转转。这香味，来自腊八节清晨村庄家家户户都做熟了甜沫的怡人味道。

我们和鸟儿们摆着手，刚起身，麻雀们呼的一声从地上飞起来，以为我们在赶它们，没顾得看到别的鸟儿的表情，摆着手，我们一溜烟跑到家。

腊八节这一天，清早起来看到的鸟儿在我家场院里忙活的那一动人的境况，至今使我难以忘怀，想到当时的鸟儿是很舒适的，自由自在的，给原生态的自然景观增加了色彩，使得一切都那么和谐。哈，可这天我从外地回家，哇！一进小区，天旋地转，一棵棵的大树都没了树头，只剩下一根根木桩，树身像要向我诉说什么，立时我头发木，似有眼泪在掉下。没看到一只鸟儿落树上，有的已远走高飞，有的站在高楼的房檐上，往树身上瞅着，看着无着无落。我们也感觉只有高楼和树身在那竖着，连树的脖子也砍掉了，小区里边显得是那么的惨淡呀！我正纳闷，这是怎么回事？是谁把这么大的一棵棵树头全锯了？这时，有几簇男男女女正议论着什么，我近前一听，有的说:“粗壮的树杈可做木板，细的木枝可做颗粒木板。”有的问:“谁锯走的？”“有男有女，女的在树下负责整理树枝，男的戴着电锯嗞嗞负责锯，还有的负责锯树杈、树枝，锯下的树头树枝，每天都是这样用大卡车拉走，已锯了十多天了。”眼及者说。“谁让锯的？”有的问。“不知道。”“给钱吗？”有的纳闷。“谁是既得利益者？”一位男

士问。大家说不知道。“为什么把这么大的树头都锯掉，连树的脖子都不留？”有的说是怕夏天生虫子。有的又说:“他还流鼻涕呢，怎不把他自己的头锯掉呢？”有的说:“你看那灰喜鹊和黑喜鹊从这房檐飞到那房檐，看着无着无落，小啄木鸟和布谷鸟都不来了，只剩几只麻雀在地上啧啧叫着觅食，它们都到哪去了，居无住所，食无小虫，唉，真是的，那鸟语花香的景象一时都不见了。国家号召保护生态平衡，这些人真是利益熏心。”是呀，我想，前人美化下的环境，有的人不但不保护还为一己之利搞破坏，真是没法子。这件事一直在我心里念念不忘，不时就想起。这一天我又去了济南市，路过山东省科学院家属院。啊！一进院就看到一棵棵的大树林立，有梧桐树、柳树、槐树、杨树、加拿大杨树等，还有我叫不上来的树种，另外，院子里还栽满了花草，鸟儿喳喳地叫着，一群群呼呼地飞，一会儿落这树上，一会儿又落那树上，鸟的品种很多，有黑喜鹊、灰喜鹊、啄木鸟、家雀，还有那布谷鸟飞来飞去，有的在啄食，有的在跳逗着玩，一会儿落地，一会儿飞到树枝上，叽叽喳喳，到处充满了活力。树木虽还没发芽，但迎春花已绽放，看它们是那样的自由自在，整个院子真是充满了鸟语花香。我一想到我们的小区，又感到颓唐，心里总有一种说不出的滋味，为我们小区的生态绿化，更为我们小区的鸟儿感到无奈。

由此我联想的很多，去年春暖花开之时，我和朋友到我们德州的贝莱特厂子里去玩，这个厂子可不小，宽敞的大门，一边进出车辆，一边走人行道，两个传达师傅负责登记进厂的人，我们说是来餐馆吃饭的，放行。

我们一走进贝莱特的大门，一条东西大宽马路展现在我们面前，马路两边绿树成荫，院子里边静静的，有点私密样，其实不是。再往前走，路南边，一座美丽的彩色小餐馆，翘角飞檐的，周围种满了花草，开着的鲜花香气扑鼻。哈，再定睛一看，其实这餐馆就坐落在水岸边。刚走近，就听到远方传来嗯吖、嗯吖的鸟叫声，朝着叫声望去，原来这有一小湖，湖面不大也不小，湖面上悠悠荡荡飘来两只大鸟，后边还有两只小鸟跟随着朝我们游来，我刚指给朋友看，朋友年轻，眼力好。她朝我手指的方向一看，惊呆了，哈，朝咱们游来的不是两只黑天鹅吗？我们瞭望着一看，高兴得要鼓起掌来，啊，辽阔的湖面，碧波荡漾，真的是飘荡着两只还有羽毛没长黑的黑天鹅。它们两只脚掌拨着绿波，越游越快，真的朝我们游来，好像欢迎我们来了。我们也静静地朝天鹅游来的方向走去，来在岸边，鸟、人相遇。啊，我们惊呆了，那两只黑天鹅像大家闺秀，长长的脖颈，举着高昂的头，镶嵌着两只丹凤眼，红红的嘴，吖、吖地朝我们叫着，拖着油轮似的身躯，确实是红掌拨绿波，张合着那扁平的红嘴和黄色的嘴唇在岸边和我们交流起来，我们以为它们是来岸边寻食。其实，不是的，它的天鹅食就在旁边，当作没看见，举着头，拨着绿波朝我们吖吖嗯——吖嗯——吖嗯，像说着什么，可惜我们就是听不懂它们说的话，但是只能学着重复着它们的话，我们也吖嗯——

吖嗯，觉得它们和我们那样的亲切，和别的水鸟不一样，不是见人就飞走，愿接近我们。在岸边我们不走，它们也不走，老朝着我们嗯吖、嗯吖地叫。我们沿着岸边走到哪，它们跟到哪，没想到和我们是那样地亲近，我们也对它们恋恋不舍。我们想朝东边的小桥走去，更没想到，黑天鹅，嗯吖、嗯吖——也朝我们走来的方向游来。我们暂停在湖岸边，向它们摆着手，也回答着它们，“再见！”但不知它们是否能听懂我们的话，看懂我们的手势，但依然在岸边朝我们走的方向游着，更没想到这天鹅对人类是这样的依恋。怪不得大人小孩都喜欢它，它也懂，真是人类的好朋友呀！

我们一边走着，一边看着。再看湖的东岸，更是丛林茂密。

我们朝林子走去。一会儿，哇！偌大的一个林子展现在湖东岸南北马路以东，我们闯过小马路，望着林子，拉长了鼻子深深地吸了一口气，一股树木枝叶的清香味扑鼻而来，我们将走近，刚念叨，有几种树我叫不上名字来。林子里传来嘶嘶、喳喳、吱吱、咕咕、啾啾的鸟叫声。我们中年龄最小的一位高兴地说：“咱们快走两步，这么多鸟，看都是些什么鸟。”我们三步并作两步，走进了林子的深处，站在了林子的西半部，我们不说目不暇接，其实我们的耳也不暇接了，到处是鸟叫，这边是灰喜鹊喳喳叫，那边是黑喜鹊喳喳叫，树身上，草丛中随时可看到那风头鸟，头上顶着像风车一样的羽毛，凿子一样的尖嘴，这里哚哚，那里哚哚，可能是在捡拾食物吧。还有那布谷鸟，它们两种叫声，一种是在林子里的树枝上，布谷、布谷地叫，声音有点低沉。还有一种从林间的上空飞着，传来清脆悦耳的叫声，它们的声音拉得很长:“布谷——布谷——”传得遥远、悠扬，让人听了心情愉悦。我们三个也不约而同地学着鸟音，喊问起来:“你在哪里——？”欢快的布谷鸟，似听到了我们的喊问声，回答:“我在家后——”“你吃么？”我们又接着问。对方又回答:“我吃料豆。”说完，我们哈哈笑起来，因为这都是我们小的时候，小朋友们朝着布谷鸟的音，和布谷鸟的一种对话，一种联系方式，今又高兴地捡起来，和这种布谷鸟对答，答完我们哈哈地笑起来，似乎又回到了童年，好美啊！我们笑着笑着，忽然听到一种小鸟也吱吱地叫，但声音较小，很别样，我们朝着小鸟叫的声音走去。走近后，我们朝树枝上仰望，没想到，其中一位朋友指着一棵大树丫说:“快看！就是那只小鸟。”呀，我们定睛一看，展现在我们斜上方的树丫上的，是我们从未见过的一种小鸟，把我们惊呆了。灰黑的羽毛，说布谷鸟不是布谷鸟，比布谷鸟还小，比布谷鸟的羽毛颜色要黑，比乌鸦漆黑的羽毛颜色要浅，尖尖的小嘴边有点红。和其他鸟儿一样，从这个树枝蹦到那个树枝，显得很玲珑。它和黑天鹅不一样，我想给它拍照，可惜没带相机，只带了手机，想离近点给它留个影，但手机镜头刚想对准它，它马上就飞走，再落在距离我们更远更高的树枝上。看来曾经有人伤害过它，不然为什么这么怕人呢？为了拍到这样的小鸟，我蹑手蹑脚远距离地为它留了几张影。哎，多亏了给它留下了影。前几天突然看到电视

台播出，讲到这种鸟很珍贵，它生长的环境条件比较高，由此说明，我们这一带大的生态环境在不断改善。因为在我们这一带还是第一次看到这种鸟，曾到外地，在我们几个中，也未曾看到过这种鸟，拍到它感到很庆幸，遗憾的就是不太清晰。

回头再看看贝莱特厂房外广阔的院子里，环境确实优美，一进大门就是东西马路，马路以南就是一片小公园，里边花草树木茂密，公园的南面和东面还有西面，便是碧波荡漾的湖水，水面上飘荡着野鸭和黑天鹅，水里面一群一群的鱼儿游荡着，湖的周围栽满了花草树木，湖的东岸便是茂密的丛林，丛林里叽叽喳喳又啾啾叫的鸟儿们像百鸟朝凤。地面上，还有那野兔和其他小动物窜来蹦去，真是赛过百花园。厂房建在了僻静幽深处，于丛林的北面，距市区又远，整个院子布满了小桥流水，生态环境非常优美，已成为动植物们的乐园。哈，鸟儿们真会选，看来鸟儿和人类一样，也是选择生态环境优美，有水有林又有花草的地方居住活动。由此想，也难怪，我们小区的鸟儿大部分都迁徙了，是因生态环境变坏了，树木都没了头，都只剩一条光棍（只有树身，没有树头），小鸟们也没法挑逗，没法觅食那些树上的小虫子和树种子了。不知那些被砍头的树，以后要长出什么芽芽和枝条，形成什么样的树枝？啥时间再回到原样？我看难呀，没有五六年的时间，树枝不会长大的，再成为参天大树，但愿早点，鸟儿们再来安家。

纵观历史，小时候过腊八节，父亲让我们去看小鸟在墙头上站着和鸟儿们在我家场院的树上、墙头上飞来飞去；还有，看我们小区的树木的树头全被锯走了，鸟儿几乎都飞走；再看贝莱特厂子大院树木茂密，湖水荡漾，鸟儿们、鱼儿们都来嬉戏、觅食，我从中明白了一个问题，鸟儿之所以来去，是因为生态环境问题。鸟儿就因生态环境的好才来去，何况人类！这个问题已引起世界组织的重视，我们国家也号召保护生态环境，提出严格的垃圾分类要求，在上海已开始实施。由此，我们应响应国家提倡的保护生态环境的号召，这是一年一年的物候季节均衡化发展的需要，也是一件有益于自然物种的生存发展问题。只有把自然环境保护好，物种才丰富，只有物种丰富了，每年才能连续不断地获得大丰收，得到大自然的恩赐，我们的年才能一年过得更比一年好。我们保护着大自然，大自然再恩赐着我们，这是一个相互打不破的定律。

话绕得有点远了，再回来。当我们蹦蹦跳跳地一进大门，正赶上本族邻家对门大娘来我家借东西，正和我父母说笑着什么。父亲见我们一进大门就高兴地问我们，看到麻雀骑墙头了吧？是我抢先告诉父亲说：“我们不但看到了麻雀，还看到了灰喜鹊，还有啄木鸟。”“还有啧啧叫的家雀儿。”哥哥补充着说。姐姐滑着自己的脸蛋对我说：“还说呢，连咱家场院里的梧桐树名字也叫不下来，还叫大叶树。”爽朗的大娘在一边听得好笑，乐呵呵地插嘴说：“要是你家的梧桐树再引来只金凤凰，那就美得不得了了，大家就会都为它高兴，也是咱们家族的福分呀。”大娘嘴里说着，

眼神却投向了我哥哥，母亲在一边会意地抿嘴笑了，可能哥哥年龄还小，不知道大娘话里的寓意是什么。是呀，在民间长流传这样一句话，“栽得梧桐树，引来金凤凰”。这句话人们常拿来比喻好的兆头，但它的颜缘和沿缘知之甚少。曾经，我在《古琴的那些事》的一书中看到记载。我们的先人伏羲巡查西山桐林时，看到霞光万丈，祥云四起，两只美丽的大鸟，翩翩而降，落在一棵最大的梧桐树上，其余诸鸟纷纷飞集在各处树上，朝着两只美丽的大鸟齐鸣，仿佛在朝拜。这两只大鸟也“叽足、叽足”地叫起来。伏羲见此，忙召树神句芒来问。句芒笑着对伏羲道:“这即传说中的凤凰啊！声音‘叽叽叽’的是雄凤凰；声音‘足足足’的是雌凤凰。”伏羲惊异道:“原来就是凤凰啊！我听说凤凰是百鸟之王，百鸟都愿意跟着它。”句芒说:“是的。凤凰是‘德、顺、义、信、仁’五德皆具的吉祥鸟。”伏羲说:“我听说凤凰通天祉、应地灵、律五音、览九德。非竹实不食，非醴泉不饮，非梧桐不栖。由此看来，此树必是桐林中的神灵之木，我要把它做成乐器，让人们通天地，泯自性，繁衍生息。”于是伏羲向那梧桐树行了三拜礼，让能工巧匠砍伐下来，通过敲击，截取梧桐树音声好的那一部位，根据大自然的一些运行规律，如天圆地方，定位在不同地方，做成了古琴。又，民间传说，凤凰喜欢栖息在梧桐树上，所以人们后来常比喻贤才择主而事。后又“栽下梧桐树自有凤凰来”。民间俗话，借此，这话让大娘用上了排场，用得恰如其分。

姐姐一听引来金凤凰，乐得拍手欢跳，我以为要飞来真的凤凰大鸟，也随着蹦起来。母亲高兴地说：“那要是求之能得就好了呀，娶来个好儿媳妇，是全家的福。”这时哥哥才听出大娘话里的端倪来，羞红的脸瞪着双眼皮的大眼睛朝大娘瞥了一眼。说笑间，沉默寡言的大爷领着他的大儿子，来我家大门口喊我大娘回家吃饭，并说我大娘到哪里总是有说不完的话。借她的吉言，我父亲刚想夸奖她几句，大娘还没等我父亲说完就急着说走，母亲留她在我家喝甜沫，她说她家的甜沫早做熟了，怕凉了，这不来叫她了嘛。说完，裹着的锥子似的小脚，一拧三转地伴着她小跑地走了。

你不要笑，以后的日子里，我的哥哥有福气，真娶了个好媳妇，我嫂嫂才貌双全。自娶进我家门，一直帮我母亲料理家务，为我们缝衣做饭，过着传统的日子，供我们上学，从不叫苦，现在想来真是老嫂比母呀。嫂嫂和我们兄弟姊妹都处得很好，还常常给我们讲故事。我和姐姐还从嫂嫂那学会了绣花，我虽然不像嫂嫂绣的那样好，但掌握了基本要领，不过姐姐已学出手了呀，我小时候穿的绣花鞋都是嫂嫂和姐姐给我做的，受到小朋友们的羡慕。啊，特别是每逢过年，穿着嫂嫂给我做的绣花鞋，到处显摆。使得家族中那些婶子大娘，明知是我嫂嫂给我做的这绣花鞋，还要再逗我，谁给你做的这绣花鞋？这么漂亮！这一问，一逗，为过新年增加好多欣喜和乐趣。

话再说回来，我们刚进屋，呵，便有一股甜沫的香气扑鼻而

来。姐姐拍着手，乐呵呵地说：“闻到年味了。”现在我想那就是年的气息已来，为过新年已敞开了门。我们孩子们说着笑着，一家人围坐在桌前，喝着咸滋滋、香喷喷的甜沫。那香滋滋、甜丝丝的甜沫喝起来，使人感到香甜味美，既绵柔好喝又暖和。虽是喝的，但还有嚼头，那豆腐条软绵绵的、香灿灿的。花生仁略带嗑叱，面豆豆，又脆又香；粉条透亮、滑爽、劲道；爽爽的白菜条也带着清香和柔软；面糊里还伴着葱姜辣丝、五香粉、胡椒粉等的麻辣香味，还有那葱花和姜丝，喝起来，味美爽快，面茸茸里带着豆腐的豆香味，喝完浑身暖融融，汗丝丝。我们一边喝着甜沫，一边像燕子一样，叽叽喳喳，说着看小鸟的经过。父亲说：“好，给我说，你们都看到了什么？”姐姐说：“也没看到小鸟在墙头上骑着。”我高兴地说：“我看到喜鹊登枝了，我也看到麻雀飞在墙头上站着了，还飞到树上和喜鹊一样哚树枝。”哥哥说：“我看到今天腊八节清早的天好蓝好蓝，空气清冷、清冷。”姐姐说：“阳光好美好美，照到树枝上，树枝像穿上了黄衣，照到咱家墙头和场院，都像披上了黄纱。”母亲欢欣地说：“不应该光是咱家的场院和树枝，凡是有晨光的地方应该都这样呀。”父亲接着说：“你妈妈说的对！太阳是无私的，是平等的，是不管贫富的，是不看人下菜碟的呀。只要没遮光的地方，照到哪里，哪里亮。”姐姐又问：“小鸟们为什么都哚树枝？”我看母亲发自内心的喜悦，笑着对我们说：“小鸟们那不是在哚树枝，是在捡拾食物呀。”我想是哥哥和姐姐猜对了，它们在树上哚食。我父亲悠哉悠哉地说："早起的鸟有虫子吃……"母亲插话说："早起的虫子被鸟吃。"父亲调侃说："我这是借的古人的一句话，你怎么也知道？"母亲自豪地说："是我小时候父亲告诉我的呗，光许你知道啊。"父亲乐呵呵地说："咱俩守着孩子别争辩！这是古人讲的一种哲理，任何事都有主动的一面和被动的一面，我给孩子说的是主动的一方面，你在那瞎插话。"母亲不服气地说："我这是让孩子们知道做什么事都要小心，不光看到阳面也要看到阴面呀。"说完又朝向我们问："爸爸妈妈谁说的对？"哥哥听了先举手说："都对，都有理。"我和姐姐刚想举手，突然两手捧着小碗，还不到五岁特顽皮的小弟弟，坐在母亲旁边尚未喝完甜沫说："我不早起，小鸟吃不着我。"哈！惹得一家人哈哈大笑。笑得父亲母亲说不出话来，哥哥说："你只想做虫子？怎么没想到做小鸟呀？"父亲略沉一会儿说："小鸟不吃人，只吃虫子和粮食，还有树上结下的种子。"噢，我暗暗地明白了，今天早晨灰喜鹊落我家槐树枝上，一直忙着喳喳、哚哚是在吃槐树上结的豆啊。我们多亏了早起吧，要不什么也看不见呀。随着母亲又给父亲说："你看咱家槐树上每年结的那些豆，不用自己收打，每到入冬直到春暖花开的时候，槐树上的豆，慢慢地都不翼而飞了，不用人工收拾，哪去了？"我和哥哥姐姐都意会到了，异口同声地说："是灰喜鹊吃了。"父亲听了，朝我们竖起了大拇指，又问："麻雀吃什么？"我们说："小虫子。"母亲这时又认真地说："冬天吃冬眠的小虫子，和树上、地上的残渣剩饭。夏天吃活着的飞蝇、爬虫，喜鹊

吃槐树豆也一样啊。”我们吃着、喝着、说着，个个喝得汗漉漉。我们一家人只管说话了，弟弟和小妹妹都自己抱着饭碗喝得满嘴角是甜沫，我们几个大的孩子一看指着他俩哈哈大笑。母亲忙给他俩用手帕擦了擦说：“笑什么，这叫‘胡子嘴’。”说完分别吻了他俩的小脸庞，弟弟和小妹妹各自拍着小手乐呵呵。现在想，那真是美美的一家人，为迎来的新年其乐融融啊。

说到甜沫，在我们那一带，每逢过腊八节，家家户户早饭都喝甜沫。甜沫，喝起来虽然香喷喷，很好喝。但我看到，母亲制甜沫的工序很简单，方法也有几种。最常见也是最简单的，就是像做粥一样，先放锅里水（量是根据一家人用的多少而定），再放粉条，加入白菜丝和花生米，多少根据自己的喜好，一起放到已放水的锅里，然后再蒸上葱花（葱花的蒸法是：拿一小器皿，将葱姜切碎，放在器皿里面，再放上盐、五香粉、酱油、油，多少都是根据自己的口味），然后将盛放这些作料的器皿，放在蒸笼里，最后把蒸笼放到已添加好白菜条、粉条、花生米的锅上，连同馒头一块腾，等馒头腾透，葱花也蒸好，锅里的白菜粉条都熟好，这时再根据自家稠稀的喜好用水和点面糊，倒在锅里，开锅后再将切好的豆腐条放到锅里，烧开锅即熟。最后把蒸好的葱花再倒在锅里，用勺子一擢，再放点胡椒粉即可食用。盛在碗里喝起来美味香甜，暖暖和和。百用不厌，比起八宝粥来滋味美多了。

所以听到母亲叫我们，已闻到甜沫的滋味，虽没真正看到小鸟在墙头上骑着，但一说回家喝甜沫，便高高兴兴，你追我赶像小燕子，一口气飞回家。

关于腊八节早晨看麻雀在墙头上骑着，不是父母亲的真意，长大后才知道，那是父母醉翁之意不在酒啊，意在逗着我们玩，观看清早起来的生机，体味眼所能及的自然界中的生灵的忙碌，培养我们早起和少睡懒觉及热爱自然并向上的精神状态。等我们安静下来喝甜沫时，父亲便像说闲话一样，开始给我们讲喝甜沫的有关来历，还讲喝甜沫的好处。

至于甜沫的来历，据史书考证，甜沫的来历寓意深长，和流传在民间的传说大体相同，父亲讲得虽然简单，但也不例外。

史书上讲："明末清初，因天灾战乱，大批灾民涌入济南，有一家田姓小粥铺，经常舍粥赈济，灾民互相传告，到粥铺喝粥救命者增多。粥铺难满众求，便在粥中加大量的菜叶并咸辣调料。灾民每当端碗盛粥前，见煮粥的大锅内泛着白沫，便亲切地称之为'田沫'，就是田老板赈舍的粥。这时有一外地来济赶考的落难书生，也来此求得此粥，食之甜美无比。心想'田沫'果不虚传。后来书生考取功名做了官后，误将田沫记为甜沫，题写了'甜沫'匾额，还吟诗一首：'错把田沫作甜沫，只因当时历颠连；阅尽人间沧桑味，苦辣之后总是甜。'于是这种带咸味的粥便叫成甜沫了。"

至于腊八节为什么喝甜沫，记得父亲告诉我们："除去祭神祭祖，还有保暖的作用。因为每年进了腊月门，从腊八节这天开

始，天气是最冷的时候，民间有谚语传：‘腊七腊八，冻死叫花。’这说明天气冷得厉害，因甜沫既好喝，喝了又暖和，所以这天要喝甜沫来保暖，人们也是纪念那位济贫的田师傅啊！”由此，透过甜沫的来历，使我感受到了我国人民的救济赈灾及知恩图报的历史好传统。

今年又过腊八节，在市区，我到了商铺，购买做甜沫的料时，看到许多市民也购买过腊八节的料，有好多家庭购买的是花生米、大枣、各种豆类，还有莲子等，看来腊八节这一天早晨要在自家做八宝粥。可我还是按着我小时候的习俗，并按着母亲当年做甜沫的一些顺序，备了一下料，这程序和作料和其他家庭做八宝粥的程序和作料还是有区别的。如，我第一天准备好了小料、葱、姜、五香粉、炸油、酱油等放在一起，作为作料。然后又准备白菜、粉条、花生米、豆腐（或黄豆）、面粉。腊八节这天早晨，虽然按着母亲当年做甜沫的顺序加的作料，做了一锅甜沫，但作料们已不是当年那种原生态的作料，味道也不如原生态的好，不过那个踪迹和过程还是一样的，喝起来还是暖和的，希望这些作料在国家法律的监督下，再回到原生态。

现在想来，小时候过的腊八节，之所以至今意犹未尽，算来原因有三。一是虽没看到麻雀在墙头上骑着，但看到了麻雀清晨起得早，忙碌着啄食，喜鹊登枝，亦是为啄食，鸟雀尚知忙碌，人类更应该勤恳，为谋取好的未来创造良好的条件。二是体味到了腊八节这一天清早的清冷和爽快，怪不得古人们说：“腊七腊八，冻死叫花。”我们还看到了旭日东升洒满人间的晨光，是那样的透亮沉稳静谧，像给世间万物披上了黄袍，虽然万物各异，大自然赐给人间的美妙景观是均等的，看世间万物怎样适应享受利用，创造更美好的生活。三是在腊八节的早晨，一家人围坐在一起喝腊八粥时，暖融融的快乐氛围。四是从腊八粥的来历中悟到人应有感恩之心呀！

盼扫房

据《大中华文化宝库》记载:“古人也有注重强调某一月份中特定的社会活动内容，而为月份起名的。比如，十二月份是一年最后一个月，处于新旧交替的时期，上至王室下至民间，在这个月里，都要除旧布新，迎接新的一年的到来。”故，此月又称涂月，在前文已谈到过，涂即除的意思，也就是以新易旧。由此我想，每年农历的十二月为了迎接新年的到来，扫房已是我国人民自古以来进行大扫除，干干净净迎接新年的到来，在我国这是约定俗成的一种卫生文化习俗，这个习俗几乎是家家户户必做的一件事。

记得小时候，已要进腊月门，过了腊八节，开始到处嘭啪，零星星地响着，已有点燃“响货”的了，便开始有了更浓一些的年味。对孩子们来说，最先盼着的是扫房，小孩子觉得扫房饶有兴趣。

之所以有兴趣，就是到扫房的这一天，把屋里的零碎东西先是往外返抱，后是再往屋里返抱，一家人大人小孩齐忙活，忙着高兴，高兴着忙，你干这活，他干那活，各显其能，好不热闹呀！不过对孩子们来说，还另有所图，所以更加积极。是的，在农村，大部分人家扫房时，几乎把屋里的东西全搬到院子里去，对屋子墙壁，角角落落进行大扫除，以迎接新年的到来。早在姥姥家已养成良好习惯的母亲，更是仔细认真，将姥姥家井井有条的生活习惯，和我奶奶家按部就班干干净净的生活习惯搭对了板，忙起来更有条理，也就是两好搁一好，好上加好。每到这时，母亲说："干干净净、利利落落、快快乐乐迎新年。"母亲是说到做到，每逢这时，于是就带领孩子们，借此把屋里屋外，家家什什，打扫擦洗得一干二净。

每年我家过完腊八节扫房时，这天母亲特意早起，早一点时间做饭，吃过早饭后，父亲不在家，母亲就带领我们一家人，大人小孩齐忙活。我和弟弟妹妹往院子里搬小一点轻便的东西，譬如洗脸盆呀，小凳子呀，簸箕呀，擀面杖呀，小篮子、小椽子呀，放着照片的相框呀，还有母亲做针线用的小针线簸箩呀，还有一些文具呀等等。哥哥、姐姐呢，就搬那些重一点的家具，娇贵一点的，如锅碗瓢盆、被褥呀，梳妆镜呀，还有吃饭用的小桌子呀，脸盆架呀，茶壶茶碗呀，面板呀还有那些装饰品呀，如挂画之类的，还有那些椅子板凳之类啊等。反正一家人忙忙活活，母亲让将零用的家什一一搬出去。一趟一趟又一趟，哥哥、姐姐是这样忙，认真地小心翼翼地帮母亲把家什全搬到院子里，而我们小的孩子则玩着搬运、搬运着玩，里里外外说说笑笑，这期

间，特别喜欢哥哥姐姐先把铺上的被褥搬到院子里，搭在院子里的晒衣天绳上晾晒，这对我们的玩耍是很有用的。

当我们的住房房间里搬得空荡荡时，母亲便穿上旧衣服，蒙上头巾，戴上口罩，把我们撵出去，关上房门、窗，便开始了她的大扫除。有时，我们在门缝往里瞧着。母亲是一位既干净又利落还很传统的家庭妇女。每次都是事先将笤帚把绑在竹竿上，然后双手举着那绑着竹竿的笤帚，昂起头，一下、一下地挨着排着地扫，够不着的地方，母亲就拿把椅子蹬着，蹬上踩下，裹着带尖的小脚，新中国成立后，虽刚放开几年，但稳如顶天立地的方鼎，托着她那匀称的身材，踏在椅子上如磐石，稳稳当当地排列着笤帚头扫着房脊，然后再从椅子上下来，一点空隙不漏地扫房顶、扫墙壁，有条不紊，生怕漏下一点扫不干净。现在想来，母亲的勤劳、干净、仔细的习惯，是对我们孩子们以后生活习惯的一种滋养和熏陶。有时我们从门缝偷偷看着，喊喊喳喳，赞美着母亲。可母亲一旦听见，就喊我们说:“去，到一边玩去，看暴到你们身上灰尘。”我们内心对母亲充满了敬仰。听母亲一喊，我们呼啦，哈哈笑着都跑开了。待扫完房顶和墙壁，母亲也不停歇，随后再用一般的笤帚扫墙根和墙角，旮旮旯旯和铺上等，她扫得是那样认真，蹬上踏下，将角角落落的灰尘全扫得一干二净。

记得，每逢母亲忙着扫屋内旮旮旯旯时，我们就闲下来，玩起了捉迷藏。在自家院子里，一会跑到这儿，一会跑到那儿，我们双手捂着眼、背着身，哥哥姐姐一会藏到席桶里，藏到搭在天绳上晒着的被子夹缝里，藏到吃饭的小桌底下，藏到床底下，藏到侧屋角里，藏到磨坊里的磨盘后。待他们藏好，我们松下手，就开始到处找。找到这，找到那，这瞧瞧，那看看，当他们一看我们要找到他们时，就跑。我们就在后面撵，开始互相追逐着，嬉笑着。如果我们追逐不上他们，他们就跑，跑到他的原处，吆一声，他们就算胜利了呵。那他们再继续藏，我们再继续找。反之，如果我们撵上他们了，找到他们了，让我们逮住了，就罚他们唱歌，然后轮到我们再藏，他们就再找我们，这样循环着，乐此不疲，直到母亲把屋内扫完，我们玩得满身汗漉漉。

快到中午时，母亲也把房里面旮旮旯旯全扫完了，为了更彻底，就让哥哥、姐姐拿洗脸的铜盆，放上碎纸或乱七八糟的废报纸等东西，放在被扫完的房子中央，点着火，熰烟。母亲说，让烟把屋顶、墙壁上的灰尘再熰一遍，使灰尘经烟火，一熏、一熰，往地下落得快、较彻底。但这时扫房的活才完成一少半，剩下的小活也不少。母亲也不歇息，在等待点燃的盆火，烟熰完后，落灰尘之际，还是马不停蹄地忙。那才是忙了里再忙外呀。接着，再把搬在院子里的小物件用抹布、笤帚，一样一样地扫、一样一样地擦洗。

可就在这时，我和弟弟妹妹另有打算，也就是我们盼扫房的另一个目的，一边玩，一边在抽屉里，母亲做针线的簸箩里，角角落落找着什么，小眼睛寻摸着，墙旮旯里、家什搬走的地方、

盛零用东西的器皿里，翻翻腾腾，你们知道这是为什么？哈，哈，我们意在寻着小铜钱儿和玻璃球之类的嗷，还有我们玩使用过的小石子，就是已磨圆了的小石块巴巴。

说到小铜钱，因为那时刚解放六七年的时光，解放前的旧币中的硬币铜钱，已不再流通，找到以后卖钱去吗？否，错了。因那时中华人民共和国成立不久，古钱币及清乾隆时期流通用的小铜钱儿，到解放初期已停用，大人们拿着当废物，所以，大部分家庭旮旮旯旯儿丢的都有，可小孩子们拿着当宝贝，到用着的时候，到处寻觅。你猜是为什么？哈，因为那可是我们的宝贝玩具呀，不像现在儿童玩的布娃娃、金刚人、小汽车等高档玩具，三玩两玩，就玩腻了。而且是百玩不厌的，有时男孩子拿来敲铜钱儿，女孩子拿来干什么用呢？要复杂一点，待会再说。这些东西看似简单，但玩起来套路规则就丰富得多了啊。比起现在的孩子们玩的电动车和布娃娃小狗和小熊等还有学问，玩起它来花样游戏规则多多，并全身活动，既锻炼身心又增长智力，所以每到这时是我们搜集铜钱铜圆的好机会。

你别说有时我们真得要找到啊，找到的部分是家里固有的，没用的或我们前一年玩完了，扔一边，换季节了，又去玩别的了。如蹦“房子”跳绳等。有的也有哥哥和小伙伴们玩完后，拿回家来的，有的就是家里固有的，也让我们里、外“返抱”地所剩无几，这些可都让我们捡来当宝贝呀。每当我们找到一个就高兴得喊起来:“我又找到一个。”随后我们再放到一块儿备用。

平时，母亲怕我们把家里弄得乱七八糟，是不让我们翻箱倒柜找这些东西的。所以借过年扫房是我们找铜钱儿和那些玻璃球的好机会。有时，每当找到一个，就如获至宝，有时哥哥、姐姐突然地惹我们："快，这一个。"等我们抢着去拿时，一看是空的，就冲哥哥姐姐努努嘴，扫兴地换地方继续找。那时，哥哥、姐姐也还处在童年、青少年时期，童心还在，玩心还富有，就是偶尔看到，也让我们捡起来给他们留着、放着，有机会时再和同伴们一块儿玩。尤其是哥哥，过年的前后这段时间，布袋里总是装着一把铜钱儿和小铜圆，随时准备着和小伙伴们玩。

说到铜钱儿和铜圆，你可知道，男孩是拿来做敲夯、游戏用的。说到敲夯，年长的人你可知道，就是几个男孩子，围在一块，画一个圆圈，每个人放一个小铜钱在圈里边，都正面放在一块，然后他们抽签，或者来击股头。然后再按次序先后排列好，自己手里都拿着自己的铜钱，站在圈外跟前，圈的大小像小锅盖，敲圈里大家放的铜钱。每敲翻一个，就赢一个，如果敲不翻，连同自己的就随到里边。如果自己手里的铜钱，全输到里边，轮到自己时，就单腿跪地，两手着地，歪着头吹圈里的铜钱，如吹翻一个，就可拿起，自己再用这个铜钱接着再敲，如赢了可反复敲，敲不翻就等于失败了，再排到下一次。啊，你别说，有一次哥哥赢了一个银圆，拿回家让父亲看，父亲一看说："这不是袁大头样式的银圆吗？"哥哥问："袁大头是谁？"袁大头就是卖国贼袁世凯，父亲小时候常听老人们指责他，说他是中

国近代史上的一名卖国贼，这样的硬币在上世纪20年代就废弃。说到袁大头就是银圆上有袁世凯的头像，这样的硬币就叫袁大头币。“为什么叫袁世凯卖国贼？”哥哥问。“具体为什么？你们静下来，爸爸讲给你们听，你们也该懂点国家的历史了，像懂自己的家世一样。”爸爸说完又慢慢讲起来。“说到袁世凯就是中国近代史上记载的清朝末年的一些事中的人物，北洋军阀首领。”爸爸讲完，问我们知道袁世凯是什么人了吧，从那时起，我们对袁世凯这个人物略知一二。以后学中国通史时才知道得详细一点，特别是中国近代史讲得更详细一些。在戊戌政变前夕出卖维新派，得到慈禧太后的宠信。1899年升任山东巡抚，镇压义和团，1900年八国联军侵犯北平时，先后任直率总督北洋大臣。宣统三年（1911年）武昌起义后，凭借北洋势力和帝国主义的支持出任内阁总理大臣，出兵向革命党要挟议和，一面威胁孙中山让位，一面挟制清帝退位，窃取中华民国临时大总统职位，在北平建立地主买办联合专政的北洋军阀政权。后派人刺杀宋教仁，并在取得“善后大借款”后，发动内战，镇压孙中山领导的讨袁军，后又解散国会，篡改约法，实行独裁专制。12月宣布改次年为洪宪元年，准备即皇帝位。同月25日蔡锷等在云南发动护国战争，两广、贵州等省先后响应。1916年3月2日被迫宣布取消帝制，仍称大总统。6月6日在全国人民声讨中，忧惧而死。这就是袁世凯的下场。所以有袁大头的硬币是20世纪20年代一时的货币，随后废弃不用，当作了废品，这时孩子们都拿来当玩具了。好玩的是，以后孩子们也知道袁世凯是卖国贼，敲着夯念叨袁世凯这个不精忠报国的人。真正得袁世凯，我们知道得不多，只是道听途说和有关资料的记载。

书笔正传，话说得太远了，再回来。因为我们平时在家玩，不用那些小东西时，就时常有意无意丢得这也是，那也是，所以每次扫房，我们都会找一些，集中到一块备用。年轻的朋友们，你可知道，那时的我们儿童拿这铜钱儿做什么？哈哈，现在来说四十岁以下的人们可能知道得就寥寥无几了吧！还是告诉你们大家吧，男孩是用来做游戏敲夯玩儿的。而，女孩是用来做毽子踢毽子用的。

当母亲把零用的小家什上的灰尘擦洗干净，被烟火熘过的灰尘落得也差不多了，母亲再把地上、炕上、桌子、衣柜、饭橱等大的家具，擦、扫干净，屋里就一干二净了。虽是寒冬腊月，但母亲却是累得满头大汗，“真的是老天冻懒人，饿馋人”。反之我们玩得也浑身汗漉漉的。唉，真是童心无忌呀，只顾玩，意识不到母亲的辛苦啊。

待屋里的灰尘落完，我看母亲每次都是先把每间屋里的炕席擦洗干净，让哥哥、姐姐搬到屋里铺好，再把搭在天绳上晒好的被褥，用棍敲打好，扫干净，搬到铺上铺好。这时我们又派上了用场，剩下的枕头、母亲做针线用的簸箩，簸粮食用的簸箕及不怕摔坏的日用小件等，我和弟弟、妹妹都争着往屋里抱、拿、提，这些既好抱，又好拿，还好放，当然也要放整齐，该挂的挂

起来，该靠墙的靠墙，该放桌上的放桌上，反正得摆好，总之，还要放得恰当。母亲说:“这叫着墙靠本。”有时哥哥、姐姐还当我们的评判员，看谁放得好。再就是锅碗瓢盆，首先是做饭的大铁锅和小铁锅，大锅口径近一米宽，深也有半米。小锅的口径深度也近半米，因为用这锅做饭一般烧的是毛柴，烧的时间长了，锅的外围底上，都沾满了柴火烧的灰，会影响做饭的速度的。甚至用锅，烧热了后再贴三合面（小米面、玉米面、豆子面）做的饼子时，贴到周围的饼子，熟后，饹馇也不酥、不香，所以每使用一段时间，母亲就要用镪锅刀镪锅底外边的灰，然后再扫扫锅外底儿。将要过年，相应地用锅频率会增加，就着扫房，因此每年母亲就随着把大锅、小锅又都从锅灶台上揭下来，搬到院子里，扣在院子里一个干净地方，让锅外底朝上，先是用镪锅的刀，镪去锅外围的烟灰，然后再用笤帚将烟灰都扫干净。这还不算完，还得把锅灶里边的灰也扫干净，才将锅搬到锅灶上放好，再和点麦秸泥，把锅边和锅灶沿接壤的地方的缝隙堵严，抹好，做饭烧火时防止从这接壤的缝里往外冒烟，然后再用水将锅刷洗干净。这样大、小锅灶都扫干净整理好了，就再整理餐具。记得有一年，母亲要我哥哥和泥，抿锅沿下的缝隙，哥哥忘了往泥里放麦糠（即麦粒脱下来的外皮）。母亲有些着急，哥哥赶快拿来再掺和进去。母亲告诉我哥哥，因为泥里边掺和上麦糠，抿上的泥干了不容易裂缝，做饭时，灶台里边火，还有烟，就不会从锅沿和灶台圈边接壤的地方夹缝里冒出来，锅灶下冒出的烟就会都随着被烟囱抽走了。

我们是知道的，每年扫房时，擦洗餐具，母亲是不让我们动的，怕我们毛手毛脚，掉地上打破了。母亲说：“打件餐具值不了几个钱儿，主要是已进腊月门，快过年了，打了餐具是不吉利的，给全家人造成一种心病，多少年来，代代这样传下来的。”现在我想，母亲当时说的心结，也就是我们现在说的“心结”吧。所以这些由她自己小心翼翼地擦洗干净，再小心翼翼地搬到屋里，在原处一样样地放好，才放心。避免造成那些不必要的心结。

可是，关于进了腊月门，过年打了餐具不吉利的说法，近代又有了新的说法，如果进了腊月门了，一不留心打了盆或打了碗、磁器之类的用具，旁边如果有懂这句寓意的人，就随着说：“嗨，这就叫岁岁（碎碎）平安。”这样当事人就不会形成心结，一句话当没事一样。你想，那这一说法是劝人之法，还是除去打了餐具人的心病的诙谐话呢？民间才子真不少，运用了我们古国文字的特点，应用到日常生活中，用得还特巧妙，进一步证明了我们中国文字的博大精深、源远流长，内涵实在是丰富，左右纵横、高深，没有表达不了的文字。有的字音同，意不同，还有的字音同形不同及象形、形声等。“岁岁平安”创造者是用文字来表达它的辩证关系，还是劝人除去打过家什的心结？我看还是用了这一哲理，劝人除去心结吧，过年了嘛，要高高兴兴。

母亲擦洗完了餐具，接着就是自己再擦洗茶壶、茶碗，这些

也不让我们动，照样是她自己洗干净、擦好，放在屋里的八仙桌上，放的位置，让它着墙靠本，她才觉得心神安定。随后，吃饭的小餐桌、小簸箩，家里推磨磨面时罗面用的大簸箩，还有暂时盛粮、盛面用的瓦缸、大椽子，还有往粮食囤里面倒粮食用的登高梯子等器具，凡是重一点的那些器物，都是姐姐、哥哥的活。剩下的小簸箩、小椽子、吃饭用的小凳子、小板子、盛筷子的笼子之类的，还是我们都抢着搬、拿。屋里屋外，来回穿梭，有时我们姊妹几个还斗着嘴玩。因为我想抢着这个拿，你想抢着那个拿，总之在扫房前搬到院子里的东西，待扫完房后，把这些东西擦洗干净，再全部搬回到屋里，然后母亲再亲眼看看我们放的家什是否着墙靠本，个个放得适宜，才算扫完房。每年扫完房时，总是已到下午三四点钟了。年年如此，每年扫完房后，母亲总说:“可算忙过去一个大活！”

是啊，当年孩童时的我，只知道扫房好玩儿，盼着扫房找铜钱儿，找玻璃球，找已经使用过的小石子块巴巴，已磨好的小瓦块等玩具之类的，在过年扫房中，带来好多乐趣，但有意无意的，也将母亲扫房的程序，认真仔细的方法，看在眼里，记在心里。

长大后自己安家，另起炉灶后，每年学着母亲扫房时，才感受到母亲的辛苦，如果不扫房就像这个年没过好，心里像长病一样，会不舒服的。所以扫房是除旧迎新准备过好年的一件大事，扫过房以后，觉得心情放松舒服，环境像更新一样。也就像电影

《白毛女》中，喜儿唱的歌词一样，“干干净净过个年”。看来过年扫房已是中国家庭的一个上千年的良好卫生习惯。

如今，人们有一部分虽已住进了楼房，但上千年来，古人留下的良好生活习惯依旧。有点区别的是，现在已有家政这个专业的工作组织，过新年如果家中忙不过来，或年老体弱的，就可请专业的家政人员来做这项工作，碰上服务态度好的，按着主人的要求，也给扫得一干二净，省去那些自家劳碌烦琐的程序，按面积付钱就是了。在三十年前是没有这个组织的，这是一项新思路，值得点赞。如果母亲处在现在，就不用那样劳累了，轻轻松松过个年，这是社会的一个变革，人类社会思想意识开阔了一瞥。

缚毽子、踢毽子

在五六十年代冬、春两季，对女孩子来说，有一项主要活动，每个女孩子都想拥有自己的毽子，我也渴望。在那个年代，大多是自己缚（做），我常常瞅着大姐怎样做，自己也就慢慢学会了。前文已提到，对女孩子来说，铜钱是用来做毽子的。这里说到毽子有几种:

第一种是布条毽子。用布条和隔板（用布条，就是把旧布头，用浆糊一层层抿粘在一起的布板）做。先用裁剪衣服剩下的下脚料，剪成八厘米长的布条，然后用普通或结实一点的布，剪成一个直径三厘米多的圆，再剪一比圆布小一厘米的圆隔板，用那圆布把它包起来，把铜钱大小的隔板包起来，用针线穿一圈捽起来，再用针线穿过中间后，将针尖再扎过来，朝捽住的这一方(即针尖朝上)，先不要拔出来，放在较平整的地方，随后把九厘米长，两厘米宽的布条（做衣服的下脚料，丝织品的最好）的一端往针上穿，穿六七条就行，穿完后，再把针穿过来，然后来回穿几针，钉住，固定好，就是一个毽子。如果没铜钱，这是一种最好的方法，大人用来哄孩子，所以，这一般是给刚开始学踢毽子的小孩准备的，有时候拴上一根线，用手拽着拴毽子的线的另一头踢。还有的用穿着棉袄的胳臂或手（将手缩到袖头里边，这种东西大多在过年的前后那段时间才玩）托。

第二种，就是用铜钱做底，缚毽子。和隔板的做法是一样，就是把那圆隔板，换成铜钱，再用比铜钱大的一块圆布包起来，用同样的方法，再把布条一块块钉在被包的铜钱当中，通过铜钱当中的孔，再穿几针固定住，就做好了。这样，大孩子和小孩子都可玩，大孩子们当然不用线啦，如果用，就太小儿科了。但这种毽子玩起来不如羽毛的爽。

第三种，是用得最多的一种，也是最爽的一种，就是用羽毛和铜钱及布条做成的一种了，做的方法并不难。就是，先准备一块八九厘米长、两厘米宽的布条。羽毛从鸡鸭鹅身上采都行，不过，公鸡脊梁骨后半截到鸡尾以前的最好，既好看又好用，每个毽子用六七根就行。A. 将这几根羽毛根均匀地绑在一块儿，绑完了后，像盛开的花。它的绑法，就是用棉线绑鸡毛的根部以上，每绕一圈，放一根鸡毛，一般绕五六圈，放六七根鸡毛就可以了，鸡毛随着绕着摆得要匀称，绕完，绑好，最后看起来像绽放的一朵菊花。B. 把布条中间，剪一个和铜钱眼大小的口，把铜钱（一般用两三个，根据自己的喜好）放在布条上，并铜钱的口对准布条的口，再把布条的两端通过铜钱的口，穿过布条的口，拽紧（也可先放一个铜钱），可再穿上一两个铜钱。C. 将已绑好

的一束羽毛根部，插入布条已穿好铜钱两端的口（不要太过，和底铜钱的底部，在同一平面上平着为佳，如突出一点，就用剪子把突出的部分剪下去），并用线把布条和已捆好羽毛的根部，裹在一起，一块绑好，这样就做好了羽毛毽子。为了使毽子底部平整，可把穿过布条和铜钱的眼长出来的羽毛根部剪去，使毽子的底部平整。这样一个完整的毽子就做好了。既漂亮、美观、大方又好用。这是我在小的时候玩着，跟姐姐和小伙伴们学的。那时都是年龄小的儿童做什么，玩着不知不觉就学会了。为了玩得开心，以上这些样子自己大都做过，有时还扎破手，但也值得，自己也很高兴，因为它既让我动脑，又让我动手（这是自己被逼并愿意干的活，原因是我们愿意拥有自己的毽子）。这样我们还学

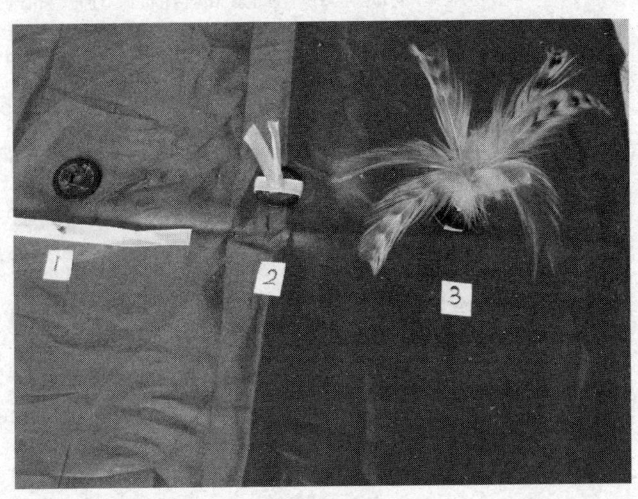

鸡毛毽子图

会了做这种毽子的方法。在做的过程中，虽然自己还要寻找公鸡去采羽毛，或小朋友间互相串换，也够不容易的，可也不觉难，因为在一股玩心的支配下，不知不觉中就学会了，那真是天真无邪，玩着学，乐着干，所得成果还自己享用。这叫自得自乐。说到这，你可知道，那大公鸡的羽毛，可不是就地捡来的呀，里边的方式方法和技巧，虽简单，但对儿童来说，既找这，又找那，也非易事但也不是坏事，加强了和邻里之间的联系。

青少年缚毽子踢毽子玩，最好用的还是大公鸡的羽毛，那么到哪去取呢？嗨，不用愁，第一种是自己寻找鸡毛。那时的儿童顽皮得很，因为当时在农村散养的鸡很多，几乎家家户户都有散养的土鸡，如，来行鸡、寿光鸡、黄鸡、笨鸡等，那叫散养鸡。大街小巷，打轧庄稼的场院里等，到处都有觅食的散养鸡，溜达着找点食吃。小朋友们，看到哪只公鸡毛好，几个人就围拢，霎时就逮住，有负责按着的，有负责揪鸡毛的，还有负责收着的，揪得够用就将大公鸡撒开。我们再将鸡毛分开，各自就将鸡毛带回自己的家，再用铜钱缚好毽子，过年的前后，穿着母亲们给做的棉鞋，放了学，做完作业，小朋友们就找到一块玩，有的踢毽子，有的蹦房子，有的打尜儿，有的弹玻璃球。

这里边有孩子们盼着过年的原因，为什么？哈哈，因每到过年，几乎家家户户为了准备祭品，为了改善生活为了迎接客人，要宰猪杀羊，当然宰鸡更是少不了了。逢到这时，不管自家或邻居家要宰鸡，我们小朋友们消息传得特快，今天围拢到这家，明

做游戏

天又跑到那家，待到大人们将要把鸡逮住，将腿绑起来时，我们小朋友在一旁等着，大人们挑选着在鸡的后身就给我们揪鸡毛了。特别是宰那大公鸡时，我们小朋友们耐心地等着，大人们一根根挑选着揪下来，抵到我们的小手中攥着，一会给你几根，一会又给他几根，平等地分放着。有时大胆的小朋友学着大人自己揪，个个都将鸡毛揪下，攥在手里，看着那花的红的黑的白的鸡毛，喜在心里，拿回自己的家，加上家长扫房时搜集到的小铜钱，有了制作毽子的基本原料了，将过年时，高高兴兴自己制作一个新毽子，过了新年，拿着自己的新毽子和小朋友们比试着踢起来。

再说踢毽子，记得儿时踢毽子，有几种，有的是单脚或是双脚踢，嘴里数着数或唱着踢毽子的小叉；有的是双手五指叉在一起，两胳臂在胸前形成一个大的圆圈儿，每踢一次，毽子必须通过这个圈，嘴里还数着；还有的双手五指尖分别对好，中间形成一个小圈，不管用的是花布毽子，还是红的花的黑的鸡毛毽子，每踢一下，使毽子都通过这个小圈；打毽子，即，将毽子踢起，然后双脚蹦起，半右转身，随着右脚在没着地之前，再将下落的毽子从左腿后边朝上打去，然后双脚再落地，接着，右脚再将毽子踢起，转身再将毽子打起，反复这样，看谁坚持的多，谁就是胜者，这一般是二年级以上的孩子常做的花样；像一、二年级的孩子，就一边唱叉，一边踢，每踢一个毽子，唱一个小叉，这个叉就是:“棒子（玉米）粒儿，嗑头芯儿，哪里嗑？脊梁背儿。”当唱到脊梁背的时候，已弯腰，两手往脊梁后一倒背、一转身，将毽子落到脊梁背上。然后弯着腰，再用手够下来，如果够不到，有的规则可让后背颠一颠，使背上的毽子颠到手能够到的地方，将毽子够下来，再继续，直到踢不上去，就完了。可有的规则，不管踢到背上任何地方，当事者就尽上自己的最大努力，实在够不着，如果掉下来，为犯规，就轮到别人再踢，最后看谁踢得多，就为胜者。

我们踢毽子的方法有很多种，如，在踢毽子的时候，十个手指甲肚对着，中间形成一个筒样，也就是一个圈。当用脚踢起毽子落下时，就让毽子穿过这个圈，每踢一个都必须经过。谁踢的多少，就看谁的手脚灵活程度和配合能力了。当脚接到下一个落

下的毽子随着踢起时，就根据轻重缓急，用劲的程度、方向，尽量使毽子从空中落下，再抬脚接前时，必须经过这个圈，否则就失败，所以手也得配合好了，用那形成的圈去接，让毽子通过这圈落下，再用脚接起，这样反复循环着，看谁这样踢得多，就是胜者，否则就是失败者。

还有一种方法，那就是让手的十指交叉，使胳臂形成一个半圆，也是用脚每踢一个，使毽子回落，用脚接时，必须经过这半圆。总之，玩毽子的花样很多，如，用手托，也使毽子落在后背上，和用脚踢落在后背上的方法一样，再从后背上够下来。每当完成一个循环，心里总是高兴不已，尤其是，过年期间，穿着母亲给做的新的绣花鞋和花棉衣，不管是旧衣改装，还是新的棉布做成，都是纯天然的，没有任何化纤，无毒无味，穿起来，舒舒服服，乐乐呵呵，踢得时间长了还冒着暖融融的汗，成年人看到我们老说我们是小乐天派，现在想，确实，有过之而不及。

这样使孩子们的手、脚、眼、脑、嘴、腰都动起来了，同时，也培养了我们孩子肢体、眼、脑、嘴的协调性和灵活性，又使我们玩得很有兴趣儿。美哉，美哉。

现在我想，当年我们通过缚毽子、踢毽子，受益匪浅，掌握了制作小物件的一些方式方法，还学会了一些小民谣，手脑并用，还锻炼了肢体，近似于理论与实践相结合吧，在我以后的工作中给了很多力。从自身的切身体会中，我认为儿童以文化学习为主，以肢体活动为辅的双向结合，会为他们的茁壮成长增加营养。

前些年，我看了一本关于物理学家杨振宁教授的书籍，他是理论物理诺贝尔奖得主，很厉害。20 世纪 70 年代，他曾几次回国，帮助国家筹资，成立科研院所，尤其是在很多高校成立了科研院所，如天津南开大学，就是其中的一所，近些年的科研人才，有很多已成为国家科研成果的栋梁，杨振宁教授为国家的贡献是不可估量的。当然在 70 年代后，还有不少科学家，又如，李政道、魏建雄等人，不断回国访问，都为国家做了很大贡献。由此再进一步想，杨振宁教授如果再在实践物理学方面也得诺奖，那就更厉害了。所以脑力劳动和肢体活动双项结合，对儿童的成长大有益处。

农历腊月十五

腊月十五，正是“雪花风吹月朗天，松柏青青我岁寒……梅花初绽倚兰干”之时。一般情况下，扫完房，每逢这时，家庭主妇们早起晚睡，到了拆洗衣服、被褥，为孩子们做新衣、做新鞋袜的时候了，好让孩子们到除夕早晨能穿上新衣服，别人家孩子们有，咱家孩子也不缺，哪怕是旧衣改造，用染料一染，就是那时的棉布不如现在化学纤维的结实，穿的时间长了，容易磨破，但它没有毒素，穿起来既轻便又舒适。在布料上补上补丁做出来，也和新的一样，穿身上一样新，还节省能源，对人体和环境还没有伤害，很环保。可这些针线活在 20 世纪五六十年代前，对一般家庭来说，都是手工做呀，一针一线地缝制。我的母亲也不例外，甚至心气更强。母亲是一位干净利落的人，虽然她的孩子多，但毫不示弱，总是充满信心。母亲天天在忙，不辞劳苦。到过腊月十五这一天上午，母亲暂停下手头的针线活，另忙起准备过十五节日的食料。

说到腊月十五，离年更近一些了，年味更强一些了。在我们那一带，这一天习惯性的是吃水饺，据老人们说：“腊月十五是祭玉帝，祈福平安的日子。”还有人说：“旧历腊月十五日，月儿圆，代表圆满。”它是一年的终了，这一年最后的一个满月了，当然腊月十五代表一年的圆满了。是的，我们那一代，也在习俗之内了。每到这天，家庭主妇们，放下手头的针线活，忙祭品，包水饺以祭玉帝保平安。这时，小朋友们在一起玩耍，一会跑到他家，一会又跑到你家，无意中，把各家的习俗记在心里。有一次，我在远门的一个小姐姐家玩，当她的妈妈把水饺煮熟盛到五个菜盘里，让她帮着妈妈往供桌上放时，一股玩心的她，一不小心，将盘中的水饺撒了一地。看着她妈妈心中一时激起的火又落下。看来是将过年了，图个吉利，不着急上火，让她捡起来，洗洗放一边，再拿新的水饺放盘里。她妈妈告诉她，每个盘里放五个水饺，不多放也不少放。这一幕我看在眼里，记在心里并纳闷着（不知为什么，凡是上供的那个器皿和里边放的食品都是单数）让她小心翼翼，两手捧着盛水饺的盘碗，放到院子里早放好的小桌上，再放上五双筷子，面朝北。当我回到自己的家时，看到母亲已把水饺供品摆好，我细心一看，这些供品的数，无论是菜盘或水饺数都和小姐姐家放的一样。母亲点着几炷香放在香炉里，正准备再烧纸祭拜，为家人祈福，敬天敬地，再敬逝去的长辈们，祈福一家人幸福圆满，来年安康，生活更上一层楼。哥哥姐姐也随着母亲跪在供品前祈福，我猴子学样，觉得好玩，跪在哥哥姐姐旁边，面朝贡品，但就是不明白贡品的数量和菜盘数为

什么都是五个？过年不让多说闲话，我也不敢问了。

记得奶奶在世时，母亲把饭食打理好，总让我们到婶婶家把奶奶请来，然后一家老少三代人再围坐在一起吃将起来。每年这时母亲总多样地弄馅包水饺，有猪肉白菜的，猪肉韭菜的，还有素三鲜的、牛羊肉的。奶奶总爱吃羊肉大葱的，有时母亲一看羊肉大葱的略少些了，就暗示我们让给奶奶多吃些，我们就再多吃别的馅的。一家人围坐在餐桌前，其乐融融，吃将起来。弟弟总爱调皮，挑三拣四，奶奶总是顺着他，父亲说："吃饭不挑三拣四才是好孩子。"母亲也说："从小要养成好习惯，长大才有出息呀。"我和妹妹都争着说："我不挑拣，我要做好孩子。"哥哥姐姐高兴得为我们鼓掌，奶奶露着满脸幸福，含着溺爱小孙子的微笑说："再大两岁他就和你们一样了，这叫小的跟着大的学。"是呀，当弟弟大了时，真的比我们还懂事，吃饭时，从不挑拣，知道尊老爱幼，长成了一位书生气的男子汉。

可当时，父亲一脸严肃的表情没再插话。母亲说奶奶这叫隔辈疼。奶奶意味深长地说："人不到一定的年龄体味不到有子孙后代的幸福呀。"我和哥哥姐姐瞪着眼斜视着我弟弟，朝他撇嘴还丢他，他却美滋滋，仰着满脸不屑的表情。父亲母亲看着奶奶爱抚着她的小孙子，朝奶奶投去羡慕的目光。现在再回想起来，一家人，有老有少，又说又笑，那才叫其乐融融，简直就是一部畅想曲呀。

从过节的习俗中我们从小就潜移默化地受着熏染，养成敬天、敬地、尊老爱幼的好习惯，并且我们还经常抢着干这些敬天、敬地的家务活，使我们从中体味到，人类要顺应大自然、改造大自然，不要破坏大自然，赢得一年四季的风调雨顺，使天、地、大自然为人类谋幸福，为那些做出贡献的人们回馈，赐给人类生存的一切，让人类觉得自己在干有益的事，得到很大的报酬。一年安全地生活过来，应再回报天地，回报大自然，回报恩人，祭祖先。有时我们也学着长辈们这样做，奶奶夸我们，这叫知恩图报呀！我们听了不亦悦乎，感到自豪。

过了腊月十五这个节，家家户户，到了备年货的时候了。这时，母亲和其他家庭妇女一样，将针线活，转入晚上忙，白天为备年货而忙碌。如磨面，母亲实在是一向干净利落。磨面前，先是将麦子用簸箕把麦粒簸干净，然后再放水里洗两遍，捞出，最后放在大的簸箩里再用干净的棉绒布擦干，晾好，才开始磨面。

在20世纪60年代前期，磨面不像现在用机器磨，而是用石磨。两块直径同样大的石圆盘摞在一起，上边的石磨盘留有六厘米左右直径大的似瓶子圆高的磨眼，蹲在早已垒好的圆台上，下边的磨盘完全是一个整圆的石盘。为了使磨磨得快碎，再由打磨的石匠，将两磨盘接触的面打磨出条槽，它们的接触面像搓板一样。再在上边磨盘的旁边镶嵌一木制磨辊，粮食放在上边磨盘上，将拉磨的套后边拴在磨辊上，再给牲口套上拉磨转的这套，戴上捂眼罩，也叫捂眼，拉着磨辊围着磨盘转，磨盘顶上的

粮食则顺着磨眼落在两磨盘间，通过上边的磨盘的转动，被磨碎的粮食随着磨盘的转动从两磨盘间的缝隙中像瀑布一样再落在磨台上。落下的面渣，由罗面人用罗再罗，筛过的面落在簸箩里，筛后剩过的渣再放到磨顶上，磨第二遍，这样反复地磨，反复地罗。第一遍和第二遍筛出的面，单独放着，这面叫上栏子面或头览子白面，也就是纯白面，再往后磨出来的面粉就较黑了，也没那么的有筋道了。这种头两栏筛出的面做起面食来特有劲，不像现在往里放增白剂和增加筋道的制剂，这些对人体都有害。售卖的面袋上还标着什么“筋筋面”，真正自然的好面是不用任何添加剂的，做面食本身就很有劲。我有时想，那些所谓筋筋面莫非正是把头两栏筛过的面粉留出去，用石磨三栏以后的面，再加添加剂卖出去，做的面食又有筋道又显得白，欺骗不懂里边猫腻的人们。如磨出的前两栏子面，包水饺或擀面条、包包子等不用什么添加剂，这才是纯天然环保的好白面呀。还有磨面时，从第一栏开始一直到最后的面放在一起叫混面，相对来说这面的质地是次于白面的。取出一、二、三栏的面后，那后边反复磨出的面叫黑面（现在的商家有可能在这里边放添加剂），最后剩下的叫麸子，这就是麦麸。在那个时代，不像现在的黑面加增白剂、添加剂后，还叫它筋筋面，这时，后边剩下的几栏子面粉，人们叫它黑面。黑面和出的面做面食时不筋道也灰黑，和面时就是没有纯白面粉那样有韧性，包水饺容易破的，咀嚼、味道也不如纯白面好，在科技还不发达的时代人们就把它列入麦子成分中的次品。

谈到麦麸，现在据科学研究，麦麸无毒无害纯天然，据说还有营养。因为麦麸含有丰富的膳食纤维，是人体必需的营养元素，可提高食物中的纤维成分还有降糖功效。另，据说麦麸里含有天然植物油、维生素、酵素、蛋白质，对护理皮肤有良好的功效。麦麸中含的B族维生素，在人体内发挥着许多功效，而且还是食物正常代谢中不可缺少的营养成分。同时麦麸中氨基酸含量较高，并且含有丰富的微量元素，有利于儿童生长发育。说来我觉得也确实是。上世纪80年代初，我还喂养过十来只寿光鸡，鸡饲料我用的就是麦麸和剁碎了的一种碱蓬菜（盐碱地里长出的一种菜）搅拌在一起，每只鸡吃了，它们的绒毛都很靓丽，直到现在我还时常想起我喂养的那十几只鸡，每只鸡的绒毛靓丽而干净，配着它们的双眼皮大眼睛很好看。鸡吃了这样，以此类推，那人食之后皮肤也会很好的呀。可我看到现在有人在大棚里养的鸡，毛发有些秃，是否缺乏麦麸之类的营养呀？不知道。还有一种石磨面，就是将面粉一栏一栏地混到底，不分别放着，每一栏都混在一起，这叫混面，做任何面食都较适用，如果不添加增白剂，就是不如开始磨的留起来的前两栏面粉白，但营养丰富。可现在一些利益熏心的商家，只顾赚钱，在黑面添加增白粉或添加剂使面粉增白、有劲，以此类推，这样的面食，人们食过后会被伤害，知道的人，就不会选择它了。

话又说回来，因用石磨磨面时前两栏面粉白皙，在那个年代

科学还没发展到现在，人们都认为后边几栏子面不好，所以，每年母亲就把白面留出来，包水饺、包包子、蒸枣糕、烙饼等，用这些好面做的面食给过年来拜年的客人吃，还留给老人用。但是上栏子白面粉做出面食确实也好用好吃，口感也很好哇。其余的后几栏子的面则留着炸年货等，年年如此。后几栏子面粉，做面食时，筋道小，不好用，口感也不好，有点松散，味道也没有前几栏子面粉香甜，嚼起来有点垫牙。

但有一件，如果用后几栏子面粉不用添加任何添加剂，炸出的面食是较酥的，尚好吃，这经验也是我家从老前辈那传下来的。哈，你可知道，这方法在我们家，至今还使用着。就是现在，我如果做油炸食品，还特意用它。前两年，邻居家还教我一个烙肉饼的方法，就是专门选的后几栏子面粉，烙熟后吃起来还挺酥香，口味很好 。话说这里，麦子用石磨磨完了面粉，几乎是家家户户，剩下的其他的活就是宰杀了。又如，猪、羊、鸡、鸭、鱼等之类的，以备年前几天做成品用。待这些东西备好，新年也就要来到了。

以上这些活，大多是大人们自己忙活，大人们都很少让小孩子们插手，所以我们就管自己玩，有时围在大人身旁玩，有时到邻家找小朋友们玩，正是在这玩中好多活是看在眼里，记在了心里的，所以在潜移默化中学会了一些，长大后建立了自己的小家，为了给自己的家人尝到些传统的口味，自己动手模仿回顾着做，才体味到家长们的劳累，年前准备工作的烦琐。所以腊月十五不但是年末的最后一个圆月节，一年的圆满的象征，我看也是过年准备年货的鼓舞节。父母们看着我们孩子个个健健康康，活泼尤佳，所以腊月十五这天前后，他们为新年准备着、劳累着并欢喜着。

过小年

腊月十五过后，接着就要过小年了，在北方那就是腊月二十三，而在南方则是腊月二十四，小年既是新年的正式开启，也是送灶王爷上西天作汇报的日子。

每年在这一天，家家户户先是蒸熟一锅面食，待到晚上，将供在锅灶墙上的灶王爷画像，揭下来，先用火柴点燃着三炷香，再点燃着烧纸，将蒸熟的面食和其他贡品一同供上，跪下烧着纸和画着灶王爷像的画，一块烧，嘴里还念叨："灶王爷爷上西天，到那里一言实告，多带那五谷杂粮来。"这叫送灶王爷爷。小时候每逢这时，往往是在旁边一边玩，一边看热闹，以为长辈们这是信神，孩子们拿着当笑话。在以后的日子里，随着年龄的增长，看问题慢慢从幼稚走出来。其实不然，那是百姓对来年丰衣足食的一种期盼和夙愿，采用这种方式，是百姓对夙愿和期盼的一种释然。前段时间，和几位发小朋友在一起，说起小时候的事还哈哈大笑，那时的我们真是幼稚可笑。

腊月二十三，也是开始蒸妆年货面食的日子，如馒头、包

年糕、包子图

子、枣糕等动物形的各种花样面食。从这天开始，面粉、各种馅料都将准备好了，人们就开始蒸妆了。一般人家，大都先蒸粗粮的食物，如三合面的（带馅的圆团子，用玉米面粉、豆面粉、小米面粉）荞榴，特别是刚蒸熟出锅时，外壳带着豆香味，暄头中带着松散，嚼起来很好吃。里边用的菜馅是根据自己的口味选择，如白萝卜馅里放点韭菜和肉，胡萝卜馅里放点虾皮，用蒜瓣、姜丝做提味作料。吃起来，香喷喷咸滋滋，营养成分又高，是成年人爱吃的一种。黄面（黏黍子面）带枣的窝窝头，蒸熟后，在我们那一带，不管大人小孩习惯性地都用筷子插着吃黄面窝窝，这样不会黏到手上的，也较干净卫生。到邻居家串门，看到他们家大人小孩在吃黄面窝窝时也都是这样的，吃起来利落干净。在品着，黏黏糊糊、甜滋滋，发着枣和黄米的清香味，大人孩子都愿吃。米面糕（小米面和上发酵粉），经过发酵摊在蒸馒头的箅子上，像蒸馒头一样蒸熟即可，

刚蒸熟，用刀切成馒头大的一块块方块，热腾腾，吃起来甜里带点酸，真是美滋滋的香灿啊。这些都是原汁原味，很好吃，直到现在回味起来，口水还在打转转。

前几年我去莱芜，见到本家族中一位从小和我一起长大的侄子。他是一位烈士子女，在他一周岁还不记事的时候，他的父亲，我的那位哥哥就参加了国内的解放战争，不幸的是，在人民解放军占领南京过程中壮烈牺牲。你可知，在我年少，既无知又单纯的年龄段，曾读到伟大领袖毛泽东主席在一九四九年四月写的诗词《七律·人民解放军占领南京》:“钟山风雨起苍黄，百万雄师过大江。虎踞龙盘今胜昔，天翻地覆慨而慷。宜将剩勇追穷寇，不可沽名学霸王。天若有情天亦老，人间正道是沧桑。”这首诗词，只知道这是人民解放军取得辽沈、平津、淮海三大战役的伟大胜利直至解放全中国。所以，毛主席写下了这首诗。我认为这只是一首史诗，其实不单是一首史诗，它的意义既深远又博大。

我的侄子，大学毕业后被分配到外地工作，离家十几年，见到我高兴不已，在叙旧的过程中他突然问起我:“小姑，现在咱家还有那种米面糕吗？”我听后，猛的心中一酸，感觉到他想家了。他想老家中的老老少少，想家乡的模样、童年的快乐、童年时代的美食……家乡的年味。我带着肯定的语气回答他说:“有！”其实在我们这一地区已几乎失传了，他也可能理解我说“有”的含义。一是愿他有时间回家乡看看，二是让他回家再尝尝当年的美味面食，以解家乡人们和他相互的思念，虽然他的父母已离世，家乡人们都会对他热情相待。因他的工作忙碌，孩子还小，一直没时间回老家，我心里也一直惦念着侄子念叨的米面糕。心想，这就是他的乡愁情节。为了一解我的惦念和侄子的乡愁之苦，平日里，我到街上买东西，常去食品店看看。功夫不负有心人，不错，将过年时，我偶然看到，我们小区后边的面食店做了黄米糕，我仔细一看并问了服务员，证实了这种就近乎我们小时候过年吃过的米面糕。我喜出望外，心想，现在有快递，买下来给侄子寄去，一下买了二十几块，还买了带枣的黄面窝窝头及当地特产。当天就叫了快递，给他寄去，感到心里好舒服，像放下一件什么大的事情。我常常这样想，我们从小是在父母的呵护下幸福地成长起来的，回味不尽的父爱，可我这位侄子和全国为国捐躯的烈士们的子女一样，早早失去了父爱，没有享受到父亲的疼爱和抚养，这是人生一大缺憾。再说，我这位侄子的父亲，是我本族中的一位哥哥，他是为国出征而牺牲的，是我们家族的荣耀，关心他的亲人，爱护他的亲人，弥补他亲人的人生中的缺憾，让他过个好年，是我们应做的事情，更是对我那位在天之灵的烈士哥哥的一种告慰。

两天过后，侄子打来了电话，带着喜悦的心情，问我："小姑，是你给我寄来的这么多好吃的？"我说："是呀。"我又问他："你吃到米面糕了吗？"他说："吃到了，还真有那个味。"最后他还说谢谢小姑，我听了感到格外的高兴。这里我加一句，他说的

“有那个味”，也就是过年的乡愁味呀。我听了，感到心里酸酸的、甜甜的。

以上说的是有关粗粮的部分面食，再说腊月二十三后，家家户户都是先蒸完了粗粮的面食，再蒸细粮面食的，也就是麦子磨成的面粉，人们习惯性地叫它为细粮。用细粮面粉做的面食花样就更多了。如各种馅的包子，羊肉大葱的或羊肉胡萝卜的、猪肉韭菜的，就是各自考虑，什么馅和什么搭配更可口。过年包包子，人们用得最多的是韭菜。

说到过年用的韭菜，在我们小时候，在秋末初冬时间里，人们就将韭菜买下来，洗好晾得没了水，再准备一个陶瓷罐，洗净擦干，将韭菜放入，撒上盐，封好，准备过年用。因为那时没有冷藏，也没有大棚菜，所以人们就早早地腌制起来，过年用它包包子、包水饺。包包子，除去韭菜馅的，还有猪肉白菜的，牛羊肉大葱的，还有素馅的等。每年这时，我们有时在一边玩着玩着，看到母亲和嫂嫂及我大姐包包子，就感到很好玩，我和弟弟妹妹跑到她们身旁瞎闹腾，弄一块面，拍成饼样，放上馅，就胡捽扭。记得曾经有一次，我也弄了一块面，学着嫂嫂和姐姐捏成饼，再往饼上放好菜馅，觉得馅放得不多呀，可包了几包，手都不听使唤，不做准。好不容易包了一个包子，弄得里外都是馅呀，褶也不像褶，圆也不像圆，长不像长。嫂嫂先看见了，哈哈笑我。母亲和姐姐也看到了，她们都笑我。姐姐说四不像，嫂嫂说谁说不像，倒像个小蛤蟆。母亲借一句俗语，逗我们说：“亲家母你别怪，俺包的包子里外都是馅儿。”姐姐和嫂嫂一听，笑得前仰后合，我觉得好没面子，则带着一手面粉举手打她们，打在她们身上穿的棉衣就落下白白的小手印，吓得她们四处躲闪，随着哄我说：“我们不说了好吧？”母亲说：“现在你还小，待你学会包好了，别人就不笑你了。看着别人怎么包你就怎样学，学着怎样才包得饱满，褶捏得又匀称，细腻好看，让人一看样子就流口水，不要胡乱腾了，上一边去玩吧。”随着母亲的劝说声，我方罢休。这时弟弟正在门厅里拍皮球，趁我们不注意，拿起我包的那小包子，举着绕门厅转了一圈，刚想往灶台下扔，嫂嫂一回身看到了，马上给他要回来，放在面板上，逗他说：“别看姐姐包得不像样，可也是包子呀！”母亲看见突然认真起来，说：“大过年的，不要乱扔东西，说闲话，尤其是小孩子不知深浅，不知话朝哪说，事朝哪做，过年要图的是吉利。”说完就撵我们出去玩，不让我们在家胡乱闹腾。从此我知道过年不要说闲话，尤其是小孩子。这次学着母亲、嫂嫂、姐姐包包子，当时虽没包好，但我知道了包包子也不是一学而就的呀。

从我记事起，直到1958年前，每年这时母亲调着各种各样的馅儿，包着各种各样的包子，如圆形的、弯弯形的、长直形的，还有灌汤包的，吃起来特别香。有时动物油从包子馅里往外滴答，需接着碗吃，如果再就着蒜瓣吃，更是香喷喷、咸滋滋、辣嫩嫩，窜鼻的香味，美极了，让人看到就想马上品尝一口。大

家可知道，1958 年到 1959 年两年间，是国家人民公社化的初级阶段，全民正在过着集体生活，吃集体食堂的饭，节假日也在争分夺秒劳动在田间地头，工厂、机关、学校都在忙，所以那两年对年的概念并不深。

除此，其他的年份，家家户户不只是单做这些好吃的菜包子，还做带枣的枣糕和黄面窝窝头，还有各种花样的面食，如，小鱼、小鸭子呀等，我家也不例外，母亲蒸的枣糕像塔一样，红枣点缀在细白柔软的面团上。先是用面团揉成长条，用这长条将枣一个个圈起来，像瞪着的一只只大眼睛，然后像盖房子垒砖一样，先是做一小饼做枣糕的底，再一个个，一圈圈，递减搭建起来，真是聚少成多呀。做完后，像座宝塔，象征着年年高高向上。又像多瓣的花一样，每一小块的糕鼻，都圈着红枣，瞪着圆圆的红眼儿，越大越好看，真是美不胜收呀。再说，蒸的这枣糕有两重意义：一是象征着年年高；二是如果谁家有女儿已嫁出去，等女儿年后回娘家拜年，临回婆家时，给她带着拿到婆家去，象征女儿家日子越过越好，年年升高。

总之，那时不但这些，母亲每蒸熟了一锅热腾腾的面食，都要先放到碗里一至三个，在院子里举着上完供，才让我们吃，这是家里的规矩，最后在过年这天上供拿给天地爷爷、娘娘们吃。随后，把吃完剩下的，全部放在一个大缸里。在北方一般春节期间温度都在零摄氏度以下，好存好放，还不会变质，有利于年后吃着玩、玩着吃，做饭省事，再就是以备来客人拜年的吃。基本上在来年正月十五之前不用再蒸面食，每顿饭只做点汤就行了。新年后人们除去参加大型活动，余下来的时间，仨一堆，俩一撮，就玩起来。有的打牌，有的做这样的游戏，有的做那样的游戏，还有一些类似体育性的活动。花样很多，老老少少各有各的活动方法和爱好，反正还不到春播农忙的时间，总是变着法地玩，尽情享受过年带来的快乐。还有的走亲串友、拜年，逍遥自在地各取所好，各取所需。以上这些就是多蒸面食的目的，所以家家户户从腊月二十三就开始蒸妆，因此这天也叫小年，也叫祭灶节，实际也是一年将要终了，为新年的到来开始做准备工作的节。现在随着社会的发展，科技的进步，生活的提高，很多面食的文化生活，依然传承着，也丢失着，变化着。现在的饭店面馆遍地皆是，很多人家不再那样忙碌，懒得做这些面食，虽然外边的面食不再原味原汁，但多数还是现吃现买。关于腊月二十三的面食文化，里边还有很多很多的故事，这里就不赘述了。

花花街集

赶花花街集（赶年集），这是我小时候和其他儿童们一样，盼着过年的原因之一。

50 年代的中上期，中国的农历年，年味还是很浓的，传统的风俗习惯保留得还多一些，所以过起年来别有一番热闹，比西方的圣诞节有过之而不及。每到腊月中旬以后，农村就到了赶年集的时候了，对小孩子来说，也就是花花街集。跟着父母、奶奶爷爷赶花花街集，是儿童们过年感到有兴趣的事中的一件，我也是常常沉浸在其中。

这年，大概我七八岁，季节已进入深冬，我们儿童们盼望的新年快到了，赶花花街集的梦想又要实现了。我天天高兴地和其他小朋友踢毽子、蹦房子（友谊活动），心里还盼着母亲赶快给我做上新衣服、新鞋子。邻近村的集市有几个，我最爱赶的还是三国时期就形成的一个古村落——张官店村的花花街集，它的集市的时间固定在农历的每月逢四、九日。

张官店村，位于我们现在的平原县城十多公里路，距我们村南约两千米，东北方靠近沉砂池（原平原县古城遗址），西边临近相家河（2008年已改建成相家河水库），据《平原县志》记载它是江北第一古村落，也是我们平原县城的原古县城的城郊村落。它起源于战国时期，距今已有两千五百年的历史。就我自己的看法，它应该是古县城的大后方。从它的名字“张官店”的字面看，是否是为姓张的官员开的店，还是姓张的官员自己开的店，还有的说是一位什么官辞职后自己开的店等，不管哪一种说法，说明当时这一带已人气较旺，像现在，哪里人气旺盛，哪里店铺才多，看来这个店为古县城的人们日常生活起了方便作用。有人说，当时不就是一个店嘛。我想，随着时间的推移，社会的发展，再随着我们当时的鄃灵县的古县城已落成，人类的进步，这个店慢慢也就形成一个村了呀。可有人说这个村在古县城之前就有，我没有去考证，不管那些了。在我的记忆中，20世纪50年代初，张官店村的形状较为方正，从村中心的十字街，分为东、西、南、北四个街，直到2018年还繁华似锦。村的南街临近村边有一小坑塘，这是1958年时，我们在那上小学，到村的东南村边以外参加劳动，帮着人民公社摘棉花，不断到公社驻地参加活动，去来常路过。这个小坑塘给我留下了深刻的印象。2005年春天，我再路过这里，由于20世纪70年代末，古城已改挖成了黄河水的沉砂池，在村东这里和沉砂池的接壤处，已形成了一条小水沟，里边已长满了芦苇，村东街出口还修了一栋简易的大门，上边写着张官店村。北街，有两条路，一条直通村

北。另一条偏西北，中间隔着两个村庄，通往我们村。在村边，这条路的路西侧，设有一处完整的中小学（从解放后新中国成立时，这处学校的校址设在村西的庙宇，到村南的 1958 年的原县第七中学迁移到别处，这座小学又迁到南街原七中校园旧址，60 年代末又迁至现在的北街成为中学和小学一体的学校，80 年代末，90 年代初，又改为完整的小学校至今）。村的西边与原相家河相邻，2007 年是河床淤积，有的地方几乎形成平原，开挖成现在的水库。

村内，南北大街通过中间的十字大街，一条长长的大街南北贯通，在十字街南北，设有邮局，供销社，医院。东西大街也通过十字大街东西贯通着，从十字大街右侧的西街口有一大牌坊矗立，西街的出口处，有一庙宇（后从 1949 年至 1962 年改为一至六年级的完整的小学学校）。村边坑坑池池，碧水蓝天，庙宇、牌坊，古色古香。现有人口两千多，从小就耳熟能详的“先有张官店，后有觎灵县，没了觎灵县还有张官店”至今还流传着。是啊，记得 1958 年在张官店村的东南角公路以东的边上还开着一个饭庄，我们小学生到王庙公社驻地参加活动，回来时还路过这个店，店老板新炸的香椿鱼，酥酥的、香香的，像扫帚一样的样式，长像筷子那样长。我们每人用四角钱买一大枝，用手拿着，一边走着路，一边吃着香椿鱼，说笑着，嬉戏着，真是吃在嘴里，美在心里，几十年来那酥美的可口香味，一直回味在美美的记忆里。记得里边还有一位张官店村南街的女厨师，是一位寡妇，高高的个头，不黑也不白的脸盘，不善言谈，只是面带微笑，看来是里边的有资格的人了。这个店是否就是古代传下来的痕迹还是解放后新建不知，反正是地处古城边沿并设在通往现县城的交通要塞上。在我的印象里这个店是一座平房，面积有一百五十多平方米大，不过那时的这个店，可能已成为公社集体所有，在1958年那个年代个体店已不存在，不过车来人往的就餐的还不少，记得上世纪80年代前还有，可到了90年代再去旧地重游就不见了。

正因为张官店村的历史悠久，闻名遐迩，集贸繁忙，我才和其他小朋友一样，盼着去赶这个村的花花街集。盼啊盼啊，终于盼到了腊月二十九的这一天，父亲要去赶集买年货了。这之前，父亲已赶过其他年集，尚没买全，在农村这叫“买不完的年货”。这次父亲答应领着我（哥哥姐姐大一点了，该不上份儿了，在家还要帮母亲干活，弟弟妹妹还小）。一大早起来，我换上新衣服、新鞋子，在院子里打转儿。我高兴得横着两只脚蹦跶着转圈，向哥哥姐姐谝着能。姐姐还给我任务说：“不要只顾谝，别忘了提醒爸爸给我买花。”“不用你嘱咐，这我也忘不了呀！”“谁不知你贪玩起来连吃饭都得喊你。”姐姐又追加了一句。“买花我不会忘的，你放心。”我让姐姐更放心地说。就是哥哥默默地只笑不言语，他知道父亲是不会忘记买炮（鞭炮）的。

父亲背上布褡子（比帆布还要厚的布做成的，搭在一边肩上前后长都在腰以上，贴着前胸后背，一边一个口袋，存放购买

的年货）我则胳臂上跨一小竹篮子。现在五十岁以上的人都记得，那时是没有塑料袋的，只有自然植物编织的器皿，如竹子、柳条、棉柳条、红槿条等植物编织而成的，来盛装物品，既轻便，又环保，也经久耐用，如果仔细用，就能用十来年，不像一次性的塑料袋，随用随扔，既不卫生也不环保，讲卫生的人还好，用完扔在垃圾桶，不过这东西据说几十年也沤不烂，沤烂也有毒，别说有的人用后随地乱扔了。那小篮子好处多多，有的也分大小，当然我带的是较小的篮子了。父亲带着我步行上路了，我紧紧地跟在父亲的后面，那个年代农村自行车还很少。这个集距我家仅有四五里，买年货步行更方便些。赶集的人络绎不绝，大都是同村和邻村的，相互打着招呼，个个精神焕发，有的也领着孩子。有的去买，有的去卖。有的筐里提着两只鸡或鸭，有的手里牵着两只羊，还有的用独轮车推着年货去卖，如蔬菜之类的，总之个个为筹备年货而奔忙。我和同村的小朋友一边走着、跑着、蹦跶着，吮吸着田野清新的空气。一会看到叽叽喳喳的灰喜鹊，一会落在地上，一会飞到树上，还有一

父亲怀抱着哥哥姐姐

群群的乌鸦。麻雀成群结队，也忙着寻食。我还想，到处是一片白雪茫茫，它们怎么能找到食物吃呢？可它们还是那样的欢快，看来它们自有办法。这时蔚蓝的天空中，太阳已徐徐地升在东南方，射在雪地上的光芒耀着眼，辽阔的田野一片白茫茫。父亲和同村的人一路走，一路攀谈着，过了一个小村李庄，又过了一个村邱庄。我一路环视着周围的一切，好快呀，霎时间，传来了集市的鞭炮声。我们小朋友们兴奋极了，催着大人们加快了脚步。

一进入集头，就听到熙熙攘攘的喧嚣声，往前一看挤挤压压人头窜动，一眼望不到头边，五光十色好一派繁忙景象。卖小吃的琳琅满目，如糖葫芦、芝麻糖棒、烤串、烤薯条、蜜枣、糖果等等。对小孩子来说，跟着大人赶集贪吃是第一要务，当然我也不例外了。我一眼瞅准了江米团，拽着父亲的手朝江米团摊位走去，示意父亲我要吃江米团，父亲笑我并说："这有什么好吃

绢花

绢花

的？”可我觉得好吃呀，父亲花了一角钱先给我买了两个江米团，我一手拿一个，吃在嘴里甜在心里，外脆里嫩，柔绵绵的，甜中带香，直到现在还余味未尽。现在我再回想，那味道来自父爱，来自儿时的无知。那无知就是只知道好吃又好玩，不知那就是父爱，这大概好吃和好玩是直观的，父爱是深层次的，对我这小孩子来说还没有这种意识。当我意识到时已安家立业，自己做了母亲，整天忙忙碌碌，没有仔仔细细去品味，当我有闲暇时间去品味时，父亲已不在，每当想起，鼻子总是酸酸的。话又说回来，我嚼着那江米团跟在父亲的后边寸步不离，开始父亲先朝卖鞭炮的方向走去。

这集市真大啊！越往里走，声音越震耳欲聋，特别是那鞭炮声，噼噼啪啪响个不停，单这卖鞭炮的就拉开了二百多米的长阵，一个摊位接着一个摊位，个个都吆喝着，鞭炮商们有的站在凳子上，有的站在桌子上，还有的干脆站在盛鞭炮的车沿上，个个争卖着，生怕看不到他们。手里都高举着杆子，有的用竹竿，有的用白拉杆（从一种木质很轻的树上截下来的木棍）挑着一串串鞭炮，放个不停，比试着争客斗响。我尽管捂着耳朵，还是不断地听到“嘣”……不过一秒钟的时间又听到“嘭”，到处都是嘣、嘭，大雷子的两响声，还有噼里啪啦的一串串小鞭炮声及那叫卖声，声声不绝，震天动地，但那时是没有现在的礼花，不过也够震天撼地的。我依偎在父亲身旁，看到那些男孩子们，挤呀，挤呀，朝向鞭炮的摊位，看一位男孩，不顾爷爷的喊叫，撒腿就往大雷子、两响的摊位跑，被爷爷一把抓住，爷爷怕他被伤着，周围的人们看到后，都笑小男孩，议论着说：“真是初生牛犊不怕虎啊，不知道被伤着的厉害。”是呀。听说曾经有的小孩被炸着眼的，炸着手的，所以家长在这方面就注意了。随着大雷子的响声望去，天空一道道闪光，冒着缭绕的青烟，似云雾飘摇。小鞭炮也不示弱，噼里啪啦冒着火星响个不停，震耳欲聋，人间天上一片欢腾啊，整个集市人山人海，到处欢呼雀跃。那时的鞭炮虽然不像现在的鞭炮和礼花一样，但响起来更凿实，共鸣性更大，比现在的鞭炮要环保。我在暗暗想，这大雷子去给老天爷送过新年的信儿去了，送去丰收的喜悦，送去宇宙间我们这颗小行星上的人间的欢乐。这一串串小鞭炮蹦蹦跶跶，噼里啪啦冒着烟、嬉戏着，欢天喜地，尚未离开大地母亲的怀抱，像孩童一样在大地母亲的怀抱里共享新年到来之时的热闹，给大地母亲提着神，迎接明年更大的丰收。我正想着，父亲转了几个摊位，然后走到鞭炮最响亮的摊位前，拔高嗓门和商户谈好价，先

买了一堆我们孩子们点的小鞭炮，先放在纸袋里又放在我的小篮子里，然后又买了十几串整包装的爆仗和两响（大雷子），还走到卖摔炮儿的摊位，捡了一些颜色好，包扎精致的小摔炮儿，为我们小的孩子们又买了一堆摔花炮儿，都一一装进褡子后，便离开这里。接着又带着我朝着卖绢花市场走去，这也是我盼望着赶花花街集的主要原因之一。

我和父亲在人群里挤呀，挤呀，终于来到了花市。远远地，我踮起脚尖朝那前方的墙面上一望，啊！五颜六色贴满了一堵堵墙，形成一片花的海洋。我高兴极了，迫不及待地挤进花市一看，每个摊位前，墙面上、地摊上都摆满了绢花，贴在墙壁上的布面上也插满了五颜六色的绢花。你可知道啊，那时的我国北方在寒冷的冬季是没有鲜花的，远处看去，一道道墙，就像一片花的无边屏幕，不，像花的海洋。当我和父亲走进花市一看，朵朵绢花鲜艳夺目，虽不是鲜花，但胜似鲜花，红色的花绿色的叶，水白色的花，黄色的花心，还有水色红的花，洁白色的花芯，使人眼花缭乱，目不暇接，彰显着我国绢花文化的深邃细腻和百姓中的能工巧匠。周边积满了女孩和家长，大家叽叽呀呀，你说这花好看，她说那花好看。我和周围的女孩子一样，看看这边，看看那边，用小手指给父亲看，点划着要这要那。指了这个我又说要那一朵，真是让人挑一个萝卜，花一个眼，我不知挑哪一个更好了。父亲为我参谋着，有的孩子已挑好并插在了自己的小辫子上，特别漂亮。站在我身旁的那些陌生的大婶大娘们，也热情地帮我选，我和父亲转了几个摊位，选了一个货真价实的摊位，挑中了几朵我心爱的花，然后又往前走，看到了一个更好的摊位，摊位面积更大，花色更加鲜艳，品种更繁多，挑选的余地更大，于是我指手画脚，要这个，又看中了那个，要那个。可我留的是男孩短发啊，没梳着辫子，但我戴着蓝色的带帽盖的棉帽子，捡了两朵我认为最好看的，父亲小心翼翼地先给我插在帽子上两朵，并让我回脸面朝着婶婶大娘，笑着说:“让婶婶大娘们看看漂亮吧？”周围的婶子大娘和大姐姐们，瞅着我帽子上的花说:“好漂亮啊，戴上这鲜艳的花，显得姑娘更漂亮了啦！”我听了她们夸奖我，心里美滋滋的，长大了才认识到婶婶大娘们，那是在哄着我，夸我，这叫语言美。父亲看我听了夸奖的话沾沾自喜，告诫我说:“嗨、嗨！那大娘说的是你戴上花才显得你漂亮，咱别不知所以然，那是花显得你漂亮呀。”我略懂了父亲的意思。自己觉得好笑啊，本是女孩，父亲母亲常常把我打扮成男孩，穿衣服戴帽也是一色列的。当时我戴的棉帽子，就是男孩式的，深蓝色的，还带有帽子的耳禅和帽子盖，热了就把帽子的耳禅挽上去，冷了就落下来，捂好耳朵，确实很暖和。但这花戴上去，说像男孩儿，还戴着花，说女孩儿还穿着男孩衣服戴着男孩儿帽子。唉，真是四不像，哪里好看呢？真丑，觉得这是大人们在哄我，可我心里还是美滋滋的。这时父亲说:“不要光顾自己，姐姐在家干活，让你来跟着爸爸赶集跑着玩，别让姐姐受委屈呀。”我这才恍然大悟，如果把姐姐交代给我给她捎几朵花的事忘了，那就

对不起姐姐了，不就是太自私了嘛，不能只顾自己。于是，我在大婶们的推荐下，又选了一个摊位，挑选些姐姐喜欢的颜色，样式更好看的花，这里边有姐姐的还有又给我自己的，专门给姐姐选了几朵大的绿叶紫红的花。姐姐梳着不长不短的一条后辫子，前额留着齐美穗，漆黑的眉毛下闪着一双眼皮的大眼睛，细净白嫩的皮肤，如果戴上这绢花，真的更显出姐姐那种雅气和少女初显闺秀的样子。我心里想象着，把姐姐的喜好告诉了婶婶大娘和阿姨们，她们帮我选的这花，如果姐姐见着准满意。我心里想象着，父亲付了钱，商户拿来早准备好的高粱秫秸秆，将绢花一朵朵地都插在秫秸挺秆上。我知道它是不能放我那小篮子里的，怕别的东西把我心爱的花压扁了，我高兴得用手举着，在阳光白雪的照耀下，显得特别耀眼。感谢了那些婶婶大娘和阿姨，心满意足地离开了花市，朝前走着。集市的两边摆满了各式各样的商品，样样物美价廉，让人眼花缭乱。

在向前走的过程中，父亲又买了些年画，然后我又拉着父亲的手指向卖面荷包（用面粉做的小动物）的摊位，也叫面人。所谓面人，就是艺人们用面捏成的各色各样小动物。有的是青蛙，有的是

手工面荷包小动物图

小狗小猫，小老虎，还有的是小鸟、小猴子等，涂上五颜六色的颜色，很好玩，活灵活现的，特逼真，深受孩子们喜爱。到了这店铺，我一样一样挑了一小堆儿，装进了一个大的纸袋里。这时我的小篮子派上了用场，将面荷包轻轻放进我的小篮子里。父亲问我满意了吧，我高兴地笑了。父亲看我高兴，低头看着我说：“你知道吧？咱还有一件重要的物品还要买呢。”我纳闷地问：“什么大事呀？”“买财神爷样式的图画，还有烧纸和几把烧香，另还有蜡烛，这是奶奶叮嘱必须买的呀。”我听后，心想，奶奶不信神啊，为什么必须买呢？我带着疑问跟父亲赶往“烧香磕头用品”的摊位。

走着走着，前边出现一卖麻花的摊位，还有一位串着街举着插在秫秸秆上的糖葫芦，叫卖着。父亲又买了一些麻花和糖葫芦，一样递给我一只，把它们用牛皮纸都包装好，放在他的褡子里，说拿回家给我的奶奶、妈妈和哥哥、姐姐我的弟弟妹妹她们吃。我高兴地咀嚼着糖葫芦。烧香拜神用品的摊位还未到，我跟着父亲从南往北走，正好路过十字街。来此，我一眼望去，啊，那有一大牌坊，矗立在西街的十字路口，犹如进西街的一处大门，高高地矗立，显眼夺目，牌坊口两边一边一个立柱，像一个大门的门框。立柱两边的底座石礅上，一边一个石狮张嘴朝前蹲坐着，既显得威武又显得根基结实。两立柱的上边顶着牌坊的顶，顶部雕刻着一朵大大的莲花，莲花以上有一门脊，门脊上有一尖，像西方的建筑，有一种向上的意念。门脊的两边像老戏剧

演员戴的凤冠，飞檐翘起，雕刻着我不懂的图，好气派。从这里还能看出曾经古村落的痕迹，不知这是干什么的？在以后的日子里，从老人们的聊天中才略知一二。这古村落的牌坊和其他地方的牌坊一样，含义深刻，它们都是象征性建筑物。一是为道德好的树功立碑，教化百姓；二是用来作为空间的界定，营造新的氛围；三是人们用于情感的寄托，建碑是一件较隆重的事。还有的用于表达怀念或崇拜之情，用来纪念或表彰；可以记载曾发生过的事，可以刻上坊主的名字官爵等重要性文字。据说，张官店这个古村落，在晚清前曾有四座牌坊，可我就见到了这一座，且留在了我记忆里。不过最近听说，当地政府想下力气，恢复名副其实的古村落，开发旅游点，一展它的风采。嗨，说到这，对张官店村这个古村落，我最感兴趣的还是我的母校，叫张官店完小（即小学一直六年级完整的小学）。在我赶花花街集的岁月里，我万万没想到以后的日子里要在这古村落上学，自上小学三年级我就在这古村落上学，一直到小学六年级毕业，在我的学生历程里，它给我留下美好的记忆。这座学校坐落在古村西街以西的村外，偌大一个院子，朝南开的一栋好大的大门，冲门的一座大殿，矗立在近两米高的高台上，墙壁是石灰方砖砌成的，庙顶挂着一溜溜灰色的小面瓦，从突起的房脊上一直斜坡下砌到房檐，房脊上翘起。殿两旁平地上一边两座平房，显得很典雅。我就在这大殿的右边前排平房的教室里从三年级一直读到四年级，右后排和大殿是六年级两个班的教室，它们分别是九级一班和九级二班，左边后排是一年级的教室，前排是十级一班和十级二班的教室。另，校园内因招不下，四年级的教室在校外，我二姐就在九级二班，教室就在高台上的大殿内。现在我回想起来，我和姐姐好幸运啊，我们的年级都被分配到这一所学校里的位置，在我们的成长中给了很大的力。

长大了我才知道，这座学校原本是一座庙宇，因中华人民共和国成立前，百分之八十以上的儿童不能入学，中华人民共和国成立后，要普及小学教育，要求村村有小学，乡乡有中学。当时，村村落落又没那么多校舍，现修又来不及，所以好多村庄就临时借用了庙宇大殿作为校舍，以解燃眉之急。据有关材料记载：殿内周围靠墙壁筑有半米高的白色台子，上边有十尊手拿刀、剑、矛等古代武器的立体神像，形态各异，栩栩如生，看上去使人肃然起敬，塑像上方墙面画有山水飞鸟天神、仙女。殿堂迎门摆放着供桌，烧香拜佛的铜鼎铁盆。当我们上五年级时，我们的学校已迁址到古村落南街的村边的新建学校（这座学校本是1957年刚建成的中学校舍，它是我县新增建八处中学中的第七中学的校舍，1960年又迁址到改建的张华中学），直到我们小学毕业。哈，你可知道，我在古村落的这两处学校里，还先后被评为三好学生和先进个人，到颁奖的主席台前去领奖。当时的我感到无尚的光荣和骄傲，全场为我们获奖的同学们鼓掌，我为我们班级争得荣誉，同学老师都给我们祝贺。小小的我，只知道以后更加努力，却不知感谢老师的培养和同学的推荐，真是说知之还

无知，说无知还知之，总之那时的我还是幼稚。

在这四年里，从学校里老师的素养中我学到了好多，从学校的管理中我体味到了它的规范性，从老师们的教学中我又体味到它的认真性和对培养学生的大方向上的明确性。老师们个个都是平原师范培养出来的全才生，他们在校学的琴、棋、书、画都用在了教学上，使我们那一代学生受益匪浅。在书画的这门功课中，老师教会了我们写生和素描，为我们以后的社会行为和学习态度、干好自己的工作，都打下了良好的基础。我可以骄傲地说，这座学校，从建校到现在，六十多年来，近七十年了，没听哪一位从这座学校出来的学生，在社会上干了违纪违法的不良行为，受到国家的惩罚。这是我们的母校——古村落张官店完小的荣光。

嗷，扯得太远了，再回到花花街集，父亲忙不迭地领着我往前赶。当我和父亲赶到烧香用品的摊位区，往前一看，一车车烧纸，一堆堆爆竹，一炷炷烧香，一捆捆蜡烛各色各样，占去了集市的几十米区位，走近一嗅，一股庙宇的味道扑鼻而来，红的黄的展现在我眼前。摊位前站满了成年人和老年人，我看父亲看看这个，再看看那个，特仔细，我在父亲的身旁观看着，先买了蜡烛又买了几捆烧香，最后又买了几卷烧纸，一一放好，褡子的两边兜都塞得满满的。我想父亲之所以这样认真买这些烧香祭祖敬天敬地的物品，大概是因为奶奶交给他的任务吧。这时父亲刚一买完，带我准备再去买那些调料之类的用品，但我不想走，我相中一样东西，父亲说：“快走啊，天不早了。”我怕父亲说我要这又要那，没完了，我只用手指着，就是不走。父亲一看我指的是小蜡烛，笑了，其实父亲已买了一些大蜡烛。“嗷！你要小蜡烛呀。”父亲说完，一问，一角钱买一大把。随着说我：“早不说，给你买两把。”说着把钱递给了商贩，我高高兴兴地把那小蜡烛抱在怀里，父亲说：“不把它放进你的小篮子里还抱着干什么？”父亲一说我笑了，然后蹲下，将小篮子里的空间整理好，给小蜡烛腾出一个地方，将它放进去，还让父亲从他的褡子里取出我的小摔炮儿放进去，哈，我的小篮子已满满的了，挎着我的小篮子高高兴兴、心满意足地跟着父亲离开了这些摊位。

说到这里，你可知道，我要小蜡烛的用途吗？哈哈，是到除夕之夜我和哥哥、姐姐、弟弟、妹妹在角角落落摔炮仗玩儿的，不单是这，还有别的用途，先不告诉你哈。最后父亲又说：“满意了吧？”说完高高兴兴地又带我顺便买了些葱姜蒜调味品瓜果等之类的，这才领着我挤出集市，满载往家返。

我一个胳臂挽着小篮子，一手举着我的绢花，戴着我的小手套，不时地倒换着，跟在父亲的身后。一路上，人来人往，男男女女，老老少少，络绎不绝。父亲一边走着一边给我讲着故事，我问这又问那，我问父亲：“奶奶说她不信神怎么还让你买香火？”我话音刚落，“傻孩子，不信神就不兴烧香了吗？还得祭奠祖上呀，那是咱们这一带的风俗习惯，也是咱老百姓谢天谢地的方式呀”。后面走来我们村西街的一位奶奶，裹着小脚。中

华人民共和国成立了，她们的小脚也不裹了，放开了，那叫小放脚。看样子，她刚放开几年，走路刚想利落，三步并作两步笑眯眯地说。父亲听后转身一看便问："大婶也回来了，买全了吧？"那奶奶回答说："买不完的年货。"父亲接着那奶奶的先前话茬又说："是呀，过年烧香磕头是咱们百姓的一种文化习俗，一种意念，是感天谢地祭祖的一种方式，不见得非要信神信佛的才烧香磕头呀。""说也是，从小我就记得过年过节，鞭炮礼乐，烧香磕头好喜庆呀。"他们一边走一边聊着，我手举着我的绢花挽着小篮子里的小蜡烛、小摔炮和小面人，跟在他们后边听着。一路上碰到好多人，老老少少都满载而归。走在路上的人们三五成群地聊着，随后我和其他小朋友们走在一起，我们几位女孩们互相品着自己的花，男孩们各自夸着自己的"啪"（鞭炮），是多么地干脆、响亮。大人们有的谈着牛、羊、猪市的行情，有的说集市上不用买肉了，把自己家喂养的猪宰了一头，买点其他鸡、鱼肉轮换着吃就很好了。说到这，你可知道我家前几天已杀了一头猪和两只鸡，鱼在家已买好，所以这次父亲只买了几斤羊肉。有的还谈着家禽和水产品的行情，还有的谈论着集市路旁百货商店里布匹和衣服等的行情，他们都发表着自己的见解。大人小孩，一路说一路笑，在说笑中，回到家。

哈！哥哥、姐姐正在村头迎着我和父亲，父亲看他们迎着，喜出望外地说："放心吧，你们想要的都给你们买来了。"哥哥、姐姐一听高兴地帮父亲拿这、提那，然后父亲在后面慢慢地走着，弟弟、妹妹们分享着我小篮子里的啪呀、小蜡烛呀、小面人呀，还有那江米团等的零嘴吃，我和哥哥姐姐急不可待地一溜烟先跑回家。回家后，急不可待地向母亲描述着看到的集市的繁华。哥哥、姐姐则各从我的提货小篮子里捡着自己的说好，弟弟们则找他们的面人，小鸭子、小猴子和小狗等，母亲问我“又吃糖葫芦了吧”？我说:“吃了，还吃了江米团，也带回来一些”，弟弟和妹妹一听高兴得又寻找起来。母亲知道我从小就爱吃糖葫芦，认为我给父亲赶集这是少不了要买的东西，所以特问我，又问我在路上碰到了哪些孩子和邻里大娘大爷……

现在每逢过年回想起来，那时虽然是 50 年代初、中时期的花花街集市，但，集市秩序井然，商品繁茂，价廉物美呀，处处充满了个体贸易，供需量都大，整条街有一处国有商店，叫张官店供销社，里边供应的都是百姓日常用品，商品便宜，五六角人民币可买一斤鸡蛋，六七角钱买一斤牛羊肉，而且货真价实。那时，虽然不像现在购物方便，如快递，淘宝，不出家门网上付钱货就到家，但那种实地选物，人际交往，市井的繁华，实物的观赏，本身就是一种享受，也说明国家在中华人民共和国成立初期经济发展充满了正能量，还说明人们对传统文化的认可和传承，尤其是那浓厚的年味使人们充满了乐趣，为欢欢喜喜过个年做着铺垫。特别是使我深深体味到，从父亲那里享受到的父爱回味无穷，并享受到了那童年集市的繁茂景象，整个集市没有保安和警察，天地人和的气氛陪伴着每个人，给了我以后生活知识的

积累，丰富了我的视野，给我今天的写作备下了素材，美哉、福哉！可当时处在少年时代的我却不觉幸福，但现在想来幸福无比，这就是像俗话说的，身在福中不知福啊！不知不觉，一晃几十年过去了，我的美好孩提时代一去不复返了。现在时代不同了，赶花花街集的氛围也就不同了，20 世纪 60 年代中后期一直到 21 世纪初这些年，大家骑着自行车，去赶集了，可近些年人们有的开着自家的小轿车去赶集市，速度快一些，回家的路上不负重了，可邻里乡亲们之间的那种一路行走一路聊天的人情味淡漠了。可在那时万万没想到现在生活的节奏这样快，快的听说，我小时候跟父亲常赶花花街集的那个古村落也拆迁了重建呀。听人们说再重建起来就不能叫古村落了，可那又叫什么呀？新村？

乐享油炸新年食品

农历腊月二十三每当蒸完面食后，过年的味一天比一天浓，忙着忙着，已到农历的二十七八了。用现代科学来说，油炸食品影响身体健康，特别是三高（血糖高、血压高、血脂高）。

可在那个年代人们还不知这些，所以家家户户都该准备油炸食品了，我家也不例外。每年母亲准备油炸食品时，我们孩子在玩耍中无心留意亦有意，就像无心栽柳，柳成荫，看到了油炸食品一道道工序，年年如此，也就记在心。

年年如此，母亲先是把要炸的松（猪肉丝）肉切成大枣一样大的块儿，用五香粉、酱油、盐调好，湎着让它上味儿，放一边。再把鱼宰好，留出上供的一整条，其余的切成块。可我们家最爱品用的大部分是带鱼，用盐、五香粉腌上。然后再把藕洗后去薄皮、切成片连着刀（每两片连着一点，不切到底），还有白萝卜也以同样的方法切好，放在一边。再去切千层豆腐，大约二寸见方大小，每两片一块，都放在一边备用。最后剁一些葱馅，放上姜末、盐、五香粉调好，用来夹在事先切好的藕、白萝卜、

豆腐里面。另外母亲还切些地瓜片，这是不用夹馅的。有时母亲还和一些面，放上糖和鸡蛋，先擀成饼，再切成一寸宽，三寸长的条，当中拉一道缝，从缝里套一下，就成小馃子样，放一边晾着，当然还有别样的料等。就这样，全准备好了。

下一步，母亲先是和好面签，到了开始熬油炸的时候了。一般情况下，大家都在腊月二十八九开始炸年货，我家大多是每年的腊月二十八就炸。这年的腊月二十七，我到同学家去玩，她的母亲正炸着年货，刚炸出的年货热腾腾的，非要拿给我吃，在支吾中，她的母亲说：“就是炸得不随心，和的面糊挂不好。”因这事我回家告诉了母亲。母亲一听说：“这事很简单，在开炸之前，先把要炸各种食物要裹的面糊先和好，和面糊时，先是在盆里放好水，然后再往盆里放面。”母亲说这样容易挂糊并匀称、还不脱落，这样和面签，就是一个前后顺序问题。从此，这个问题我记在了心里，母亲也把这一技巧告诉了我同学的妈妈，待她试验成功后，感叹不已，夸我母亲不愧比她大十来岁，有生活经验。长大了成年了，我在以后的日子里，离开母亲，自己安家立灶了，按着母亲说的顺序作，果然不错，母亲的教诲使我受益一生呀！可小时候，每当我家炸年货这一天，我总和小朋友在自家院子里玩，那你说为什么不到外边去玩呢？那不好意思告诉大家还得说，不说大家也会知道的，那就是什么面食，刚做出来也好吃呀，又脆又香，刚炸出的年货更不例外了，这是一，再就是，我们还有任务，那就是母亲炸出年货，还要我们小孩子替她举供呢，我们还能派上用场呢。所以每年的这时，我们有时在自家院子里踢毽子呀，有时蹦房子呀，有时捉迷藏呀，还有时跳皮筋呀等，自由自在做着好玩的游戏。

哈，你可知道，我家炸年货开始时，首先将油熬热了，母亲每次总是先炸一张粉皮，她说这叫先沸沸油，再炸起其他东西时，油就好用了。这粉皮虽然先炸出来，但母亲是先不让我们吃的，等到炸出地瓜片和藕片夹、小馃子、松肉时，就让我们拿一个碗，各样都拾全，装满碗，端到院子里。母亲嘱咐我们，让我们面朝北，立正站好，用双手把碗朝前上方举起，嘴里念叨着："天爷爷、地奶奶，祖上逝去的亲人们，过年了，家里已炸出好吃的过年的食品，请您们先品尝，使你们的在天之灵幸福安康！同时也保佑我们全家团团圆圆、幸福、安康、心想事成！"这叫举供。每年因母亲忙着，这活就是我们孩子的。长大后，才明白，母亲一是让我们知道天、地赐给我们的一切，懂得天、地、人要和谐，所以要敬天、敬地。二是通过举供，让我们不忘祖上，来祭我们的祖先。三是让我们知道先长，后幼，最后才是我们自己。四是这活我们玩着就干了，大人们省得油锅哗哗地响着、热着不能离开，难抽出时间举供。

每当这个快乐而又有意义的活动搞完，我们孩子们便可分享了。你吃这个，我吃那个，想吃什么，就拿什么。有时我们嘴里吃着，手里拿着，和小朋友玩着，脚下踢着毽子或蹦着房子，欢欢喜喜，其乐融融。还有偶尔，不小心掉地的渣渣，家里散养的

老母鸡和大公鸡还来抢。更好玩的是，我们瞅着母亲看不见，还偷偷地掐一小点给鸡吃，和老母鸡、大公鸡共享。有一次，邻家的小姑看到说我，这样既不珍惜妈妈的劳动，又浪费。我则没意识到，只觉得好玩。可是，有时大公鸡也不“仁义”，吃了还想吃，瞅我们不注意，蹦起来将我手里的藕片夹抢走，叼着跑到一边去吃。我听了小姑的话，觉得可惜，撒腿就去撵它。姐姐看到说：“算了吧，要回来也没法吃了，在地上都踩跶脏了，让它们也过个年吧。”不过弟弟遇到这种情况时就吓得哭，我们就把大公鸡再赶跑。

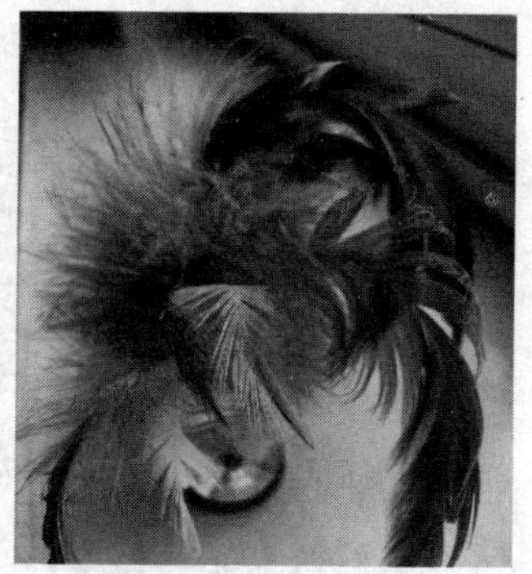

毽子

玩得热热闹闹时，渴了，谁也不往屋里去喝热水，就从院子里的水缸里，捞出一块冰块，用手拿着放在嘴里就嚼。这时，身上暖和和的，嘴里嘎嘣嘎嘣地嚼着冰块，凉飕飕的，爽爽快快，也不怕冷，我们个个嘻嘻哈哈。这时，我们虽玩儿也不忘盘算着吃，早已掌握了母亲油炸年货的规律。一般是先炸一张粉皮，这叫先沸沸油，然后依次就是小馃子、地瓜片、藕片夹、豆腐夹、松肉、鱼、香椿鱼等之类的 。炸了这样就是那样，灶台下姐姐火烧得旺，被烧着的毛柴，啪啦儿、啪啦儿地作响，火苗儿也呼呼地响着、冒着烟。油在锅里像花开，也发出哗哗的响声。母亲一泡一泡地炸，每当炸熟一泡，不管是藕片夹、松肉，还是鱼肉的，一旦熟了，都漂浮在油面上，被锅里开着的滚油，荡来荡去，发出扑鼻的香味。我们算着要炸熟松肉，就跑到灶前拿上一块，或拣一碗，端到院子里大家你吃一块，我拿一块。有时邻里我的小同伴们，在我家玩就同我们一块吃着玩，玩着吃，并夸我家的好吃。可同样，过年那几天，我们在婶婶大娘家玩时也品着她们炸着的年货或其他食品，在农村这叫吃百家饭，其实这是邻里乡亲和睦的一种表现。母亲一样样地炸着，我们一样样地吃着、品着，咂吧着嘴儿，其乐融融。每当炸完一样，母亲总是先捞到一个小盆里，待小盆满了，再倒入大瓦盆。哈，你要知道，是大瓦盆里，而不是塑料盆里，为什么？一是那个年代，还没有研制出塑料食品的器皿；二是现在有也不用，据说，塑料一遇热会散发一种毒素；三是瓦盆是自然绿色用品，因为它是用胶泥烧成的，环保。每当姐姐和母亲把大瓦盆的食品炸满时，一般也到下午两三点钟了，可我们早就吃得饱饱了。不过母亲还顾不得吃饭，就着那油锅又准备炖肉了。每当炸完年货，这时，家里的活由母亲继续忙着。

逢这时，还有一样活，必须干，那就是折松树上的枝，这活，

哥哥和姐姐不用母亲管，只要炸完年货，自然就想着，习惯成自然。哥哥就带着我们姐弟几个玩着、跑着，来在村外，奔向那茂密的松树林。哈哈，哥哥像松鼠一样，飕飕，一会爬到松树上，啪，啪的，折带叶的松树枝儿。随折，随往地上扔，我们在地上随着捡起，一会就折一小堆儿，觉得够用时，我们就捆成几捆，抱回家。有时和别人家的孩子们一块去，还互相帮忙。大家玩着，互相追逐着，就把松树枝带家来了。要问折这松树枝干什么？

告诉你吧，和小伙伴们各自回家后，我们就把折来的松树枝整好，或每两枝，或每三枝捆成一小把儿，像把荷叶扇子，然后再在每个门外旁墙角边钉一钉子，挂一把，待用。用干什么？先不告诉你。就这样，玩着、乐呵着，这天的任务就干完了，这是我们乐此不彼的愿干的活，可母亲也还在忙。

大约每年的这时，父亲又从单位下班回来了，回家后他并不歇息，换下衣服，洗罢手，就帮我母亲忙活。父亲有一手拿手的好活，每逢这时就到了他显身手的时候了，那就是炖鸡肉。父亲炖鸡肉确实很拿手儿，刚炖熟了的鸡肉，香味四溢，一家人都爱吃。过年这几天父亲每次回到家，母亲早已把宰好的鸡卸成（民间已掌握了《庖丁解牛》方法）肉块，浸泡好洗净了，只等父亲回来做。父亲炖鸡肉，总是先是把鸡肉用热水浸一下，捞出，控没了水，放到盆里，再放上五香粉、酱油等调料[illegible]味二十分钟，然后再打上一个鸡蛋清，放入少量淀粉，搅好，放油锅里用温火炸少许，呈浅黄色后捞出。最后再把锅里放少量油，用葱姜炝锅，再放入花椒大料，出香味后，倒入酱油，再把炸过的半成品鸡肉放入锅内拌好，盖锅盖儿，细火焖几分钟，最后再和鸡肉炒在一起，倒入温水漫过鸡肉，开锅后再放入盐、料酒及醋少许，大火烧开十分钟后，再小火煮一个多小时（如炖的是笨鸡，那就多炖一会），即熟。这样炖出的鸡肉脱骨、色鲜、味美，还没腥味。时间长了，我们纳闷着，瞅着，父亲炖鸡肉的全过程，在经过父亲手把手地教我们，我们略知了炖鸡的全过程，才解了闷。但我也曾学做过，总做不到位。

每年等父亲炖熟了鸡，正是吃晚饭的时候了，母亲盛上一大碗，热气腾腾放在饭桌上。一天来，吃着玩，玩着吃的我们，马不停蹄，吃过的东西随着消耗掉了。这时我们一家围坐在长方桌前，吃着馒头，喝着黏粥，就着美味的鸡肉，品尝着父亲做的这鸡肉，里韧，外嫩，松软里散发着香味，红褐色的鸡汤香里带着咸味，咸味里带着酸味，酸味里还有点甜味，我们吃着鸡肉、喝着鸡汤，好极了。父亲美滋滋地瞅着我们的小脸，高兴地微笑着。其实父亲、母亲并不舍得吃多少，只是尝尝而已，大部分留给年后来拜年的亲戚朋友吃。而当时的我们，并不理解父母的心思，只是各自坐着自己的小凳子，围着小饭桌吃，说着笑着，吃得五饱六撑方可罢休。

一天来，吃了玩，玩了吃的我们小的孩子，慢慢的开始困了，陆续地钻进母亲早已给我们铺好的被窝里，很快进入甜美的梦乡。

煮肉与熏肉香

炖肉，每年近过年时，母亲都是炸完年货，由哥哥姐姐辅助，再让父亲炖鸡肉，然后再把那炖鸡的油锅刷干净，就开始煮肉，这时，我们小的孩子，经过一天顽皮的玩耍，累了，困了，钻进窝里，个个头朝炕沿，早已进入梦乡。

进入午夜，我们睡得正酣，耳边听到母亲或父亲轻轻的话语声:“快，醒醒，肉煮熟了，趁热呼，刚煮熟好吃，给。”说着，手还轻轻地摇晃着我们，把我们从睡梦中一个个摇醒，使我们在似醒非醒的状态中，一股浓郁的肉香味扑鼻而来。我们个个翘起头、伸出手，掐住母亲给的热腾腾的肉，像尚未雏飞的一群小燕子，眯着眼就吃起来，只有哥哥姐姐每人手拿着一根刚煮熟的带肋条骨肉吃着，在我们炕沿前谝着、吃着唤醒着我们。父亲和母亲煮的肉味道美极了，热乎乎的、香喷喷的、咸滋滋的、鲜嫩嫩的、红润润的，越嚼越香，肉的香味把我们从似睡非睡中诱惑清醒明白，这个说我想吃猪蹄儿，那个说我要吃猪耳朵，还有的说我想要带肋条骨的肉，母亲各样都给捞一块，递到我们的手里，让我们咀嚼着。哥哥姐姐方才不管我们，坐在一边吃着品着。

可我们哪知道，夜已深，哥哥姐姐还陪父亲和母亲忙个不停，只是煮肉就够费劲的。如果赶上年景好，自己家就宰一头猪，否则就买最需要的。无论是买来的还是自家宰的，父亲和母亲先是把猪肉的各部位收拾好，洗净，需要煮的放一块，该做陷的放一块，全部备好，牛羊肉也是。不过当我成年了干这些活的时候，才深深地体味到，这个过程好累人呐。

每次煮肉，母亲总是先把洗净的肉（内脏、猪头和要准备上供的肉丁等），放到做饭用的大锅里，排好，倒入凉水，漫过肉，用火烧至似开非开（这叫先把肉浸一下），过几分钟，把肉捞出放在盆里，再把锅里的水淘出、倒掉、刷净，然后再把已浸过的肉，重新放在锅里，倒入凉水把肉漫过，备好适量的花椒、八角、肉蔻、茴香、香叶、桂皮等调料，把它们用十五厘米见方的干净布包好，也放在锅里。再放入葱姜，大火烧开，撇去沫，加入适量的盐、料酒，几分钟后改为小火煮。煮至大约一小时，用一根筷子插肉丁，如果能插透，表明肉丁已熟了，捞出。先把它作为敬天地，敬祖上，上供用，仔细地放一边备好。然后把留下的肉丁做成腊肉，把过年后要吃的放好。这时就很好做了，有的就用食盐腌成腊肉，就是把煮熟的肉丁撒上盐放在陶瓷的器皿里，待明年食用（做菜馅，有的加藕或水萝卜一块炖，也蛮好吃的）。其他的还需再煮上半小时或二十分钟左右，如有带骨的肉需煮至脱骨，能嚼烂为好，这时需要随时随地地看火候，不要将

肉煮化或太过火。如太过火就不会出数了，有点化，甚至吃起来也不太筋道儿。待肉全部熟了，颜色要好看点，味道更好一点，趁着刚出锅，还正热呼着，就马上从锅里捞出，放到大瓦缸里，开始要熏这已煮熟的肉了。

每年春节，我家总是和庄里庄乡的亲朋好友一样，做些熏肉。熏出来的肉一是味道好，有一股松香味，香灿灿的，二是颜色好看，会出现红褐色，熏好的肉表面油嫩嫩，特别是带皮的肉，还带点亮光，一看就诱人。我们孩子们都爱吃母亲熏的肉，来拜年的客人吃着会赞不绝口。哈，哈，你该知道了，我和哥哥姐姐折来的松树枝派上了第一个用场。就是我家在熏肉时，母亲先准备一个洗好的瓦缸，放在灶旁，把缸底放入适量红糖，再放入松树枝（松树叶），上边支上一个架，然后把刚煮熟的肉趁热排在其上，缸底下点火，用细火燂，待冒烟儿、糖化完（注意别煳了），散发出浓郁的松香味和香甜味，再焖一会（约二三十分钟）便可。取出放入另外的一口缸或大瓦盆晾好放在阴凉通风处备用，晾着食用最好。熏过的肉一股浓郁的松香味，吃起来还带点甜味，凉凉襂襂，香香喷喷，筋筋道道，特有口感。

刚熏出的肉虽好吃，但父亲和母亲只是尝尝，不知他们是舍不得还是顾不得，现在我想，大概两方面的原因都有吧。每年的这一天，父亲和母亲总是忙到深夜，待把肉熏完，再把屋子里收拾干净，才肯入睡，这时的我们又早已进入了梦乡。

第二天已是农历腊月的二十九，母亲又早早起来，再洗刷用过的餐具、器皿、面板、菜板、锅盖之类，还要洗衣及被罩、床单和门帘。俗话说，买不完的年，这天上午父亲再去赶集，买些我们家零用的东西来，年货就备得差不多了。父亲回来吃过午饭，我们孩子看到邻家都往门上忙着贴对联，哥哥姐姐便把父亲早已写好的对联带上，往我家院子大门外门框上贴。有一次我们不懂，把上联贴到下联的地方，父亲见到笑我们，急忙纠正过来。这一次父亲虽然赶集还没歇过来，就带领我们一起贴。在贴对联的过程中，父亲一边教我们怎样贴，一边讲有关对联的故事。父亲说:“从前有这样的一副对联‘除夕月无光，点数盏灯，替乾坤增色。新春雷未动，擂三通鼓，代天地扬威。’”父亲说完，哥哥姐姐哈哈大笑，稍懂点意思，笑的是那“代天地扬威”的几个字的意思好厉害呀。哥哥问那是什么人写的，父亲说忘了。我们则不懂哥哥、姐姐当时笑什么？在以后的日子里就背诵下来，当时父亲也没告诉我们这副对联是谁写的，但哥哥姐姐觉得这副对联好玩，就由父亲教会背诵下来了，潜移默化中我们从小也跟着学会了，背诵着玩，背得滚瓜烂熟。对我们小的孩子来说，虽然背得熟，只是当顺口溜，不懂其意，背诵着玩。长大以后，偶然的一次机会看到了此联。原来陶澍[①]九岁那年除夕，祖父出此上联令他应对。只见陶澍兴冲冲地搬来一面鼓，没等放稳，边猛擂猛打起来。震耳的鼓声把全家人都招引过来，人人都

① 陶澍（1779—1839），字子霖。清代经世派主要代表人物、道光朝重臣。嘉庆七年（1802）进士、授庶吉士，任翰林。

觉得惊奇，连祖父也摸不着头脑，便问小孙子：“不好好对句，怎么倒擂起鼓来了？陶澍仰头一笑，便说出了对句：‘新春雷未动，擂三通鼓，代天地扬威。’”

当时父亲和我们兄妹几个说笑间，对门大娘家的大哥哥、大姐姐也在贴对联，听到后笑着说：“这小孩是个小人鬼。”我父亲看我们都听到心里，一知半解，便说：“确实是人才，是清朝时代的一位官员。”父亲给我们讲着故事，不知不觉中将我家大门上的春联贴完了。然后又帮我大娘家的哥哥姐姐贴，因对门家的大爷早已去世，只剩我大娘和两个孩子过日子，父亲当然帮着贴了，这是义不容辞的义务，也是谋邻友好的一种做法。当我们两家的对联都贴完，父亲带我们两家的孩子站在两家大门的侧边，看着那贴在门框上带字的紫红色的竖纸条高高兴兴地都念了一遍。这时路过我家胡同的人们，便站下来欣赏，你说这副好，他说那副好，大家正议论着，走来一位老人，姓高，名振铭，是我村周围远近闻名的雕刻家，据说清朝末年邻村的商家庙村的庙宇门前的狮子就是他雕刻的。他说：“联都是好联。”还夸我父亲毛笔字写得好。大家说着、笑着、品着，看完都带着喜悦的心情回到自己的家。回到家的院子里，再贴屋门的春联，这都是由哥哥姐姐来贴了，我们瞅着玩着，盼望着腊月三十这一天的到来。

春节贴对联，这风俗流传至今而不衰。今年新春将至，本小区一张姓好友书法家，亲手写了两副对联，又亲自赠予我家，为我家带来了喜庆，并教会我们哪是上联，哪是下联。当我们将一

对联

副贴好自家的单元门后，又将另一副贴到了我们家楼道的大门。楼道的邻里家看后都为之高兴，更值得赞扬的是，我家楼上的大儿子，很有才思，常为我们楼道做好事，如为楼道公共设施增加色彩。这次又是，不辞劳苦，买来一幅大大的“福”字，贴在了楼道门的中间，这一点缀，非常的完美，受到楼道邻里间的称赞。为大家带来更多的喜庆，有不少路过我们家楼道大门前的人，驻足观看，发出赞叹声，我们整个楼道里的人们为之而高兴，为新年增添了新气象，为迎接新的一年的到来共同增光加彩。

隆重的腊月三十日

新年挂件吉祥图

腊月三十这一天，年味近酣。早饭，母亲把早做好的各样好吃的腾热，煮熟粥，一家人围坐在一起。记得每年的腊月三十早饭，我们总爱吃母亲腾热的黄米面窝窝头，一家人一人用一双筷子插着端着吃，热乎乎的吃得美味香甜，黏糊糊、甜滋滋吃起来特可口。我们一边吃着，母亲一边告诉我们说:“这是一种谷类的黍子米磨成粉，再做成这样的窝窝头。这黄米谷类，是老天赐给的一种，老人们说，借着它的黏劲，吃在嘴里，干干净净，清清一年来的肠胃，除百病。”当时不理解母亲说的话，我们只是幸福地享受着母亲的劳动成果。在此插句话，前些年，有过几年，看不到这种黄米面食，我以为失传了呢，有时过年，老是念念不忘它的味道。不错，最近又出现在市面上，这年过年我买了几斤，泡好了枣，学着母亲蒸了一锅带枣的黄米面窝窝头，热气腾腾。我也学着母亲告诉家人，这黄米面窝窝头的作用，家人吃得美滋滋的。老公说："说它清理肠胃，黏糊糊的，把肠胃里一年来积存的污垢黏走，有道理。"家人咀嚼着，个个竖起两个大拇指，既夸我，也赞他。话说我的母亲让我们吃着并传授着黄米面窝窝头的来历。吃完窝窝头，我们又各品各的，有的吃着这，有的吃着那，吃好、喝好，便各自忙各自的了，我们小的孩子是忙着玩去了。

母亲和我姐姐开始准备下午包水饺的面和馅儿，一般都是素馅，如香菜、豆腐、菠菜、藕、粉条等，这象征着以后的日子"素素净净"。还说正月初一早晨上供要用素馅的，神灵是吃素的。再说和的面也是用上栏子面，即，麦子用石磨，磨过第一遍和第二遍，罗出的面最好，这叫上栏子面，不光既细又白，也好吃，还有劲，包水饺不易破，那就是自然面粉。不像现在卖的筋筋面，本来真正自然好的面粉是有筋道的，为什么又另起别名叫筋筋面？（大概磨面时，一栏到底的吧，甚至连麦皮也磨进去，又加了增白剂和化学原料才有劲？用起来才有劲还好卖，又赚钱）过去说，腊月初一（除夕）早晨煮水饺破了不吉利，所以母亲要用自己磨的面，包水饺。除此母亲还负责准备供品。

父亲和我哥哥先是把院子里外扫干净，使院子的里外都净

净，展现出了欢庆的气氛。接着就去我的叔父家，我和弟弟也跟着玩，哥哥常说我们像个坠葫芦儿，不管哥说什么反正我俩要也去。我们一到我叔家，又和我叔马上忙起来，收拾好正堂屋门厅，准备和我叔父一块挂好家堂主子。我家是不挂的。一是我家住的不是老宅子，二是我奶奶在我叔父家，和我叔父一块生活，所以家堂主子要挂在长辈住所，这是我们家乡的规矩。家堂主子上写着祖上逝去的上几代人名字。最高长辈写在最上边，下边是一辈小一辈降辈排序下来。我和弟弟及叔父家的小孩子，我的哥哥弟弟妹妹在一边玩耍，跑来跑去的，凑热闹。当父亲带领我叔父和我哥哥他们开始挂家堂主子时，在一边玩耍中的我们，有时也指手画脚的，说主子那挂得歪了。有时叔父和我父亲也说："别光发皮（调皮），看看挂得正不正？"哥哥便和我们认真地看，端详着："这边高点，那边低一点。"直到大家看着挂得平平稳稳、正正、当当方可。家堂主子是挂在正屋，门厅冲门的北墙上的，面朝南。挂主子的下面，靠北墙放一张八仙桌（有的靠墙放一张条山几，靠着再放八仙桌）。当挂完主子后，大家便把桌子里里外外擦得一干二净，婶婶就拿来香炉，放好香火，便一盘盘端来供品，都是先前准备好的熟的食品。鸡、鱼、肉等，还有用面粉和大紫枣做的枣糕及炸的年货，放好筷子。筷子把是朝外放的，一个盘旁边放一双筷子。我们这刚准备好，母亲那也让姐姐用大盘子端来几样准备好的供品，前天煮好的肉丁子、整个猪头的肉及一些好吃的年货，还有水果。奶奶在旁边看着，一样样都摆好，丰盛的供品，整整摆满了一大桌子。

一切准备妥当，婶婶开始准备中午饭了，父亲和我叔父带着我们两家的男孩要去请爷爷娘娘了，让他们回家过年。你可知道，按我们那的风俗是不让女孩去的，可爱撒娇的我，要跟着去，图热闹，再加上哥哥和弟弟们，在后面怂恿着我，父亲和我叔父无奈，大过年的，省得惹得我哭了，使得大家都不愉快，每年父亲也不怎么阻挡我了。于是和他们一样，手里也拿着一炷点着的香和几个小鞭炮（爆竹），和哥哥弟弟们蹦蹦、跳跳地跟在父亲和叔父的后面。每到这个时辰，各家各户，都出动，大人们碰到一块互相聊着。我们则说着笑着、打着、闹着、玩着、互相追逐着，不一会儿到了祖上的墓前。

突然，到墓前大家都鸦雀无声，蔚蓝的天空中，点缀着几朵洁白的云彩，像棉絮，带着几分立体感，飘飘摇摇，又像神灵下凡。我们较小的孩子都看着父亲他们。首先，父亲和我叔父及我哥哥他们，严肃地跪在我祖父、曾祖母、曾祖父更祖上的人们的墓前，我们小的孩子也学着默默地跪下。父亲拿出火柴，点着要烧的纸，说这是送纸钱，嘴里默默地念叨着什么，我想是请他们回家过年的祝福话吧，烧完纸，父亲他们站起来作了一个揖，我们也学着大人们站起来。我默默地想，这大概是对祖上表示敬意吧。接着，叔父和我哥哥们，就在墓前点起鞭炮、大雷子，噼里啪啦，鞭炮声震耳欲聋，冒着青烟直上蓝天，穿过洁白的云朵，响彻云霄，一个接一个。我们孩子捂着耳朵，仰望着蓝天，大雷

子在天空嘭、两秒后又嗙，然后天空中青烟缭绕，似云非云，被明媚的阳光一照，被风一吹，知向了谁边？是否到天宫，送去自从盘古开天地以来人间的美好变化，感恩盘古？感恩天宫给人间送来阳光、月光，送来雨水滋润万物，送来风，吹去乌云霾气、吹来云雨、季节的变化？回头再看哥哥点的小鞭炮，在地面上，蹦蹦跶跶，噼里啪啦，响个不停，和大雷子的响声燃放范围相比，就像小顽童在母亲的怀抱里嬉笑着玩，回报着大地母亲的滋养，过年了世间万物报来丰收的喜悦，它和飞向天空的大雷子遥相呼应、震天撼地，感恩天地，汇报一年来的成绩。时至中午，在辽阔的田野上，在茫茫的雪地上，家家户户在自家的祖坟前，都燃烧着纸钱和香烛，精心地点燃着鞭炮，地上、天上鞭炮声齐鸣，不是香炉生紫烟，胜似香炉生紫烟，像是白皑皑的雪地上和蔚蓝的天空中都腾起了云烟，天地间像是云雾缭绕，美不胜收，我感到自己像处在仙境。

每年，每到这时，看吧，听吧，家家户户的鞭炮声交织在一起，接连不断，此起彼伏，一缕缕青烟扶摇而上，像云非云，一朵朵，一缕缕飘荡在蓝天，各家的鞭炮一响，冒出的青烟也交织在一起，像彩云非彩云，更显缭绕美丽。鞭炮爆炸后飞在高空的纸片，像彩蝶，漫天飞舞，在辽阔的田野上、在蔚蓝的天空中，不，漫天遍野吧！那简直是一幅幅、一首首壮美的诗画。叔父他们点完鞭炮，也在墓前磕了一个头，我和弟弟们也学着大人们磕了头，待父亲也烧完纸，我们一起走在回家的路上。

长大了我才意会到，这是人们对逝去的亲人们的一种思念。在供像（挂的）的家堂主子上，上面都记载着他们的大名，按本家族的最高辈分从高往下排列，供镶在朝门厅正门正中央的墙上。

每年我们家请爷爷娘娘回到家，婶婶和奶奶都已做熟饭，有时我们两家在一起过时，我奶奶负责指点，母亲和婶婶她俩忙里忙外，准备午饭。奶奶一看我们回来，赶快点着三炷香，把点燃的香，用双手举过头，眯缝着眼儿，朝挂着的主子似乎祈祷着什么。念叨完，将冒着青烟的三炷香一齐插在香炉上，把香炉放在对着家堂主子的八仙桌最外边的中央。奶奶说，这三炷香是敬天、敬地，敬祖上的。奶奶随着又开玩笑地嘱咐着我们："去，赶快拿棍儿挡住大门，别让爷爷娘娘跑了。"实际这也是我们当地的一种风俗。于是我们就抢着找来一根棍，它的长度和大门口的宽近似，平行放在大门槛下，然后再跑进屋告诉奶奶，奶奶就觉得爷爷娘娘跑不了了，这才觉得万事大吉了。

院子大门挂图

如果赶上这一年我们两家是单独过，可只有奶奶和婶婶还在忙活着，她们又在准备敬天、敬地，敬祖上的饭，每当这时，母亲就让我姐姐从我家送来供品，放在恭祖的桌上。大家在按着奶奶的吩咐，都各忙各的。有的在天井

烧香插在松柏枝上

中央朝着北房的正门，先横着放一张小吃饭桌，我们几个小孩子就点着一把香，把每个门口外插一炷香。呵，呵！（前面文章中我提到折松树枝的事）我们前两天折回的松树枝又派上了用场，这炷香是插在前一天我们早已挂在门旁的松树枝上和千家万户同样，以敬门神，祈福我们出入平安。待我们插完香，天井的饭桌上已摆好一盘盘丰盛的热腾腾的供品。鸡、鱼、猪肉丁，还有炸的藕片夹、松肉之类，并将筷子一双双整齐地各自朝北放在每个盘子旁。奶奶又点着了三炷香，冒着缭绕的青烟，插在香炉，放到小饭桌上，手里又拿起一打烧纸，跪在饭桌前。这时我父亲和我叔父也早把一挂鞭炮，挂在一根竹竿的头上，他们还准备好大雷子，站在院子的一旁，一手将鞭炮朝前举着，一切准备就绪。时值太阳已正中天，奶奶点着手中的烧纸，父亲和我叔父放着手中的鞭炮，噼里啪啦，在产生的烟雾中像连珠炮响着。一会儿又嘭、嗙，和村里的鞭炮声响成一片，烧香、烧纸和点燃鞭炮冒出的青烟，缭缭、绕绕向上漂浮着，越过房顶，盈盈绕绕，和全村家家户户同样的青烟飘向蓝天，送去人间新年的欢乐。奶奶烧着纸和婶婶都还在原地跪着，嘴里念叨着什么。我们几个孩子觉得好玩，也学着她们，双手合十，跪在地上，以敬天、地和祖上，祈祷完，再磕一个头，起来大家一起把供品端到屋里，腊月三十的上午，在婶婶家请神、供神的活动算告一段落。他们留我们吃饭，因母亲和我姐姐还在家等我们，也要敬我们家的天地，也要放鞭炮等。所以父亲领着我们在陆陆续续的鞭炮声中，三步并作两步、高高兴兴地三五分钟回到我们的小家。

一进院子，姐姐和母亲已准备好，不知母亲是从奶奶那学到的真传，还是早从姥姥那学到的真传。做熟饭后，也在院子当中放好小吃饭桌，摆好供品，放好香炉、点好三炷香插在香炉中，在等着我们。不等母亲吩咐，习惯性的我们就像在叔父家一样，在各门旁外墙边，已经早挂在门旁的松树枝上，都插上一炷香，每处一根。父亲和哥哥准备好鞭炮，母亲学着奶奶点着烧的纸，随着鞭炮又在我家的院子里和邻里家一样，噼里啪啦响起，大雷子（两响）咚、嘭，和千家万户先后传来的响声，融汇在一起，此起彼伏，震撼着宇宙间万物，震撼着云霄。我们先是捂着耳朵，眨巴着眼，顺着两响的响声望去，又见到另一番景象，青烟浮上，被炸飞的纸片，先是在天空中飘飘摇摇，在阳光照射下，似锦光闪闪，又像雪片样散落下来。我们姊妹几个看着天上，顾着地上，看到母亲跪在地上，还在烧着纸，上着供。我们同样觉得好玩，然后也在母亲身旁学着母亲，面朝北，对着供品，再给我家的天和地，祖上磕个头，学着母亲嘴里祈祷着什么。结束后，也随着，一家人其乐融融，将供品一样，一样也端进屋放

好，一切程序全部完成，全家人围坐在一起，才开始吃饭了。

我家吃饭冬天一般都在炕上吃，每餐都放在炕上一张饭板子上。唯独腊月的三十日放一张小吃饭桌，因饭菜丰富，放得下。母亲一说吃饭，哥哥姐姐就忙着放好饭板，母亲亲自端盘儿、端碗儿，轻拿轻放，怕我们毛手毛脚，大年三十别打了家什，怕落下不吉利的心结，我们小孩子便把一双双筷子按家人的人口数，摆在饭板上。

在全家人的忙活下，母亲和父亲的厨艺便又展现在餐桌上。鸡、鸭、鱼、牛、羊、猪肉，还有蔬菜，如菠菜、香菜、蒜毫（这些都是种菜人秋天过后，收割好，将它们埋在沙土里才存下来，保住鲜的），热气腾腾、五颜六色，香喷喷、辣酥酥，就着母亲蒸的香甜甜的馒头，还有枣糕，一家人说着笑着。母亲说："你们看，咱一家人吃的既有鸡也有鱼，还有糕。"父亲接着问我们说："你们知道这是什么意思吗？"哥哥抢着回答说："借的音，就是象征'吉'祥，年年有'余'，还有年年'高'。这是奶奶早告诉我的。"父亲听后，露出满意的微笑："这就是我们中国汉字的同音字的长处，这就是古人借用了同音字不同意的长处，这就叫谐音。"母亲则夸我哥哥聪明，我和姐姐、弟弟、妹妹都鼓起了掌。一家人欢欢喜喜，一会儿吃吃这，一会儿吃吃那。

记得有一年，也是腊月三十午饭时，哥哥说他爱吃牛肉，姐姐说她爱吃鸡肉，我说："除去白的肥肉，我什么肉都爱吃。"妹妹听了，稚气地说："老鼠肉你也爱吃呀？"大家听了哈哈大笑。

笑她小小年纪，脑子反应快，问得又及时，还问得恰到要害。我反驳说:“你才爱吃老鼠肉呢！”哥哥说:“人家说得有理呀，你说的什么肉也爱吃。”母亲微笑着说:“不要打嘴仗，快吃饭。”大家才静下来，咀嚼着、品着各样的饭菜，直到吃得嗓子平了崖。在这时，父亲时常有意逗着我们:“吃平崖儿了吧？”我们也高兴地回答:“吃平了（意思是吃饱了）。”“吃平了，帮姐姐收拾好饭桌、筷子等，出去玩吧。”是啊，姐姐和我们相比，已是较大的孩子了，要帮助母亲在家包水饺，不能和我们一块去玩。饭后，哥哥把碗筷收拾到灶台，由姐姐来刷锅洗碗，父亲和母亲准备包水饺的事宜。

父亲是包水饺的能手，母亲说父亲包水饺一个人顶俩。我家包水饺，总是姐姐轧剂子，父亲和母亲负责包，有时我们爱凑热闹，出去玩一会就再回来，图的是玩面团儿。觉得那面团特好玩，一会捏成个小人儿，一会又捏成一匹小马儿、小鸭子，小刺猬。高兴了还将面团拍成一个饼，学着大人，放上馅儿，可就是包得歪七扭八。但过年的饺子母亲一般是不让我们包。包不了是一回事，但主要是怕我们往面板上放水饺。按我们当地的风俗习惯，腊月三十下午包水饺是不能往面板上放水饺的，否则是不吉利的，所以母亲有时说我们:“别胡乱腾，出去玩去！”往院外撵我们，可我们有时瞪眼儿皮，非要包几个才罢休。但，每逢这时，自己的小手就是不听指挥，把水饺捏得里里外外都是馅。这时母亲和父亲拿我们没办法，半开玩笑地说:“给你各自放着，煮

熟了自己吃。”可我们还觉得挺美的。每年的腊月三十下午就这样凑热闹，直到听到外边鞭炮再这响一下，那响一下，（大人们大都在家忙着包水饺）是小朋友们自己放着鞭炮玩，或有小朋友来找我们，才放下手中的面团，再出去玩。

每到过年，大人们总说:“女孩爱花儿，男孩爱啪儿。”这是大人们总结出的一般规律。可我既爱花儿也爱啪儿，和其他孩子们一样，布袋里总是装着几个小鞭炮（爆仗）。有一年，直到现在使我想起来就胆战心惊。那是一个腊月三十的下午，正当家家户户的大人们都忙于包水饺，我和叔家的我的哥哥和弟弟在一起点鞭炮，总想玩出个新鲜花样来。有时当哨子吹着玩，可我和哥哥拿它点爆仗用。开始我们手拿着爆仗点，再就是把爆仗插在墙缝，一只手拿着一根点着的香，侧着身子，伸出手去点，觉得还不过瘾。这次，我和我叔叔家我的哥哥弟弟，玩着玩着，想了一个花招，就把一个小爆仗装在一个空的铜子弹壳里边，爆仗芯在外，这还不算，我们把我叔家的大门槛卸下来，再把装爆仗的铜壳口朝下卡在门槛的缝上，然后由我去点。当我点着爆仗芯时，爆仗带着铜壳，挣脱夹缝，猛的一下，腾空而起，我还没跑多远，随着一声闷响，爆仗炸开了。不过，被弹到空中的铜子弹壳还完好无损，先于被炸碎爆仗的纸片掉下来了，落在了我的身旁。大我两岁哥哥和与我同岁的弟弟，他们捂着耳朵，躲在一旁，向我喊:“快跑！”他们眼望着这一幕，都吓出一身冷汗，我却侥幸得像没事一样。不知那个时候，弟弟把我奶奶叫来了。奶奶一看就喊我们:“玩也不老实地玩，非得玩出个花样来，这铜壳如果蹦到你们头上，砸得头破血流还不算，还不砸你半死，你这孩子真是不知深浅。这是谁出的主意，再这样点爆仗，晚上不让你们吃饭，把你们手里的爆仗全给我！”我们听了，个个都乖乖地把兜里的爆仗交给奶奶。平时奶奶很少朝我们发脾气，我们知道她是多么的疼爱我们啊！奶奶确实意识到了我们意识不到的危险，才这样着急的啊。从此我们再也不敢这样点鞭炮了。

不过，以后的这个时间里，看到别的孩子点鞭炮，我们还是会心动的，有时缠着大人们要。待大人们给我们几个时，拿到外边，你点一个，我点一个，然后比试着谁的响亮。可谁也不示弱，各自都夸赞着自己的爆仗响亮，可谁的响亮，也没统一的标准，只是争着乐着玩。凭大家的听力评，然后举手表决，选出来的人，就被大家抬着坐轿。这轿是两个人把四只手，互相抓着手腕，拼在一起，蹲下来，再让选出来的人坐上去，这就是所谓地坐轿。抬轿的人抬着胜者，原地转，直到他们累得抬不动，嘻嘻哈哈，好不热闹。除此，我们也玩玩别的游戏，如，踢毽子、拍皮球、蹦房子、捉迷藏等玩得大汗淋漓以至不亦乐乎。

直到傍晚，我们才各自回家。这时我家也和邻里家一样，已包完水饺。母亲和父亲忙着烙着面盒子（馅饼）。烙面盒子是有讲究的，一是这天下午包饺子剩下了馅或剩下了面。说如果剩下馅，就象征着来年有钱花，如果剩下面就象征着来年有粮吃。另还有寓意，象征着一家人和和气气。待夕阳的余晖落下，天空点

缀几颗星星时，我和姐姐、哥哥、弟弟、妹妹都爱抢着干的一件活，就是一边玩，一边点着几炷香，再往院里院外的门旁早已挂好的松树枝上插以同样的方式，还往公共的水井沿旁边也插一炷香，并烧纸。家家都这样，以祈求来年提水安全，感谢大地无偿地赐给了我们水喝。更有趣儿的是，由于父亲上班离家远，买了自行车。我们姊妹几个，还跪在父亲的自行车前，给自行车烧纸，我们一边嘻嘻哈哈闹着玩，一边是真心的意愿，期盼父亲明年上班骑着它平平安安，感谢它为我父亲代步。从这我似乎懂得了什么，那就是知道把父母亲的安全放在心上，父亲、母亲的健康对我们来说是多么的重要啊。如果父母亲健在，我们孩子们出家门时有精神支柱、有人挂念，进家门时有人照顾、有人疼爱、有精神依靠，父母给我们无限的安全感和温暖，这是一个完整的家。我们一边玩着，蹦蹦跳跳地帮大人干着我们力所能及有乐趣的零星活。每逢过年这个时段，天文学上叫天短，也就是天暗得早，我们在嘻嘻哈哈中，不知不觉，天渐渐暗下来，天上的星星也多起来。这时，家家户户忙着张灯结彩，哥哥和父亲也忙着把每盏灯笼擦得干干净净，登爬上高，把点着的灯笼高高挂起。往房屋各房间里点上小面油灯，大门洞上、牛棚里、天井里，都挂上了灯笼，点着蜡烛，待整个院子灯明体亮，我们走到大门外时也更加亮堂，红烛照人时，晚饭开始了。

晚饭，我最爱吃的是母亲蒸的年糕。母亲蒸年糕用的是黄米，黄米粒比小米粒大一点。母亲每年蒸年糕时，总是先把黄米淘洗好，放在冷水煮，待水开，将米捞在早已铺好湿绒布的锅箅子上，再放上提前煮好的枣，一起蒸。烧开锅后再小火烧至二十分钟就熟了。这样蒸的年糕，黄澄澄的，鲜嫩软甜的。吃起来，既香喷喷的，又甜丝丝的，还黏黏糊糊的，比刚煮熟的粽子味道还鲜，既有枣香的甜味又有黄米散发的黏香味，我们孩子们特喜欢吃。我们特愿吃的原因不只是好吃，还因为母亲说，吃了它，年年高。当然这都是象征意义了，但对当时还是孩童的我们来说，是确信不疑的了。这顿晚饭，花样很多，为主的还有盒子，老语说，这顿饭吃了盒子，来年就会和和（和的谐音）顺顺，当然也是象征意义了。总起来说，三十晚饭吃得有意思，吃得有文化，吃得喜气洋洋，好玩。我们和父母、父母和我们孩子，吃着、喝着、说着、笑着，传统的文化就这样从祖辈那传下来。一年一年，一代一代，传承到现在。

腊月三十狂欢夜

时常，腊月三十的晚饭，尽管一家人吃着风俗的面食盒子，聊得其乐融融，但我们小的孩子们的心思，已被街上越来越密的爆竹声、锣鼓声“拽”去，不等吃饱饭就想往外跑。

这年，又是腊月三十的夜晚，我们提着哥哥早已准备好的小灯笼，一走出家门，热闹非凡，遥望星空，眼前豁然一亮，北斗七星已闪闪烁烁。啊，好一派美丽的夜晚，天上繁星似锦，街上到处是灯笼火把，还锣鼓喧天。真像古人陶澍说的:“除夕月无光，点数盏灯，替乾坤增色。新春雷未动，擂三通鼓，代天地扬威。”小伙伴们提着五颜六色的灯笼，个个精神抖擞，互相比试着。家家户户的大门上张灯结彩。街上到处灯火辉煌，人声鼎沸。欢庆活动各色各样，有踩高跷的，打捞子的，除夕之夜，将到之前，就到处一片欢腾景象。爆竹声震耳欲聋，连成一片，尤其看到那将要点着的两响（也叫二雷子、二踢脚），像布阵一样，在地面上一个个又像站着的竹笋。大孩子们拿着手中燃着的一根香，一会这个伸出手中的香，小心翼翼点着二雷子的引爆芯，一会那个又伸出燃烧着的香引着一个，然后他们又将身子赶快缩回。被引着的火芯在嗖嗖地燃烧，当火星燃到尽头时，二雷子一个个“噔！”“噔！”地响着，先后拔地而起，在空中像劈雷一样，震撼着整个天、地，一个个又发出“嘭！”“嘭！”的响声，随着出现烟云，和白天的别具一格，在空中伴随着火花飘荡，分不清哪是星星哪是二雷子冒出的火花，火花似欲与星星试比高，真是胜过雾里看花啊。孩子们一手提着灯笼，一手指着天空响雷的地方，仰脸望着二雷子蹦出的火花，在空中飘荡，这个说：“我家的好看。”那个说：“我家的更响。”这个说：“我家的蹦得更高。”那个说：“我家的像天女散花。”记得有位天文学家说：“在整个宇宙间，我们的地球，和别的星球比起来，小的像微粒。”“哈。”我说：“不，我们的鞭炮这么引燃，像火箭一样，骤骤地都飞向天空，一个个，随即爆响，有无数朵火花展开，它不是礼花，但赛过礼花，撒在宇宙中，照亮天空，为我们的地球添光加彩，就像我们的地球膨胀开来。如果是晴天，天上的星星也眨巴着眼，俯瞰着人间，似乎在说：‘欢迎你们，送来了火花，如果再高，火花再奔放，那我们的距离就接近了许多，我们俯瞰你们的地球像膨大了许多。你们的欢乐，就是我们的喜悦，天地人间同乐。’”孩子们互相比试着，谁也不示弱，有的牵着大人的手，有的互相追逐着。霎时，不远处传来了耀眼的火光，周围站满了叽叽喳喳的人群。大人们说笑着，早已知道那是人们忙着在大街上着烶（篝火）活动了。我们一旦看到，不听大人们的嘱

咐:“不要靠得火太近！”就会一溜烟跑到篝火前。

这里人声鼎沸，热闹非凡。我们家乡，篝火一般都用秆草（谷秸草），因为它的秸秆长而直，叶子是条状而不太长，又茨实，还好竖起来站着。如果把它们捆成捆，有几捆朝上篷住，点着，火苗烧得高而不易散，不容易出危险的，所以，一般用谷草来着烶。不过八九十年代，在我们那一带，大片的种植玉米和小麦，粮食作物的品种少了，很少有谷草，没法，也就只能用玉米秸代替了，总之不管用哪一种，安全第一。当我们跑去时，篝火已冉冉烧起，发出啪啦、啪啦的响声，红红的火苗，蓬勃向上，越烧越旺，几条大街上，一堆一处的篝火，冉冉地着着，它们各不相同，有的寻点谷草使用，有的使用玉米秸。谷草火势小一些，徐徐地燃烧，玉米秸的火势爆一些，燃烧得激烈，不时发出啪啪的声音。但不管是哪一种，它们都是一字拉开，远看像一条大的火龙王，火势壮观有序。我们小朋友，有的手里还举着火把，一会跑到这边看，一会儿跑到那边看，有的说这边旺，有的说那边更旺。我们看着，火苗向上燃烧着，每一堆篝火的火苗都拔到三四米高，样子虽又像舞动的大红丝绸，但却迸发出暖烘烘的光，并向四周喷洒着火星，像盛开着的一朵朵大红花，暖烘烘的，映红了每个人的笑脸，映红了我们村庄，映红了大地，映红了天空。大人们围着篝火，欢呼雀跃，不时往篝火里扔几个爆仗，伴随着篝火噼啪的响声，嘭嘭地响着，有时人们手牵手，欢快地围着篝火舞动、跳跃，大人小孩都参与其中，亲历着。随着科学的不断发展，社会的不断进步，上世纪八十年代电视机的出现，文化生活也在不断变化，现在是组织一部分文艺人才，为过新年编排一些欢乐的文艺节目，在迎除夕的晚间，由这些已排练好的节目正式演出，通过电视台向全国播放，大人小孩不再到街上亲历参与一些实体节目，而是家家户户，一家老小围在自家电视机前，看着中央电视台转播的文艺演出。而这时的大街上不再人声鼎沸，而相对来说，是人稀静谧。现在想二者比较起来，各有所长。前者是大人小孩亲身经历，群体化、大众化。后者是有点虚拟感，不出家门就能看到一些精华的文艺节目。再说篝火，老人们说：这火是迎接祖先回家过年，阴阳合欢，这火是迎接除夕之夜的到来，驱散一年来的污秽和邪恶，这火照明来年的丰收和希望，这火激励人们奋发向上。接近午夜时分，篝火渐渐自熄结束。

这时，远处不时还传来零星的鞭炮声，大人们带着我们小朋友回家，我们还恋恋不舍。大家回家后，有的很快入睡，可有的一夜不休息，有的聊着天，有的打着牌，还有的猜着谜语，一家人乐呵呵一直到除夕早晨，鞭炮又掀起一个个高潮。老人们说："这叫守夜，也叫守岁，就像西方国家的平安之夜，他们也是一整夜不睡眠，只是说法不一样，我们叫守夜，他们叫平安夜。"从东西方这两种盛大节日看，它的主要不同点在于，我们过的是春节，即年。我们是庆丰收，感谢大自然，感天、谢地，感谢祖上。现在静心一想，我们的年，这个节日确实了不起，实在是盛

大无边，热闹非凡，怪不得自古以来，我们的祖上每到过这个节日大扫除、宰猪、杀羊，还有鸡鸭鹅，一家人团团圆圆，穿新衣戴新帽，歌舞表演，着起[illegible]（篝火）、放鞭炮、磕头拜年，欢欢喜喜迎接这个年。现在越想我们这个年的节日越盛大无边，惊天动地的隆重，确实不一般。

除夕之夜

人们在对过年的阅历中，春夏秋冬四季一个轮回，从上古到现在这一个大的轮廓，一直传承着，对除夕的时间段的认识和概念，在我国逐渐形成了较统一的概念。所说的除夕之夜，也就是农历的十二月三十日夜晚至第二天早上，也就是来年第一天的凌晨之前这段时间。据文献记载，“除夕”中的“除”的本意是“去”，引申为“易”，即交替；“夕”的本意是“日暮”，引申为“夜晚”。因而“除夕”便含有旧岁到此夕而除，明日即换新岁的意思。

而除夕的形成，已很久远了，据《大中华文献宝库》记载：除夕“源于先秦时期地逐除”。还有《吕氏春秋·季冬纪》记载：古人在新年的前一天，击鼓驱逐“疫疠之鬼”，这就是“除夕”的由来。还据古书记载，还有其他雅称，如，除傩、逐除、岁除、大除、大尽等。（就是去除，即岁穷月尽，人们不但从实际生活中把家室打扫得干干净净，而且在理念上也要除旧，好好迎接新的一年的到来，求得好年成，所以人们就在前一年的最后

岁尽时段用另一种形式作最后的除旧，采用声势浩大震天惊地的鞭炮声，震赶旧的一年，迎接新的一年的到来。）人们千方百计，尽上最大的努力，来迎接新的一年的到来。可见在我国的文化习俗中，家家户户对除旧迎新用上最大的隆重程度来庆祝这新旧交替的重要时刻。

50年代以前还没有电视，除夕夜这天晚上，成年人们守夜、聊天、击鼓、零零星星放放鞭炮，有的还做游戏，如猜谜语，作诗，饮酒，吃零食（瓜子、花糖、瓜果），边吃边聊。据说，梁朝徐君茜写过《共内人夜坐守岁》诗："欢笑情未极，赏至莫停杯。酒中喜桃子，粽里觅杨梅。帘天风入帐，烛尽炭成灰。勿疑鬓钗重，为待晓光催。"还有杜甫的《杜位宅守岁》："守岁啊戎家，椒盘已颂花。盍簪喧枥马，列炬散林鸦。四十明朝过，飞腾暮景斜。谁能更拘束？烂醉是生涯！"这首诗，他回顾了过去，抒发了对当时社会的激愤，还展望了未来。不愧为出自"诗圣"之手笔。孩子们玩得累了，自然就入睡了。鸡将叫三遍时，常常被家长叫醒，朦胧间，一觉醒来，除夕之夜将过，重要的隆重时刻——新年第一天的凌晨就要到来，千家万户，村村呼应，鞭炮声响起来，一个高潮接一个高潮，真是震耳欲聋。

这时，我的奶奶和父亲、母亲在守夜中吃着、聊着，给哥哥讲故事、拉家常，有时父亲教我哥哥下着棋子，母亲和我奶奶边讲着那以往的事情，边拾着家务，在不知不觉中，很快除夕将过，新年的凌晨就要开启。随即，父亲和母亲带着我哥哥开始有条不紊地忙活，迎接这重要时刻的到来。父亲先是点着一个爆仗，扔在院子里，说这叫驱鬼神。奶奶和我母亲梳洗完毕，点着煮水饺的锅灶，准备煮水饺。哥哥帮着我父亲在院子里开始往树上挂鞭炮，往院子里布阵大雷子。这时，鞭炮声早已把我们从睡梦中惊醒，生怕自己凌晨起晚了，心气盛盛的，早已穿戴好。奶奶常说："我们家的孩子一个个都很有精气神。"确实这样，早已有警觉的我们，一听父亲往屋门外扔那点着的鞭炮响，住在另一间屋的我们姐妹几个，就警觉地一个个，从温暖的被窝里一骨碌爬起来。记得，是奶奶常常先逗趣地说："小心点，别打喷嚏，打喷嚏……"话音还没落："阿嚏！"有的憋不住就先打一个，逗得我们哈哈大笑。姐姐哈哈笑着说："奶奶说不让打喷嚏，你怎么非要打。"大家还没出卧室门，你一言我一语，说着笑着，各自就赶快忙着揉揉自己的鼻子，别再打出来。长大了才体味到，明知除夕早晨温度很低，刚一离开热被窝，与外边的冷空气相撞，不打喷嚏也难，所以常常拿来逗笑话。这笑话，也赶走了我们的困意，也提起我们的神儿。常常在这时，奶奶嘱咐我们先洗刷去，回来再换上新衣服。我们按着奶奶的吩咐，各自先穿好母亲早已为我们做好的新衣服，新鞋袜。这新衣服，有的是纯新的，有的是母亲用哥哥、姐姐的旧衣服拆洗好，又给我们小的孩子做好。记得有一年，父亲过去曾穿过的一件布料，叫铁基缎的黑大马褂，还大半新，以后已不时兴，母亲就把它拆洗好，为我和姐姐一人做了一件上衣，我们高兴得不得了，因是丝绸料的，虽是旧衣改成

的，但穿身上很舒服。总之不管是新布料做的，还是旧衣翻新的，或有时是旧衣布料褪色，母亲再用燃料染一下的，反正都给我们做得仔仔细细，穿身上软软和和、整整齐齐、舒舒服服的。穿出去，外人乍眼一看，还以为是新布做成的呢。所以我们常常引以为豪，当时意识不到，这自豪是母亲勤俭持家、会调剂规划给我们的。呵，这新衣服一旦穿在身，觉得自己身心都愉悦起来，到处焕然一新，感受到家家户户对新年到来的欢庆氛围，迎接新年的范围之广和它的魅力所在，起初是反映在家家户户，为迎接新年在奔忙，雨点密而雷声小，各家各户各忙各的。为备新年的到来，浑身的解数，都使出来，隆重筹备着。

我们高高兴兴地洗刷完，换上这新衣服，走出屋门一看，天上的繁星还眨巴着眼儿，鞭炮声震耳欲聋，散出的火花和繁星争夺着光艳，但在除夕的清晨，显得鞭炮散出的火花更光亮，给人一种清爽的感觉。姐姐开始坐在锅灶前负责烧火，母亲忙着煮水饺，这水饺是先煮好，上供用。哥哥帮着父亲把院子及各屋的煤油灯点着（按习俗，这些灯应亮一宿，叫长明灯。母亲往往舍不得油，所以除夕一早起来时再点着）院子和大门洞子里都已点上了灯笼高高地挂着，整个院子就亮起来了。然后哥哥再负责将鞭炮挂在自家院子的枣树上，地上随着竖几个大雷子（两响），那时还没有现在的花炮。我们几个小的孩子，便忙着往天井当中抬放一张小吃饭桌，然后放好父亲从集市上买来的新筷子，这已成习惯。放筷子是要有规矩的，一般都放五双，筷子头一定要朝北，分两排，从北排，第一排放两双，南边第二排放三双，第三排只放香炉，将香炉放第三排前面的正中央。年年如此，对我们来说已是熟能生巧，不用母亲再操心。听母亲说，整个除夕夜，鞭炮声几乎没停息。凌晨左右，当然更加密集，这时我们的准备工作基本已就绪。

当父亲带领我们把院子里需要安排的一切就绪，母亲和姐姐那边也煮熟了部分素馅的水饺，并分别盛了五个碗，每个碗里盛五个水饺，不知那个时候人们已约定俗成，还是怎的？家家如此。另，奶奶还告诉我母亲还要把每个碗放点水，这大概是防止上供时间长了，怕水饺粘在一起吧。这盛着水饺的碗是不让我们端的，母亲怕我们把碗打了，把水饺掉地上，说这是不好的，迷信说不吉利。为了求得吉祥如意，母亲说能做到的事，何苦不往好处争取呢？所以母亲不让我们小的孩子端，是由她自己小心翼翼，一趟趟端到天井，轻轻放在放供品的小吃饭桌上，每双筷子旁放一碗，疏密得当。等一切准备就绪，奶奶带着我母亲像腊月三十中午一样，又跪在桌前，面朝北，点着三炷香，插在香炉上，开始祭拜。我们在一旁看着，奶奶说："这三炷香，第一炷是敬天，第二炷是敬地，第三炷是敬失去的亲人们。"随着母亲燃着一刀烧纸。每当这时，我们站在旁边高兴地望着那火苗、拍着自己的小手，火苗呼呼，冉冉向上，烧着的纸片，形成一朵一朵的红色小片片，飘飘摇摇向上，被火光一照，既像蝴蝶，又像花瓣，然后由红色变成灰色，又纷纷落在地面上。还双手合十，举过鼻尖，

手指朝上，嘴里念叨着什么，随着双膝跪下，双手着地，又祭拜磕了一个头。记得这年，弟弟那年还不到两周岁，站在旁边也学奶奶和母亲的样，刚想跪下，就咕噜倒地，跪一个倒一个，我们说他猴子学样，在一旁瞅着，哈哈笑他。长大后，才意识到，这是她们承上启下的一种意念和传承，祈求天地为来年得到一个更好的年境，为我们祈福。在我国，祭拜供神，已有三千多年的历史记载。据考古学家发现，在我国四川省的三星堆古蜀国遗址中，从祭祈坑中就发现已有青铜器雕塑的，有真人模样祭祈的雕塑。还有，在陕西石峁考古遗址中发现史前史中的一些遗物，约是四千年前的疑似一座圣城中，有一神秘的石柱上，雕刻着形似神的像。我国在祭拜文化的形成方面历史悠久，又一历史事实证明我国传统文化的博大精深。

正嘻嘻哈哈的我们，不解奶奶和母亲之意。这时哥哥和父亲，又准备点燃挂在那边枣树上的鞭炮，似乎和白天的不一样响得震耳欲聋，我们目不暇接，一边看着奶奶和母亲祭拜天地，一边看着父亲和哥哥燃放鞭炮。于是哥哥就喊我们，要点燃大雷子了，快来看。不由分说，我们的注意力完全马上就转移到点燃鞭炮和大雷子的那边。父亲先点着的那一串鞭炮声噼里啪啦的刚响过，哥哥已把大雷子一个个竖立在地上，并把另一些小鞭炮又一串串挂在树上。我们孩子们都围拢过来，奶奶和母亲祭拜完，也三步并作两步地领着我弟弟快步走过来。父亲指点着哥哥，先弯下腰来，伸出手拿一炷燃着的香的胳臂，看准大雷子的燃烧芯，侧着身子点燃大雷子的燃烧芯，然后快步离开。哥哥按着父亲的吩咐，将大雷子点燃。随着父亲也点燃了挂在树上的一串串小鞭炮，大家围拢在已布好鞭炮的周围，一串串鞭炮被点燃着，顿时散发出更稠密的火星，往周围喷射着，随着烟雾缭绕，飘摇着朝空中散去。父亲让我们离得远一点，如果不小心，怕鞭炮蹦到身上，引来伤害，过年嘛，在欢庆之余，要处处小心。哥哥每点燃一个大雷子，就赶快离开，然后和我们一起，高兴地观望着那大雷子的一举一动。大雷子一被点燃，先是拔地而起，嗙！在半空响一下，然后又蹦到高空，嘣！冒着烟，散发出火花，闪着一道道光，和整个村庄的鞭炮声，不，和周围村庄的鞭炮声响成一片，震耳欲聋，它们冲开云朵，和天宫闪烁的星星共舞，形成了不夜天。像一朵朵硕大无比的大红花，把人间的欢快带到天庭，送去人间的丰收和新年的喜悦，新的一年开始了，那真的是欢天喜地嗷。父亲也一个接着一个地放他那挂在树上的一串串鞭炮，喷洒出火花，噼里啪啦，烟雾一蓬蓬在我们面前悠悠飞绕，一连就是十几个。我们躲在旁边，一会看着父亲放的一串串鞭炮，双手捂着耳朵，一会又仰望着天空。二雷子散发的火花，在辽阔的天空中，和千家万户二雷子散发的火花交织在一起，比大炮放过的礼花还壮观，它无边无沿，火花洒满了蓝天，漫天飞舞，壮观极了，好像在问候闪烁的星星们，星星们欢快地迎接着它们，浑然一体。亚洲多国在这一刻，传承着相同的文化习俗，使天地人间同乐，震撼到天边，斟满了宇宙的空间。我们姊妹几个，拍着

自己的小手，争喊着，这个说：“我看到邻家大娘放出的二雷子冒着烟散着火花也蹦上了蓝天。”那个说：“我看到叔叔家的飞得好高。”哥哥说：“你们别说，我看数咱爸爸买的这大雷子蹦的最高，蹦出的火花最亮。”母亲看我们争论不休说：“是呀，咱家的大雷子买回来，就放在了干燥暖和的地方，所以燃起来声音就响亮，腾空时既快又高。”父亲放完那枣树上的鞭炮，听我们在议论，也大声说：“是呀，你妈妈说得对，这些鞭炮买回来，你妈妈就把它们暖在了热炕头上，鞭炮和大雷子，只有干燥，不潮湿，点燃起来才脆生、响亮。”哥哥沉思了一下接着说：“是呀，这大雷子和鞭炮，不但爸爸买得好，拿回家，妈妈存放得也好啊，防了潮湿。所以咱家的大雷子和鞭炮点燃起来，响得又脆生，蹿得又高还快，点燃的每一个都像火箭，很快就飞向蓝天。”随着父亲向哥哥竖起了大拇指，对我们说：“还是你哥哥说的有道理嗷。”我们听了母亲和父亲及哥哥的一番话，似懂非懂地也拍起了自己的小手。这时，鞭炮声依然响个不停，虽是各自都在自己家的院子里点燃，噼里啪啦的响声和家家户户远近村庄点燃的鞭炮声，一阵接着一阵，正处高潮时，接连不断，响成一片。整个空中火星闪闪，满天飞溅，家家户户点燃的大雷子像万箭齐发，纷纷飞向蓝天，照亮了苍穹，整个天空又像布满了火树银花，灿烂闪亮，天地间沸腾起来，美极了。这些火花，它们真的又像和天空中似锦的繁星争奇斗艳，繁星布满了天空，俯瞰着人间闪闪发光。还有那缭绕的青烟，扶摇直上，带去人间的美轮美奂，带去家家户户新年的欢快，伴随着火花整个天空犹似火花的海洋。这时的除夕夜，已成了醉人的拂晓，令人陶醉，令人对新的一年充满了希望，这一切的活耀和欢快都已为来年送来了好的兆头。这时，大人小孩都激动不已，仰望着蓝天，高兴着、呼喊着："看这里，看那里！"在院子里我们为了好玩，跑到奶奶和母亲跟前，拉着她们的手，伴有顽皮意味地学着母亲，回到供桌前，跑跑颠颠，也跪下来，学着奶奶和母亲，祭拜磕头。还互相评判着各自的样子，最后奶奶夸奖说，还是她的大孙女磕得好。哈，我姐姐听了说："感到好自豪呀"。但都不懂念叨，嘻嘻哈哈，只是激动得不知所措，现在想来，那完全是乐的逗着玩，才猴子学样，可母亲高兴地夸我们："好孩子，也知道尊天谢地了。"现在我回头再想，如果感天谢地，也可不用那祭拜磕头的方式，而是在日常生活中注重每个生活细节，保护大自然，爱护一草一木，和大自然和谐共处，而且要少产生垃圾，人们就等于祭拜了天和地。

记得这一年，我们全家和婶婶全家围在奶奶身边一块过的年，也是除夕之夜，在周围鞭炮的响声中，我家在天井中上供点燃鞭炮的程序完毕后，和叔父家一大家子人围着奶奶一块吃年夜饭，更是其乐融融。有时母亲和我婶婶一起开始为全家煮水饺，大的孩子们就忙着干力所能及的活，如放小碟子，拿筷子呀。叔父和我父亲则陪我奶奶一边一位，陪我奶奶坐下聊着天，看守着小的孩子们，有序地玩耍。一家人欢天喜地，母亲和婶婶忙里忙外，将煮熟的水饺盛满器皿，先给奶奶端到跟前，让奶奶先吃，其实

奶奶每次都等大家到齐才一起吃，奶奶说：“这叫一家人吃团圆的年夜饭。”待水饺煮完，这时母亲和婶婶也坐下，我们一家人开始围坐在炕上、炕前，将热腾腾的水饺端在当中的吃饭板子上，放好筷子，每人跟前的小碟子里，盛上腊八蒜，再盛好一碗饺子汤。奶奶说：“随吃水饺随喝下饺子的汤，这叫原汤化原食。”待一家人齐全坐下将要吃饭时，这时奶奶又说：“先别吃，拿个碗拾上几个，先给咱们家的牛吃几个。”50 年代初期，耕牛和土地都是自家的，所以我家也喂养着一头牛，为我们家耕、种、拉、拽，是我家的耕种田地的主力，和别人家的耕牛一样，为主人家耕种立下了汗马功劳。每逢这时，奶奶先想着我家的牛，我想这是吃水不忘挖井人，满有道理的呀。哥哥、姐姐听了奶奶的吩咐，便用碗盛几个水饺走进牛棚，送给老牛，我们两家的小孩子们熙熙攘攘，高高兴兴跟在其后，看那老牛像是习惯性地等待这一刻，当它听到我们送给它吃的时候，睁开眯缝的双眼，张嘴伸出弯曲的舌头，将水饺一个个揽进嘴里。美滋滋地咀嚼着，然后又像是倒嚼，眯起了大大的眼睛。这时我们才高高兴兴地又跑回屋里吃饭。当然，随着科学的发展、社会的进步，现在耕种土地基本不用牲口，大多实现了机械化，节省出好多劳动力，开创新的行业。唉，可所养的老牛已成人们口中餐，记得老人们说，从前在集市上牛被买去，在宰之前，牛是掉眼泪的呀！万物有灵呀，何况老黄牛！听老人们说，有的人在集市上买卖互相推诿着，说什么：“你不买，俺不卖。你不卖，俺不买。”嗨，真是婆说婆有理，公说公有理。

我看还是都讲个理、自觉的好。

除夕早晨的早饭开始了，一家人暖融融的，欢天喜地，围坐在炕上、炕前，奶奶坐在火炕上的里边中间，父亲、母亲和我的婶婶、叔父各坐奶奶的两边，母亲和婶婶胸前还各揽着一个最小的孩子，那就是我最小的弟弟了。我和姐姐及叔父家较小的孩子们坐炕边，哥哥和我叔父家的我的哥哥则坐在炕前，各就各位，对号入座，人虽多，但奶奶教子有方，大人小孩很有规矩。好大的火炕上坐满了人，火炕暖融融。炕上面中间的大饭桌上，奶奶亲手制作的那高粱秫秸的器皿，这器皿纯属自然环保的，虽然触热，也不会像现代的塑料器皿产生化学反应，对人体产生伤害。一个个器皿上，放着热气腾腾的水饺，活灵活现，叔父家我的小弟弟说："你看那水饺，喘着气，一个个像小游鱼。"大家听了喜得前仰后合，哈哈大笑。父亲说他："人不大还挺会想象。"奶奶说："趁热，快吃咱的年夜饭吧，蘸着自己面前小盘里的腊八醋。"这腊八醋，是进了腊月门，腊月初八日这一天，奶奶和母亲及婶婶她们将蒜皮去掉，放在盛着醋的器皿里，盖好，腌到这一天，就是专门为这天年夜饭准备的，在这除夕之夜，它终于派上了用场。日久天长，大家都知道，这一天是不提倡吃蒜的，俗语说，怕来年有人算计。以后在长大的日子里，在跟老师学中文的多音字和同音异意时，我想，这不就是咱们中国文字汉字的谐音吗？是呀，人们也就是为了避开这谐音吧。我们谈笑着，用新年刚换上的新筷子，夹着一个个水饺，蘸着腊八醋，咀嚼着，品味着，

一家人美滋滋的，其乐融融。婶婶说：“过腊八节，已喝过了腊八粥，咱家腌的腊八醋在这欢喜的年夜饭中，排上了用场，又避讳了不利，还使咱这年夜饭吃得香甜可口。”婶婶平时少言寡语，这次突然说了一串。说得大家哈哈笑。母亲说：“话不多，说到一家人的心里了。”说着向婶婶竖起了大拇指，婶婶高兴地笑了。是呀，水饺皮白白的、软软的、薄薄的，透着里面的绿馅，这馅里虽没肉，但它透着原汁原味的清香味。在我们老家那一带，除夕早晨要吃素的水饺，象征来年的生活素素净净，减少那些不必要的麻烦事。再说上供用祭品，也是要用素馅的，这也是我们当地的习俗。鲜嫩的饺子馅好吃，这来自，奶奶和母亲及婶婶她们，为了弥补年夜饭水饺馅中没肉的不足，特意把馅做得细腻。一般，我们周围的民俗都这样，用芫荽、菠菜、藕、粉条、豆腐等做馅，并加上炸年货留下的油渍和齐全的调料啦，所以看起来既鲜美，吃起来又清香，还有利消化和习俗的传承。一家人围在奶奶身边，一起吃着年夜饭，说说笑笑，你一言他一语，吃得津津有味，那才叫欢天喜地、其乐融融呀。个个美滋滋地，说着、聊着，正至欢乐中，一家人不定哪一位，高兴地叫起来：“嗷……我吃着钱啦！”奶奶就说：“好，你有福！”大家都为之高兴，投去喜悦的目光。因为在我们那一带，每年的除夕之夜的水饺里都会包里边几个硬币小钱，据说谁吃着谁有福。所以，奶奶和我母亲及婶婶每年包除夕之夜水饺时，总要包上三五个小钱。一个是习俗，一个是增加除夕之夜吃水饺时的欢庆气氛，还鼓励大家多吃。有的说，除夕之夜的水饺吃得多了好，另一个也是像个谜。于是我们孩子们谁都想吃着一个，所以，如果吃这一个吃不着，就再吃下一个，有时为了吃着硬币，把胃口吃得满满的。哥哥常说他吃的平崖儿，平崖儿了。小的孩子，为了也吃到一个硬币，就想用筷子在盛着水饺的器皿上一个个找，但，如是看到孩子们这样，不管是大的孩子还是小的孩子，奶奶和母亲、婶婶她们是都不允许我们养成这样的习惯。母亲说:“自然夹着吃，谁碰上算谁真正吃着的，挑拣不算，再说也不能养成这坏习惯。”奶奶和我父亲也常说:“如果这样养成坏习惯，长大以后，吃饭夹菜之类的，在碗、盘里挑过来挑过去，挑三拣四，是不尊重别人的，是遭众人厌恶的，会让人感到这孩子没教养。”所以大人们是不让我们这样的。长大后，每当众人围坐吃饭的时候，有的人还真在菜盘里挑三拣四，旁边的人还真嘴里不说，心里烦恶。每当这时，我就想起奶奶和我母亲对我们说过的话，于是，小时候吃年夜饭的情景就浮现在我的眼前，就暗示自己要禁忌，免得众人烦恶。好的习惯，是从点滴小事做起的，感到自己的奶奶、母亲确实是曾得到过良好的家庭教养。有时我还想，长辈们这样教管我们，肯定也是我的奶奶和我的姥姥的长辈传给她们的。现在无证可寻了。不管怎样，反正我们在这方面没养成坏习惯，这得感谢奶奶和母亲对我们的教养和引导。正因为母亲这样要求我们，每年除夕之夜吃水饺，就形成家里的规矩，虽然我们年龄小，但也不敢违规，有时一时吃不到就多吃几个，哈，有时还真的碰上。

不管谁吃着一个小钱，一家人就为他祝福，把吃年夜饭的氛围提到一个高潮，大家欢声笑语，更增加了过年的气氛。每当这时，尤其是和奶奶一起过年还有婶婶一家在一起吃这团圆饭的时候，一大家子人更是喜出望外，大人们高谈阔论，谈古论今。当父亲谈到古代时，气氛有些严肃。父亲说："现在吃年夜饭，我们一家人团团圆圆，高高兴兴，你们可知从古至今那些为国守边疆的人们做出多大的牺牲，他们很难回到家人身边一块过团圆年，他们的心情，他们的理念是什么样，我们常人是难以体味到的。据说在巴山道中崔涂除夕夜有作联'乱山残雪夜，孤烛异乡人。'"当时，我叔父就问："你们明白是什么意思吧？"那时哥哥已上小学三四年级，略理解点里边的含义说："过年时，一个人孤独地处在他乡下过雪的山上。"奶奶说："真聪明，好好地念书，会学更多的知识，学多了会更聪明。"当时我们虽然不明白，但父亲教我们全背过了，在以后的日子里，知道了里边的寓意，它的意境就是作者写自己在乱山残雪的夜里，孤独地在异乡中度除夕，无疑会怀念千里之外的亲人，在字里行间充满了乡愁，江湖漂泊，感叹人世职责，讲了其中的寓意。是呀，每一个时代，都离不开那些为国为民付出自我利益的人，如现在，每当我们看着春节晚会欢声笑语时，又有多少人值班站岗，特别是那些守边疆要塞的解放军将士们，不管寒冷酷热，牺牲和家人团圆的机会，为国为民谋福利，他们就是我们最可爱的人。是呀，父亲借古人之诗意，讲给我们听，不无道理，使我们想到，在我们幸福地享受生活时，不要忘记为我们幸福生活付出的人们。所以奶奶说：“在什么时候，也要吃水不忘挖井人。”

这时，我们都已酒足饭饱，在门厅供桌前铺着的地毯上，都抢着先给供着的家堂主子上逝去的长辈们磕个头，然后再给奶奶磕头，最后给父亲、叔父和母亲、婶婶每人各磕一个头。有时一家人正议论着，突然听到敲门声，有很多人家比我们家吃团圆饭还早，他们来拜年了。大家见面先问过年好！这个说给奶奶拜年，跪地先磕一个头，接着说再给婶婶、叔叔各磕一个头。磕了头，又转入其他长辈家。这时奶奶催促着收拾餐具，母亲和婶婶刷洗完毕，让我的父亲和母亲及叔父和婶婶也出门拜个早年。我父亲和我叔父带领我家的大男孩们到别人家串门拜年。他们依次是，先是本族长辈家，然后是邻里乡亲们家。我母亲和我婶婶洗刷后，收拾完毕，由奶奶一人在家守着迎接前来串门拜年的，她俩便一块，说着聊着，也去本族和乡里乡亲们家拜年了。但没带我们女孩子们，这是我们当地的风俗，没出嫁的女孩是不串门拜年的。

早想撒丫子的我们，提着各自的小灯笼一溜烟似的，快步走出家门，和别的小朋友到大街跑着玩，看热闹。天上还挂着许多闪闪的星星。

正月初一大拜年

记得这年，奶奶在叔父家过的年，我们一家在自己家吃的年夜饭。饭后，一家人收拾完毕，开始准备启程。我们全家人首先做的第一件事，那就是准备好各自的灯笼，先到叔父家，给请来的在家堂主子上供尚的爷爷娘娘磕头，给奶奶拜年。父亲点燃着一盏手提着的较大灯笼，那是家传下来的手提灯笼，和母亲走在前头。哥哥则点燃着自己制作的、木框的、周围镶上玻璃的矩形灯笼。我们小的孩子也愿手里提一盏小灯笼。可这和大人们的灯笼是不一样的，和作家冰心写的《小桔灯》中的灯也不一样。你是猜不着的。哈哈，还是我告诉你吧。那是我们在一块玩着，哥哥玩着给我们制作的，既省钱，又环保，还好玩。那就是用白菜疙瘩，

挂在迎门墙上的百年图

把它中间挖一个窝，像一个小碗，里边放一支小蜡烛，或放一点棉油，搓一根棉絮灯芯，将这大白菜疙瘩边沿周围钻上三个眼儿，串上三根绳，似网，非网，系在一块，似带纲的网，将小菜灯点着给我们提着。我们觉得很好玩，待哥哥姐姐把他们的灯笼都点着，一切都准备就绪，我们一家人就出发了。走在大街上，好像一支浩浩荡荡的灯笼队。啊，看吧，不光我们这一支，熙熙攘攘，大街小巷，多少不等，好多灯笼队，大家在新的一年，新年凌晨的第一天，一见面就高兴热闹起来，都互相问候着："过年好！"各自都朝着自己的目标，一步步走着，到自己的长辈家。这白菜疙瘩的小灯笼，其实不是我家独有，其他小朋友有的也用棍挑着小小的白菜疙瘩灯笼，我们比试着，我说我的好，他说他的更好。大人们看我们各自谝摆着，高兴地议论着。我本族中的一位大婶和大叔手提一盏老式的手提灯笼，也让孩子提着一盏小白菜疙瘩做成的小灯笼，俏皮地说我们孩子："你们的小灯笼别看是自制的，更节俭、省钱，还最结实呀，掉地下摔不破。"我们听了觉得更好玩，沾沾自喜。

说着笑着，这时街上的人已熙熙攘攘，大街小巷到处是灯笼火把，一片说笑声，并互相问候着："新年好！"。极目眺望，天上的星星还眨巴着眼，闪闪发光，尤其是那启明星更加明亮，不愿离去。除夕之前下过的一场大雪，厚厚地覆盖着大地，被灯笼火把一照，明晃晃的，好光亮。天气虽寒冷，但满街上是人，吵吵嚷嚷的问候声，一声更比一声暖。我们全家大小共九口人，父

亲提着一盏大的提灯和母亲带领着我们，哥哥姐姐紧跟着父母，我和弟弟、妹妹在最后头，和邻家的孩子们比试着各自的小灯笼，弟弟和我大娘家的儿子专门到路旁的雪上去踩，听那咔嚓、咔嚓的响声。父亲催促着我们不要只说话，让我们快走两步。我们小跑两步，跟上了我家的队伍，大小灯笼依次拉开，排列着。邻家大爷看到我们一家，笑我们像一只火龙队。我父亲听了很高兴，自豪地说:“哈，大哥你挺会比方，我在前头提这大灯笼，向后一看确实像一只火龙队。还是你棒，挺会想象。哈，你家何尝又不是呢？”父亲说完大家哈哈地笑了。是啊，看大街小巷，一家家的大人小孩都提着灯笼，像无数条小龙游走在大街上，静心一看，确实美极了。大家说着笑着互相问候着好，各家门口出出进进都是人。我们先后到了各自亲人的家。

我们在欢乐中也到了婶婶家，给奶奶和我叔父婶婶拜年。一进门就问奶奶新年好！婶婶新年好！叔叔新年好！大家还互相祝福着。欢天喜地间，忘不了全家人先给在门厅供尚祭祖主子上的祖上拜年（在家堂主子面前的地上，婶婶早已铺好了毯子），这主子也叫家堂主子，上面记载着四五代逝去的长辈们的名字。在我们这一带祭祖比较简单，只有过年，才从祖上他们的坟墓前烧纸点香放鞭炮，在理念上把他们请家来过年。曾经在中央四台电视台《远方的家》栏目看到安徽省大屋雷村，在村内专门有祭祖庙，庙内供尚着祖祖辈辈的名分和事迹，供子孙后代祭拜，以很多文艺活动的方式来感恩，使天地人间同乐。我看过后，感受很深，从供尚上看虽不同，但都是从意识上和祖先同乐。我们学着父亲母亲，也先给供尚的祖上磕头，然后再给我奶奶磕个头。我们孩子们再给我父母磕头，然后再给我叔和我婶婶磕头。少的学着老的，小的学着大的，论资排辈，依次磕着头，我们的风俗是兄弟姊妹之间不磕头的。我叔父家的孩子同样也是按次序磕头。大家都高高兴兴的，一会这个说先给爷爷娘娘磕一个，再给奶奶磕一个。有时我的叔父爱说笑话，说："女士要优先。"于是孩子们就再说先给大娘磕一个，再给大爷磕一个。最后又接着说，先给母亲磕一个，最后给父亲磕一个。大家争先恐后，一个接一个忙而不乱。特别是最小的几个，也学着大的孩子，依次磕头。有一次，叔叔家的两个小的孩子，其中我的一个小弟还不会磕，扑哧，双腿一齐跪地上了，小妹不会跪，干脆趴在地毯上了，逗得大家哈哈大笑。奶奶在这儿孙绕膝喜庆的日子里，虽然是她一手把儿孙们带起来的，但，奶奶似乎有所思。我的父亲和母亲及叔父和婶婶他们是明白的，如果我的祖父在世，会和奶奶一起享受这儿孙绕膝的福祉，那该多好啊！可惜，在我父亲将记事时，他的父亲我的爷爷就离开了这个欢乐的世界，难免奶奶有所思，那时只有大人们才会意会到，我们小孩子们是不理解的，只管蹦蹦跶跶，说说笑笑，享受着新年的喜悦，哪知奶奶几十年来的疾苦。当我们长大了，学到"每逢佳节倍思亲"的诗句时，才从中理会到奶奶一生的疾苦，当时悲喜交错的复杂心绪是可理解的。

有时，正当我们一家人欢笑弟弟、妹妹那稚气的动作时，大

门口传来了:“拜年了！”的预告声，随着我们一家人的视线移到了大门口，看到一帮人走进叔父家的院子，岁数大的人手里还提着灯笼，他们一个个欢声笑语的，各自按着自己的辈分，称呼着我的奶奶，也有喊我奶奶老奶奶的，还有喊我奶奶少奶奶的，另还有叫我奶奶婶子、大娘的，嘴里喊着不同的称呼，反正都是我们本家族的，按辈分他们都给我奶奶跪地磕了头。我奶奶带我父母和我叔父和我婶婶，一边出门迎接着，一边喜喜欢欢地说着:“过年好！免了吧，谢谢！到屋里暖和暖和。你们起得都挺早？”随着，还有辈分略小一点的，就地喊我父母和我婶婶及我叔叔他们，“给婶婶、大娘、大爷、叔叔磕头，热热闹闹地拜着年。”说着，依次再给他们分别磕着头，一边磕着头，一边说着:“趁天早，赶快到本家各家转转。”于是拜完就匆匆离去。随着我父亲和我叔父带领我哥哥他们也加入了这个行列。这时奶奶催促着我母亲和我婶婶她俩抓紧时间收拾，及早到本家族他们家和亲朋好友及乡里乡亲的家拜年。

霎时间，大拜年开始了，我眼望着穿梭的他们，爱热闹的我也想加入这个行列，但，还是那句俗话，我们当地的风俗习惯是，还没出嫁的女孩除去给自家的亲人磕头外，不时兴串户拜年的。我正眼馋着，忽然，听到外面传来女士们爽朗的说笑声，听着、听着，她们已进了我叔父家的大门，个个脸上挂满笑容，身上穿得五颜六色，特别是年轻的媳妇们，梳着油光的头，髻梳妆在后脑勺，髻上还插着花。有的擦着粉、描着眉，身着旗袍，脚穿着绣花鞋，但不是现在女士们穿的高跟鞋，虽新中国已成立几年了，但有些老人还是按着古装打扮着，孙辈的媳妇们，个个甚是美观大方、雅雅气气。特别是那位魏氏家族中刚娶进来的一位新嫂子，可说是新媳妇了。由她的婆婆带领着，脸上擦着粉描着眉，点着红嘴唇，抹着红脸蛋，头部的两侧和后边的发髻都插着花。被她穿着的水红旗袍一照，脸颊上泛着红晕，带着羞怯地微笑，不胖不瘦匀称的个头，看上去，真是如花似玉。再看她脚上穿着的一双花鞋，绣着弯弯的菊花，显得更加俊俏，甚是娇人。母亲和婶婶把他们让到屋里，奶奶也站在了家堂主子旁，笑迎着她们，夸赞着她们，特别是对新媳妇倍加赞赏。夸她们笔直的腰板，白皙的皮肤，透着红脸蛋儿，桃红的小嘴显着别样的义气。弯弯的柳叶眉，一双内秀的大眼睛帘上都嵌着双双的眼皮，漆黑的眼珠儿，被珠帘似的长长的眉毛掩护着，让人觉得这孩子亭亭玉立，温文尔雅、气轩盎然。被我奶奶和我母亲及婶婶这样夸奖着，她的婆婆显得有些自豪，新媳妇有点不好意思，大家都异口同声夸赞她的美。我现在想来，当年我这位嫂嫂确实很美，我想，当时她不会觉察到自己的美，不过直到现在虽然她年老了，但看上去还是显得很有魅力。几十年来虽然她的魅力依然犹在，但从不张扬，还是守家、持家的一把好手，并且为人还很好，院中的婶子、大娘及她的妯娌们，还都夸她品行好。我觉得这样一位表里如一的好人实在难得，是值得女性学习佩服的。书笔正传，在她们的说笑中，一个个跪在地毯上，先老后小，依次把头

磕完。在欢声笑语中，她们又和几户独户家族人家的妇女们联合在一块，赶往常来常往的长辈人家。这时母亲和婶婶在奶奶的吩咐下，理好衣装，去加入了本家族姓女士队伍中，拜起了年来，我们这个姓氏在本村来说是一个大家族，抓紧时间也得一上午。有奶奶在家留守，负责接送迎来一波波前来拜年的小字辈们。

我们小孩子是在家待不住的，天已大亮，于是也跑在街上。有的踢毽子，蹦房子，拾小巴巴儿，年龄小的男孩子则点啪啪的小鞭炮，弹玻璃球，有时还跑到拜年的人群后边看热闹。有的单门独户和单门独户姓的人凑在一块，显得不孤单。有的是一个大家族的人凑到一块，拜年的人群越聚越大，他们衣冠整齐，队伍浩浩荡荡，在蓝天白云下被朝阳普照着，好不壮观。空中的鸟儿欢叫着，虽然天寒，可人们的面部表情个个都暖融融的。特别是男士们，他们几十个人赶在一起，到辈分大的人家挨着拜，他们如果在街上碰上了，越过下雪扫过的小路，咯嘣咯嘣踏着雪还互相打着招呼，互相问着过年好！各个队伍都一边走一边说笑着，到处欢天喜地、吵吵嚷嚷、笑声朗朗，上午较早的这个时段大部分是先到本家族的各家中拜年。记得有一次，到现在想起来都好笑，我和几个小朋友跟在他们后边看热闹，有的队伍庞大，进门就喊:“拜年了！”主人出门一边迎着一边说着:“到屋来暖和、暖和！”大家也不进屋，确实进屋人多也挤不下啊，再说时间也紧，多走几家，领头的人一声喊着:“拜年了！”于是屋里的人就出来迎着，让着大家到屋里暖和，拜年的人群听到喊声，就齐刷刷地在天井里跪下磕头，有的满满一天井人，看起来特别壮观。可是有的年轻人大概是累了？也不知什么原因，我想或是有的在逃懒吧，跟在大部队后面，人家磕头他一锅腰，有的一撅屁股，就算磕头了。因人多，主人也看不见，等大家回头往门外走时，他又在头里了，惹得我们小孩们朝他们哈哈大笑，并用手指指指点点，认为他们哪个、哪个不诚实。他们看我们在指画他们，方知露了馅，但他们也不介意，反朝我们小孩们说："笑什么，小孩子懂什么。"随后自觉不对，也笑了。我们便用小手指头刮着脸蛋，朝他们丢，用嘴撇他们。他们便把我们撵跑了，我们还是一边跑一边用小手指头刮着自己的脸蛋儿丢他们，无奈他们再赶快去赶拜年的队伍。回头我们又追着，他们再也不敢了。另拜年的队伍中，有的长辈每赶到小字辈的门口就不进去了，站在门口等那些辈分较小的人们磕过头，他再带领这大队伍继续拜年磕头，只有到他们的长辈家，他们才带头领在前面。有时他们看到我们小朋友手指指指点点，笑着竖起大拇指，还夸我们是小监督员，并监督得好，我们还觉得挺自豪。每年的除夕这一天的正午时分，拜年的队伍差不多在本家族大院中，各家差不多也就拜完年了，便回到各自的家中。

吃过午饭，初一这一天的午饭和晚饭，有的人家先放过鞭炮，然后各自吃着自家习惯吃的饭，有的吃年糕，有的还是吃水饺。午饭后，休息片刻，一家人有留在家包水饺的，准备到初二这天早晨送爷爷娘娘上供和自家早饭用。有的再出去串门拜年，

这个时间基本就打破本族界限了，那就是到本村乡里乡亲和各自相好不错的户家拜年，我们的村庄大，甚至有的再串到晚上，更要好的或有长辈的家，有的用较短的时间，还坐下来拉拉家常。如果到晚上也串不完，那就自己再另辟时间了。

初一晚上，有时村里还演自编自演的小戏，有时还有别的文艺活动，有很多人要忙着去看的，我们小孩们更是捧场的人员之一，爱凑热闹，这当然也少不了我。等一切活动都搞完，已是夜深了，天上的繁星欢快地眨巴着眼儿，辰门星星已偏向了西方。我们小朋友们在回家的路上，互相争论着一天来的趣闻乐事，玩得似乎还意犹未尽。看来有的大人们也和我们小朋友一样，没玩够，街上不时响起零星的鞭炮声，还有的地方张灯结彩。随着初一大拜年的结束，当我们回到家时，母亲已为我们铺好了被褥，很快进入了甜美的梦乡，解除一天来的疲劳。

震撼的路景

在我们家乡，每年的正月初二这天，出嫁的姑娘由丈夫陪伴，带着自家的孩子们，拿着礼品，回娘家拜年，同娘家人吃团圆饭。我的姥姥家村庄在我们村庄以西，距我们村庄六七华里路，中间隔着一条相家河。姥姥家虽是一个大家族，但，母亲是一个入乡随俗的人，也是要在我父亲的陪伴下，带着我们去我姥姥家，回娘家感恩拜年，和她的娘家人全家团聚。

每年这时，吃过早饭后，有我哥哥帮着，父亲很快备好花轱辘车，借用套上邻家的一匹马和自家的一头骡子。母亲利利落落，把家收拾干净，拼好回娘家的新年礼品，把我们一家人的服饰整理穿戴好，带上我们，高高兴兴乘坐上我父亲备好的花轱辘车，到她的娘家我姥姥家去拜年，我和弟弟、妹妹随着母亲坐在车厢里，哥哥姐姐坐在车沿上，每年如此。

这年年前，雪下得很大，也是农历的正月初二，晨曦将露，旭日的光辉像万道射线，已从东方将洒满覆盖着一层厚厚雪花的大地，整个原野上到处一片静谧。我们一家人，又乘坐在父亲驾

驶的花轱辘车上，行走在前往姥姥家的路上。眼前豁然一亮，迎着旭日阳光，往东远眺，一片广阔无垠的大平原，披着皑皑的白雪，耀眼地展现在我们的眼前。再顺着旭日洒出的光线，朝西一看，那相家河的河堤，被雪花裹得像一堵耀眼的金黄色长城。

在车上坐着，在蔚蓝的天空下，我们吸着清爽的空气。啊！一会儿，看吧，路上不少大车小辆也走出各自的村庄。那时中华人民共和国刚成立七八年，科技还不发达，一家一户地出行，自行车还很少，别说汽车，就是电动车也没有。走亲串友，有的骑着骡马，有的驾驶着小驴车，有的驾驶着骡马胶皮车，还有的驾驶着木制花轱辘车或跑车，逍遥自在地行驶在走亲串友的路上，我们孩子们坐在车上，观望着周围，特别愉悦。

这年也不例外，当那些车有的也朝河堤方向走来时，不管哪种交通工具，行在路上，我们端详着那牲畜们，尤其是那骡、马、驴们，都唰唰地踏着雪花，颠步、颠步地前进着，好个快捷。但我们看到就是那老牛拉着车，载着它们的主人，一步一个脚印地往前迈着。姐姐纳闷，突然问母亲：“为什么那牛走路不颠步？”哈，父亲和母亲不约而同地说：“这就叫老牛拉破车，稳当牢靠。”我们听了似懂非懂琢磨着。姐姐听了说：“嗷，我知道了，这就是奶奶说的‘踏实’，也叫一步一个脚印。”哥哥接着说：“奶奶那是叫我们，平时做事要踏实，这是说的老牛，不一样的事。”父亲接着说：“唉！这还不明白吗？做事就是要像老牛一样，踏踏实实。”“道理是一样，让你们做事要学老牛的精神。”母亲听了

晨曦

大家的议论，乐乐呵呵地来了个总结。我们小的有的似懂非懂，一边听她们鸡一嘴鸭一嘴地议论着。

随即，后面的车辆上来了，听那些驾驶员们，咿、呀、嗷的驾驶声，回荡在蓝天白云间，交织在一起，打破了整个旷野上的静谧。一辆辆马车、一辆辆驴车，还有一辆辆牛车，像布阵一样，行驶在各自的方向。因所到的亲戚家路途都不太远，有的几华里或十来华里，这些车们多数是敞着的车。

当时我们的车，由那匹马和那头骡子拉着，载着我们一家人，来在村西河堤跟前。一看那河堤，比一层楼还高，上河堤顶

的斜坡路和平地形成有四十五度的角，长度够十多米。这斜坡路被踩轧的雪，白天刚将融化，夜晚又被冻住，一大早，似雪非雪，似冰非冰，挂在河堤身东侧这斜坡路上，坡度可也不小。

父亲乃一介书生，本驾驶车也不熟练，一看，单靠牲畜们拉车上坡难度很大，怕出危险，就让我哥哥也下车来，在后边推，父亲就驾驶着车，拽着牲畜们往上拉。可，尽管如此，车刚爬到一米多处，父亲拽着牲畜，手里摇着鞭子，嘴里吆喝着，牲畜们也低下它们的头，拱起它们的腰。突然，那马蹄子没抓稳斜坡的路，滑了一下，一条前腿跪下来，哈！都撑不住了，好险啊！随即，车咕噜、咕噜，顺着斜坡急往下滑，牲畜们也随着被往下滑的车，拽回来。我们在车上吓得要咋呼起来，母亲说别动，不要船不翻自跳。我们吓得小小心脏要跳到嗓子头。正巧，后边也朝这方向来了几辆车，驾驶车的人们像是些老手，他们一看，危险在即，便毫不犹豫，放下手中的驶车鞭子，让家人守住各自的车子，纷纷赶来，帮着我父亲将车，前拉后推，便吆喝着："咿嗷！使劲！上！"我父亲在前头使劲地拽着牲畜的缰绳，大家一鼓作气，使车艰难地终于爬上了河堤。我们悬着的心也放下来了，大家都松了一口气，并豁然大笑，父亲说还是人多力量大。接着我父亲带着我哥哥和那些"车夫"一同，慢慢地，小心翼翼地互相照应着返回河堤下，帮着把他们的那些车，用着劲地一辆一辆赶上来。

通过互相帮忙赶车上坡，父亲说："觉得还是赶的牛车省劲。"

母亲接着说:“为什么人们常说‘牛’劲呢?又刚已过年，主人家再喂它水饺，更有劲为主人家卖命了。”我原以为，只有我家，除夕早晨一家人吃团圆水饺，给牛送水饺吃，便问母亲:“别人家过年也给牛吃水饺?”母亲说:“是呀，这是咱们这一带过年的风俗习惯，回报老牛一年来，勤恳地为主人付出，丰收的喜悦有它们大大的功劳，其他牲畜同样，除夕夜主人也赠它们水饺吃，它们同样为百姓耕种庄稼，喜获丰收，付出九牛二虎之力。”我们兄妹几个，听母亲这么一说，一回想，便懂得了里边的道理，在车上高兴地拍起了自己的双手。

是呀，看那上河堤路坡度的样子，如果是现在的小轿车爬在上面，也很危险，也难上得去。不过，听说那条河，现在已改造成了水库，水库的岸堤不再那样高，但岸堤往耕地两边拓宽了，使堤的宽度比水面要宽出一倍多，水库刚改造完之后，底部还有的露着原来河底的芦苇的根，水库水面比原河水面要窄不少，不知为什么?库水不宽也不深，当时是往外承包，还是?不得知。但现在据说招商引资，引进了太阳能板，布在那水库堤顶上面了。

当大家费了九牛二虎之力，都来在河堤顶上时，都高兴地互相双手抱拳，感激、道谢，并互相聊着，说着拜年的话。虽然都是前庄后院的，有的也不认识，这下可好，通过上这河堤的斜坡，互相帮忙，有的又做了互相介绍，可都认识了，一见如故，又互相问候新年好!大家都喜出望外。原来都是走亲访友拜年

的，虽不往一个村庄去，但多数大方向是一样的，去河的西岸，并靠河岸的几个村庄。大家聊着，互道起新年的喜闻乐见！说罢，有人说，再上路吧。接着大家的车，终于行走在这条河堤的东岸上。

在那河堤上的悠悠大道上，看一家一户，行进的车辆上，都放着大小不一的竹篮子，那时没有塑料的方便袋，盛东西的器具，百姓都是借助大自然中一些自生自长的植物或土石料，不含化学原料，用自己的智慧和技能编制或烧制加工而成。如盛食品的竹篮子和盛粮食的囤、瓦缸还有平时用的锅碗瓢盆呀等之类的，都是直接取自自然而制成的，它们无毒无害，也没有对环境的污染，用起来还很方便。去年的秋末，我和几位老邻居到河边玩，看到河边的芦苇将枯萎，有位老友顺便折了几根，想模仿着小时候家家户户用的竹篮子和植物食品用具，编编看能学会吗？快过新年了，用来盛装很多的熟食品，哈哈我们当中没一个会编的，只能盼着人们意识到盛装食品的器具材料用品能回归自然更健康，市面盛行起来，再买来用哈。看来这植物器皿也快繁盛起来了，因这天晚间中央二台已播出，很多省份要控制塑料袋了，这是一件好消息，国家环保要使人们走向更健康的生活。

人类还是回归自然好，我们看到，每辆车上的那大篮子小篮子都装得满满的，上边还盖着一系列灶台上常用的棉布，即纯棉的笼布，具体里边装的什么礼品？我们就不知道了，大概都是过年的美味食品吧，反正里边都散发出新年食品香喷喷的味道。孩子和大人们都坐在车上面，又说又笑，美美地吮吸着辽阔田野上散发着的清新空气，还夹杂着香喷喷的新年的食品味，倍感亲切气爽。我家的车在父亲的驾驶下还是走在前头，后边的车也跟上来，前后拉开，一溜十来辆，还有从南往北来的车呢。都行驶在这高高的河堤上，好不壮观呀！

大车小辆地走着走着，突然，马嘶叫了两声，随着，那拉着车的驴也啊哈、啊哈呱呱了几声，还有那拉老牛车的老牛，也拉长了音，哞、哞地叫了几声。母亲说："老牛惦念着它的小牛犊，该吃奶了。"我们听了在车上哈哈大笑。我大姐说："哈，见一个叫都叫呗。"父亲接着说："牲畜们春夏秋季为农户在田地里耕、耩、拉拽，冬天主人就把它们在自家院子里养护起来，很少见到这样的环境，有点惊。"由此我和哥哥姐姐突然联想到过年前的冬天晚上，在这个河的大堤上，常常传出"呕——呕——"的叫声，便问父亲："有人说这是獾的叫声，是真的吗？"父亲说："一个是狐狸叫，一个是獾叫，它们饿了，白天藏在河堤上被水冲的狼窝里，晚上出来寻觅吃的什么的。"现在我再想当时，父亲和母亲说的都有道理，农村，在机械化前冬天农闲时期，牲畜们没有农活到野外，都在主人家里饲养着，只有春季万物复苏时，帮着主人家在农田里春播耕种，夏季修耕除草浇灌庄稼，秋季收割拉拽，冬季多数被主人养护起来，所以很少见过这样的波澜壮阔的景色，都有点胆寒，老牛在胆寒中惦念着它的小牛犊吃饭，心放不下。

美妙，可牲畜们这一叫，整个辽阔的旷野要沸腾起来了。我们展眼瞭望，马上在车厢里站起来，禁不住叫了起来。可，没想到，后边有的车上的孩子已跳下了车，东望西看，指指点点。

实地，这时还在大清早晨，我们已身处高高的河堤上，再靠近河面，天气更加冷凉，不一会儿冷森森的空气，混合着我们呼出的气体，像冰柱挂在了眉毛和眼睫毛上，又像门帘影响着我们的视野。在车上，我们睁大眼睛，你瞧着我，我瞧着你，模模糊糊有意对视着。我说:“咱们像睁眼瞎子。”我们孩子都觉得特好玩儿，还不想抹去，便哈哈地笑起来。突然听到一位大孩子感叹地喊道:“啊，好美的景色！”并呼唤着小朋友快看。我们被这喊声转移了目标，这才都各自从袄袖中抽出揣着的双手，抹去冰帘，哇！定睛一看，映入我们眼帘的是那样清晰辽阔的旷野。现在再回想，当时形似我们近几年前去过的北欧，穿过丹麦，接近了北极洲，极目望去，一片茫茫的雪原，令人心旷神怡。

车拉着我们走着，我们在车上一边聊着，一边观望着。哥哥说:“看那河水都冻住了，覆盖着那么厚的雪花，像一条大蟒蛇。”这时，父亲刚坐在车前沿边驾驶着，听我们一惊、一乍的，干脆又下车驾驶着，不慌不忙地说我哥哥:“没想到你，还挺会想象哩，像蟒蛇，再和南面连着的桥头一块望去，你们看，像不像除夕前夜，大家舞的那条想要起飞的龙呀？”这时母亲说:“像，就是颜色不一样，那是红的黄的，这是洁白的，映衬着点浅浅的杏红色，略带点红黄色，这是红晕朝阳一照的缘故。”这时我们孩

北欧雪景

子们，在车厢里已坐不住，有在车厢里站起来的，也有用一条腿跪在车厢里面，昂着头，挺起胸来，望着周围，你一言我一语，简直是目不暇接，兴奋起来。母亲一看景色这么美，告诉我父亲说：“干脆也让孩子们下车观赏观赏再走好了。”我们一听高兴极了。父亲一看别人家的车也有停下的，说：“好。”说着便将车停了下来。车将停稳，我们就叽里咕噜，纷纷下了车，母亲在后也随我们下车来。

我们一家人站在高高的河堤上，循着四周正在瞭望，随着几辆小驴车和一辆马车各自都拉着自家一家人，从南往北行驶，这时车辆更增多了，南来北往的，有的也先后停了下来，大人小孩也都下了车。霎时间河堤上站了不少人，熙熙攘攘、人声鼎沸，

都驻足观赏，被这壮丽的景色震撼着，可惜那时的农村还没有照相机。

小朋友们都高兴地活蹦乱跳，这转转，那看看，踏着雪，咯喳咯喳地响，虽未曾相识，但一会成了朋友，打起了雪仗，又互相投起了雪球。我们略大的孩子随着大人们近观远眺。大人们指到这里望到那里，赞叹着，纷纷议论着。有的望着对岸说：“看那河堤被耀眼的积雪裹得像一堵硕大无比的长长大屏障。和河面上的积雪形成一色，像大海汹涌的波涛，波澜壮阔，今年又是一个好年景。”“是呀，瑞雪兆年嘛。”一人接着话茬说。有一位看上去文化素养较高的先生接着指着远方说：“大家看，这茫茫的雪原，被这初升的太阳一照，泛着这微红色的晨光，使人觉得恍恍惚惚，微妙飘逸，像身处仙境，这就是大自然的鬼斧神工，说这狂野美如画真不为过，好神奇呀！”当时这些人都来自前村后舍，还有后又来到的，有的已互相认识，有的虽然还不认识，他们都点头称赞，又互相议论着，称赞着这气壮山河的壮丽景色。

大家正观望着、赞叹着，传来旁边妇女们的说笑声，原来她们下车晚，不管认识的不认识的，都凑到一块，有说有笑。看她们，个个打扮得花枝招展。有的穿着鲜艳的花衣旗袍，成年妇女们头上梳着带纂的发髻，发簪上还戴着鲜艳的绢花，有的脚上还穿着绣花鞋，个个笑逐颜开，显得更加典雅。美艳的脸颊上泛着红晕，在雪光的反射下，个个英姿飒爽，她们个个手打着罩篷，远眺着。如果再和她们相距远点望去，她们在白雪皑皑的河岸上，像点缀的一束束鲜花，舞动着，散发着浓郁的新年气息。回头再望，对比端详那男士们可他们也不示弱，有的头戴礼帽，身着传统的深色大褂，还有的穿着现代服饰，不管是哪一种服装，他们穿在身上都帅气十足，既显现出山东大汉的气度，又不失他们孔子之乡的文雅之气。总之男男女女从装束到谈笑，都展示出新年的新气象。

我和几位大哥哥、大姐姐，朝着河的对岸望去，顺着河岸往南，一眼望不到头，被皑皑白雪覆盖得天衣无缝，在我们的眼中感到特别的神奇奥妙，河谷两侧的两条大岸堤，壮美靓丽，对着那幽深的河谷和它的源头处，真的像凤凰展翅，泛着耀眼的光茫，望着那河堤内外，真的是“惟余莽莽”壮美极了。我们似乎就站在这凤凰展翅起飞的翅膀上。我和大姐姐及大哥哥们，也展开自己的双臂，冲着宽宽的河面喊起来:“我们要飞起来了呀！”其实，两条河堤它的真正筑立，是古人防止河水溢出的长城，来保护我们这一带人，感觉真的是前人栽树后人乘凉。

再一想，春、夏、秋季，河水哗哗流淌，寒冬一到，滔滔的河水就被冰冻封住。原哗哗流淌的河水，在北方，就会冰冻三尺，我们村旁的两条河又何尝不是呢？我们村旁西北方还有一条马颊河和我们村西的这条相家河，上千年来就通过一大闸口，连接着在一起，两条河形成了偌大的丁字形。此时，我们在耀眼的阳光下，也用手打着罩篷，极目远眺，看这辽阔的原野上，纵观冰封的两条河流，在莽莽的雪野中，特别波澜壮阔，上面再覆盖

着皑皑的积雪，对应形成的几条弯曲悠长壮阔的河堤，像裹着厚厚的棉絮。再望每条河的河谷各自都形成了一眼望不到头的白皑皑的大峡谷。另有一番美丽的景象，在这茫茫的原野中，甚是美丽壮观，给人以动的感觉，和它两边的河堤和桥头堡一起望去，犹如一幅巨大的雪皑皑的龙凤呈祥的画卷。看那壮美的景色，用我的语言根本表达不出来。

写到这里，突然想起毛泽东主席写的一首诗词《沁园春·雪》:“北国风光，千里冰封，万里雪飘。望长城内外，惟余莽莽；大河上下，顿失滔滔。山舞银蛇，原驰蜡象，欲与天公试比高。须晴日，看红装素裹，分外妖娆。江山如此多娇，引无数英雄竞折腰。惜秦皇汉武，略输文采；唐宗宋祖，稍逊风骚。一代天骄，成吉思汗，只识弯弓射大雕。俱往矣，数风流人物，还看今朝。”现在再回味伟大领袖的这首诗，没有气壮山河的气魄是写不出来的。“北国风光，千里冰封，万里雪飘。”寥寥数语，把大自然赐给我们北国的冬季气壮山河的壮美景象，描绘得淋漓尽致。借用毛泽东主席的诗词来对应我们这一带冬季的自然景观，当然是有点小巫见大巫，实在太壮美了。

你可知道，我说的我们村旁的西北侧方向马颊河，那是一条更大更远古的河流，它是我们村旁西侧相家河的源头。据《水经注》记载，在大禹治水时就已治理过马颊河，它是大禹治水中的九渠中的一渠。据说马颊河，它发源于河南省濮阳县，向东流于渤海。它流经的路径，滋养着周围的一切生命。纵观这两条河之间由连接处形成的丁字形，纵横交错。在20世纪六七十年代，国家实行开沟渠，兴修水利，把它们都保护得很好，河水清澈，川流不息，所以形状近乎丁字形衔接起来的两条河，从西边和西北边围绕着我们的村庄，使我们的村庄灵气十足。春、夏秋季，河水常常哗哗地流淌着，鱼蛙在水中央游荡着，渔民划动着渔船，摆动着船桨，打着鱼，捞着虾，还有两岸走亲串友的客船游动着。

河虾则在河边的草丛中安营扎寨，每条河的两岸都绿树成荫，特别是两河的接壤处的桥头以北，下面的马颊河里，自然生长着很多动植物。鱼虾不说，还滋生很多的大花蛤蜊和蜗牛，在海边也未曾见到过那么大，大的有的像酒席上盛鱼的长盘子。每逢夏季，竟引来周围村庄的大人小孩前来游泳、逮鱼、摸虾、捡蛤蜊，在河边玩游戏猜谜语，记得有一次我和姐姐同几个小朋友在河边玩，邻家嫂子看到我们便逗我们玩，让我们猜谜语。她望着水边那些水生物说："小小的一头牛，样子像纽扣，力气虽然小，背着房子走。"接着我们你猜我猜，在水边像丢了什么东西，便琢磨着寻觅起来，姐姐看着脚下，突然嚷起来："啊！我知道了！是它。"我们一听，跑到她跟前。朝她手指的方向看，姐姐手指着一只小蜗牛，说："看！"我们看到那只小蜗牛，正露着它的头，举着它的两只角，背着它的外壳在慢慢地往前爬，我们便恍然大悟了，高兴地异口同声地说："是它！就是它。是蜗牛！"嫂子马上朝我们竖起了大拇指。夸我们灵透。从此我牢牢地记住

了这条谜语，常常拿来和小朋友们猜着玩。就是这河水，为我们的生活添光加彩，滋养了我们智慧和灵气，使当年的我们那一带生机盎然，活跃着两岸下的村庄，水力资源相当丰富，浇灌着我们的田地，旱涝保丰收，相对来说，使百姓过着较富足的生活。

不但这，水里还长着一种能食用的水草，叫扎菜，秧子很长，叶子像韭菜，很好，是人们日常生活当中的美餐食材，所以人们常常用耙子，到河边去捞这扎菜，如做各种食品的菜肴、面食的馅料等，在20世纪60年代初的三年自然灾害中，它是周围百姓的好食材，在饥饿中救济了沿岸的百姓，使百姓得以减少饥饿。

据说，因这两条河的地理位置所在，古时，我们那一带，还是战略要地。现在再回想，那才是纯自然的生态美。人们这旅游那旅游，到了北欧看了它们的冰川河流不过也就如此，就是他们的原生态保护得好。由此说明，如有人为官一方，必须懂人家的自然史和人类通史，不然为了工程面子，这里拆，那里建，破坏原生态的自然景观，影响生态平衡、自然的美，会给人类的生存造成不利影响。哎！不过听说，我们家乡的马颊河段修复得还不错，有不少人前去观赏、行船、游览。

再说，每年入冬时，滔滔的河水冰封千里，借机，站在这河的大堤上，一睹它的风采，是多少人梦寐以求的事，特别是寒冬腊月天，过年前后，如再下过几场大雪，更有别样一番景象。特别是那林带，密密麻麻的树枝上挂满了雪花，不，还有那潮湿的

记忆的河

气体，经过冰天雪地的寒冷，凝固在枝条上，形成霜花，像树的枝条开着白色的梅花，晶莹爽美，经旭日一照，映着微黄红的晕，被风一吹，树枝摇曳着，这霜花，似雪花，哗哗地落地，又像雪白的垂帘。灰喜鹊、啄木鸟、黑喜鹊，还有那麻雀们及那些叫不上名来的鸟儿们，叽叽喳喳地欢叫着、跳跃着、飞奔着，不知是寻觅食物，还是为美丽的自然环境，在互相嘻嘻着玩，反正整个旷野一片欢腾。

当时，身在这高高的河堤上，我们遥望着那远处一条条河堤，层峦叠嶂，还像万马奔腾，还像诗中所云“山舞银蛇，原驰蜡象”一样。再眺望广袤的原野，我们俯瞰辽阔的大地，一片银装素裹，厚厚的积雪覆盖着麦田。啊！再定睛朝东一望，还有那古城的残垣断壁上，被雪花蒙得一个个像雪丘，如果我们曾经的县令刘备的灵魂再来这一观，也会为之震撼。回头再望那村旁的树林银装素裹，像一堵堵村围墙，映着耀眼的光芒。

再看各村庄的屋顶上，像铺上了一层厚厚的棉纱，有的烟囱还冒着炊烟，一派既纯真又美妙的生活气氛，就幸福地驻扎在这

美景中。

在这里大家触景生情，不由得想起，这河岸边大堤上，每当春、夏、秋季，更别具一格，到处长满了很多野生植物，如，树木花草等，别的不说，只说那酸枣树，虽浑身长满了刺，它结出的小酸枣，像挂在树上的小灯笼。个头大小比玻璃球还小，它的核，就像蚕豆的粒大小，薄薄的皮，酸酸的瓤，嚼在嘴里，酸得让人打寒战。既想吃又怕酸，不过它成了我们孩子动手动脚的好玩物，摘下来拿着玩，有时还当玻璃球玩。那时的我们还不懂，据说它还是一味较好的中草药。

再说，那河堤的顶面上，种满了庄稼和果树，庄稼，如谷穗弯弯像超大的狗尾巴草，沉甸甸的穗子弯着腰。再看那果树，硕果累累，桃啊、梨的，还有那紫荟荟（我们称栗子树结的栗子）等，到处瓜果飘香，引得顽皮的孩子们前来偷瓜摸枣，主人们看到一喊了之，有时还特意给孩子们摘几个品尝，哄着他们玩儿。那真是“风景这边独好”。

啊！现在再回想，看当年的这大平原，一年四季，景色一个比一个美，真是好一派“北国风光”的另样感受，如诗如画，让大家心旷神怡，令人陶醉呀！这里真的是人杰地灵，人才辈出。在我们那一带土地上，从三皇五帝至今，已有无数的英雄好汉为之动容、为之折腰、为之献身，竞得人才辈出。古代，三国时期的刘备，曾在我们平原县（原鄃灵县）做县令，当时，平原县的古县城就在此，和马颊河隔着我们村相望。更值得一提的是，这里还曾是兵家相争之地，据史料记载，项羽击田荣、曹操战袁绍，古代这两场著名战役都发生在这一带。还有汉朝时期的术士管辂等人才。就别说清朝康熙、乾隆时期的董探花及翰林院院士张翰林等杰出的人物。近代史上的义和团运动的领袖人物李长水等。还有抗日战争、解放战争和朝鲜战争中的英雄和烈士。就现代史人物中的文人墨客也数不清，如著名的哲学大师任继愈，作家邓友梅等，他们都为国为家取得流芳永世的荣誉，这也是我们家乡人们的骄傲和自豪。再回首，他们都是“一代天骄”。“俱往矣，数风流人物还看今朝”，这里真的是人杰地灵呀。说到这里，年轻的朋友们，现在我们新的高科技时代已来临，这里是大有用武之地的，尤其是智能的创新和发展，等你们去开拓创造，希不负韶华，努力吧！由你们来建设一个信息智能化的人类更美好的新时代。

现在，我暗暗地想，怪不得，诗中说:“引无数英雄竞折腰。”啊！是呀，从古至今，看看中国的《通史》记载，何尝又不是呢？大家说着、聊着、观望着，朝阳已超越了树梢，大家虽然都舍不得离开这里，但又念着到亲戚们那里拜年，并盼望着和亲人们新年的相会，在那些夫人们的催促下，都只能先后恋恋不舍地又上路了。现在我再回想当时的场景，可用唐朝诗人李白在重庆奉节写下的著名古诗《早发白帝城·白帝下江陵》不为过，“朝辞白帝彩云间，千里江陵一日还。两岸猿声啼不住，轻舟已过万重山。”我们当时虽不处江陵，但我们已处千里河川。我们那里虽

没有猿声，但可有獾和狐狸，还有那牛犊和骡马的呼唤声。当时河川冰封，轻舟虽未现，但跑车已过万里堤岸。河川两岸更有白雪皑皑的广袤大平原，更胜一筹。就缺文人墨客来描写，恨我自己缺少文笔的天才。但我们此地在历史上不乏文才武略的人才，自有后来人，发展我们家乡，描绘我们家乡。

车轮唰唰碾着已踏实的雪路，沿着南北河堤又走了约一公里的路程，朝右前方一望，像一条长长的天堑架在大峡谷上（河中央），桥走近一看，嗷，那是通往对岸我姥姥家村庄的一座硕大的拱桥。我家的大木轮车，载着我们一家人，和其他车辆一样，右拐弯走了一段引桥，使劲地爬到桥头上。哈！在桥头上，我们惊讶地在车厢中，朝左右一望，像行走在半空中。

河上拱桥

原滔滔的河水在桥的左右两边也早已结冰，被沙沙的白雪覆盖着，每年冬季河水冰冻时，也是我们走姥姥家的好时节，因为这时危险系数略少一些，不用坐船，从桥头直接穿过。穿过桥头和前面长长的引桥，才跨过近五百多米宽的相家河，来到了我姥姥村东边的一条河水夹挤的大车行走的道路上，又经过一道斜坡，才进入了我姥姥家的村庄边，哈，这一路上有惊也有喜。惊的是，牲畜们拉着花轱辘车，前腿弓着，后腿蹬着，使劲地爬河堤的斜坡，喜的是脱险后，观赏到了无限美丽的风景，接触到了相识不相识的拜年人，还有小朋友。

在姥姥家拜年

走进姥姥家村庄，往前一看，啊！我们惊呆了，一片过年的新气象展现在我们的眼前，一条长长宽宽的东西大街，干干净净，两边都悬挂着大红灯笼，从村东头一直挂到西头，一眼望不到头，大大靓丽的红灯笼，黄黄的花纹镶嵌在灯笼两端，修长的黄穗头下垂着，被风一吹，飘飘逸逸，往前上方一看，上百盏灯笼穗在缥缈，整个胡同的半空，像一条红黄的纱帐在飞扬，街道两旁整齐的一堆堆扫起来的雪堆，像小白丘，我们像身处仙境，被姥姥村庄的这条大街震撼着。越过通往大街几条胡同口，再走过路南路北几家朝大街的大门，家家大门上也红灯高挂，门脸上都贴着春联。有的青少年在大街上嬉戏、点着啪儿，嘭啪、嘭啪地响着在玩。有的踢着毽子、弹着玻璃球等，有的人带着家人穿着新衣戴着新帽，准备站在门口迎接亲人，有的走亲串友，忙着也往亲戚家拜年。还有那小商贩，脖颈下挂一根绳子，一木制方盘拴在这绳子上，挎在胸前。方盘上边放着瓜子、花糖等，嘴里喊着:“瓜子花糖了！”整个街景热闹非凡，我和弟弟妹妹一看被吸引住了，闹着要下车玩，母亲不让，说：“马上就到姥姥家了。”

走进大街直行了一小段路，就在村的东西街路南处，一栋朝北的敞开的大褂拉门，就矗立在我们的面前，两扇大门上的中心各贴一个大大的福字，门框也贴着鲜艳的横竖春联。门洞的顶部也挂了两盏圆圆大大的红灯笼，处处展现着一片新春的新气象。看到这，母亲和我们孩子们感到格外的亲切和愉悦。我们坐着车进了大门，门里面的长廊路中，轧着马车车轮沟的痕迹，还有那马蹄印。通过了西侧一个马棚背后的南北长廊，来到了一个偌大的广场。

这广场，给人以辽阔的视觉，还有春夏秋季长满了花草树木的痕迹，来到这里像来到了一片原野，实际就到了村的东南郊。这广场的最南边沿，有一道长长高高的大堤。广场的地面上有的地方还覆盖着厚厚的积雪，不过好多地方早已扫除，扫过的雪井井有条地堆在广场不同的地方。一堆一堆的像一个个偌大的雪球，好像是为我们孩子游玩已做好准备。这里也确实是我们每次到姥姥家时，常常玩耍的地方。南面那一道厚实的墙，它的南面墙下，便是一道东西流向的河流，上世纪六七十年代以前，河水川流不息，因那时新中国刚成立七八年，全国到处开阡陌、修沟渠，原始河流保护得更好。长大后，忙于事务，再说以后的时间里，姥姥、舅舅和舅妈他们都不在了，按着我们当地的习俗，时兴过年小字辈要给长辈拜年，但同辈之间是几乎不拜年的，所以几十年了，再没曾前往过。但心里还是依恋的，这里的河水支流

和主流是否还哗哗流淌？河水是否还像以前那样清澈，河面是否还那样宽阔？水是否还那样深？听说现在挖河的掘土机将清除的淤泥，都贴在河壁上，不像上世纪 80 年代以前人工挖河那样，将清除的淤泥统统运到河堤的顶部以外，防止被雨水再冲到河里，劳民伤财，使得河渠越来越狭窄，加上黄河水再含沙沉淀，那河流就有被淤平、消失的危险。听说我小时候的相家河，在公元 2000 年左右几乎被淤平，后又借这个河迹，改挖成了相家河水库。那两岸的花草树木真正自然的美是否保护得好？已不得知。

但，我只想着当时姥姥家的村庄，虽谈不上依山，可以说是傍水了。水旁坐落着一处深宅大院，恰似村外郊区的一硕大的旷野，里边套着两处小院的住宅院。当时的里面花草树木繁多，鸟也语，花也香，里边套着的是同一家族的两处小院，姥姥家就坐落在这个大院里西面的一个小院子里。

走过马棚旁以东的南北长廊，进广场往右一拐，一套不大不小的宅院，一道朝南的二大门镶嵌在院墙的东南面，亲切地展现在我们面前。门前也挂着两盏大大的红灯笼，这红灯笼别样，就像宫灯，灯芯周围的玻璃上还有那画着的老人和儿童穿着老式花衣，戴着老式花帽，喜气洋洋地放着花炮和福字的花样，两扇门中间也贴着大大的福字，门框上还贴着喜庆的对联，现在想，当时让人真的感到有点古色古香的气息，整个院落的结构，大体像个四合院，因为四合院的大门一般都镶嵌在院落的前左方，姥姥家的这二大门正是。

来到二大门前，姥姥一家人早已在这等候了，每年基本上都是我哥哥第一个蹦下车，迫不急待地和小表哥表弟牵上手嬉戏在一起。我们姐妹几个和母亲随后下车，带着过年的礼物，有表嫂和表姐她们接过去，我们跑到姥姥和舅妈她们跟前，先问姥姥和舅妈他们过年好！闻讯最先迎出门的就是我的两位舅舅，他们是专门来迎接贵客的——他们家的女婿们，其中一位，那就是我的父亲。大家到一起，问寒问暖，热热闹闹把我们接到姥姥的屋里，由于我的外祖父还不到六十岁就已经离世，父亲有我大舅和二舅陪同到姥姥家的院落内西屋的会客室。当然还有东屋，南屋是否和连着二大门的院墙连在一起，已记不清了。

当我们和舅妈她们将走到姥姥的屋里时，有时几个姨妈和他们各自的一家已先来到，姨妈们已坐在姥姥的热炕头上，朝着玻璃窗户，往外望着笑嘻嘻地和我们摆着手。

我们一进屋，就看到舅妈把炒好的花生、瓜子等，都盛在小簸箩里，连同那核桃、花糖、干果等，都盛满器皿，早已摆放在炕上的小茶桌上。母亲晚来，也不用别人让，自然和姨妈、舅妈她们同姥姥围在一起。她们都盘腿大坐，喝着茶、吃着瓜果，嘴里还含着花糖，聊着过新年各自婆家村庄的习俗。母亲和姨妈她们还像远航归来的水手，她们各自聊着这一年航行的经过，讲述着自己的所见所闻和收获。姥姥和她的几个女儿，还有舅妈她们脸上都流露出欢乐而亲切的喜悦，姥姥倾听着她的女儿们的真知

灼见，还有一年来，在婆家航行中所遇到的奇闻怪事和亲身经历。像来娘家开一年来的年终汇报交流大会，她们你一言我一语，聊到兴奋处，还哈哈大笑。在一边负责侍奉长辈们的大表嫂，也会禁不住笑起来。她们叽叽喳喳，母亲和我的几个姨妈她们又像燕子归巢，现在想来看着她们那情真真、意切切的样子，那其乐融融这几个字给我们孩子们以深刻的感受，那才叫真的其乐融融，我们感受到母亲回到娘家的感受，成年结婚后有了自己的小家庭，每次从婆家回到娘家，有了更深的感受，那情真真意切切的味道，使我至今难以忘怀。

再说，我的父亲和我的姨夫们，每年这天，都是由我的舅舅们和我的大表哥他们来陪着招待，在我们那一带，女婿尤其是在新年时，到岳父母家来拜年，更是座上宾，贵客，所以作为贵客被接到惬屋（客房屋）。我想，他们在那是文明尔雅地聊着，因为我们路过那屋时，只听屋里的人们在说话，但听不见大动静。我们小孩子们一般是不进贵客厅去掺和的，这是对客人的尊敬，也是我们那一带过年时的规矩。

一般我们在屋里待一会儿行，待的时间长一点，心就飞到院子里去了，总想往外跑。表嫂看透我们的心思，就将花糖、瓜子和花生装满我们各自的布袋，由表姐和小表弟他们，带我们来的这一帮表姊妹、表兄弟，到套着这小院的大院广场去玩了，我哥哥和小表哥早已跑到了广场，堆起了雪人、开起了雪仗、点泡泡，每年如此。

嗷！在大院子里，海阔又天空，不像在一个村子里的一家大院里，而是觉得好辽阔、旷远。来到广场，抽抽鼻子吸吸气，好爽啊！感到一切都特别的飒爽，这大概也有我人小的成分吧。蔚蓝的天空中暖阳高照，这大院子好似村郊的一处大大的赛马场。它的南面好似筑着一道长城，不，一道围墙，又不，一道河堤。早听说，堤下南面是一条河，和广场只隔这道高高的围墙、这条堤，堤下便是河。现在我想，那道围墙虽没长城长，但高和宽都堪比长城。围墙上树木和其他植物丛生，还有很多小动物等，如，鸟儿飞来飞去，叽叽喳喳地叫着，不时还有野猫、耗子窜来跑去。任我们这帮天真烂漫的孩子们顽皮跳跃，点燃的鞭炮啪啪响，偶尔还有老鹰在天空翱翔，动物们照常窜索、飞翔。

我们女孩子各自先是羡慕着表姐、表妹们头上戴的绢花、身上穿的花衣服、花鞋子、花帽子。记得，曾经因为一顶花帽子，姐姐在这里还留下了一个话把儿。听说，在姐姐刚学会说话不久，也是来姥姥家拜年，姐姐戴一顶很好看的花帽子，帽檐上边还镶嵌着一溜小金属片的神灵人物，如，小佛像啊等的，并还带有小铃铛，一动还摇摆着，和表姐、表哥们在一起玩，深受她们羡慕。大表姐叫着我姐姐的小名，便问她：“小女儿，小女儿，谁给你买的花帽帽儿？”当时吐字尚不清楚的姐姐回答：“俺爸爸给俺买的花袅袅儿。”逗得大家哈哈大笑，这下可留下了话把儿。从此，表姐、表哥们，还有我哥哥在内，便拿这话把儿来当作逗我姐姐的笑柄，每年去姥姥家拜年，大家总忘不了，拿这句话来

逗她。这次大家在大院子里的广场上，又没忘了逗她，大表姐和小表哥都逗得大家哈哈大笑时，姐姐要伸手去挡她们的嘴，直到姐姐长大还拿这话柄当笑话。

我们正叽叽喳喳说笑着，突然，小表哥手指着蓝天说：“你们快看，那只飞跃的鹞子正俯瞰着我们、俯瞰着围墙。”随即，我们的视线都朝向了蓝天。是啊，一只鹞子像飞机，展着两只翅膀正在蓝天上盘旋。我哥哥一看机灵地说我小表哥：“小心点儿，大过年的，别让这鹞子把你家的小鸡给抓走。”我小表弟一听说：“它敢，我用我的弓箭把它射下来。”说着不由分说，一溜烟跑回家，真的把他的弓箭拿来了。

我们一看，呼啦都围上去。这个说我看看，那个说我试试。你别说那弓箭真像样，弓身的大小略小于我们小时候滚的铁环的半圆，竹子材料的弓身像油漆的还透着亮光。小表弟朝我们显摆着说：“你们看，我这弓弦是真牛皮子做的，爸爸说结实。”我姐姐插话说：“谁给你买的？”小表弟说：“爸爸呗。”是呀，我的二舅舅特疼他的小儿子。我们再看那弓的箭，箭头仅大于钢笔尖，亮光光，箭头的脖子中拴着红樱子，箭的杆身不知什么材料做成的。我们端详着，正端详着那弓箭，小表弟突然认真起来，左胳臂冲着斜上方，手攥着弓身正中央，用中指食指和大拇指一并夹住箭头下的脖子，右手食指和中指夹住箭的尾部，箭身的末端顶在弓箭的弦中间，用夹着箭身末端的食指和中指和大拇指一并拉起弓的弦，前腿弓着，后腿蹬着，歪着头，双眼紧盯着天空正在盘旋的鹞子，箭头刚想射去，还在盘旋的那鹞子突然来了个俯冲，最后又来了个急转弯，朝围墙上的丛林中落去。我姐姐和表姐她们都为鹞子悬着的心撂下来，拍着手高兴地说，这鹞子可逃过一劫。小表弟扫兴地放下他的弓箭，朝几位姐姐身上吐唾沫，吓得我们赶快躲开。小表哥这时发声，朝小表弟说："你不要发疯嗽，我就知道你不会射准的嗽，不然我早就把弓箭给你没收了，这是让你拿着玩，试着射着玩的，还真射那鹞子，爸爸不是早就说了吗？让咱们爱护小动物？这个小弓箭爸爸是买来让你懂得远古时代用途的，作为新年礼物，不但拿着玩，还能从它身上知道点远古的故事的呀。"小表哥的话将要说完，小表弟朝他的小哥哥腿上用弓身打了一下跑了。喜得我们哈哈大笑，小表哥说完也笑了。

现在想，当时的我们表姊妹兄弟几个哪种方式是应该的。就当时来说，虽然不知保护自然这个词，但知道，在空中飞翔的鹞子和老鹰已不多，如果人们都来射杀它们，以后不就更少了吗？如果灭绝了，人们再也不会看到它们，自然界中就少了一种物种，人类自己不但会少了一种眼福，而且如果长此以往，自然的发展也会失去平衡。就在前几年，由于空气污染得厉害，我们内地这一带，有一段时间空中已见不到大雁、老鹰和鹞子之类的了。

不过，今年的夏末，一个天气晴朗的下午，我在开发区的一个小区，在楼下和几个看孩子的妇女聊天！有一老年妇女突然朝

天指着喊:“你们快看！天上飞的是只老鹰还是只鹞子？”这时有的说是老鹰，有的说是鹞子。正好有一小学生刚走进大门不远，看大家都朝天空嚷嚷着，马上视线也转向了大家仰望的方向，他说:“那好像是大雁？”我仰望着蔚蓝的高空，朝她们所指的方向也望去，确实有一只鸟从东北方向往西南方向正平稳地飞翔，近二三十年确实已很少见了，感到很稀奇。那鸟飞得很平稳，两只翅膀一直展着飞翔，也未上下呼扇，我就告诉那位少年说:“孩子，20 世纪 70 年代前，成群的大雁春天或秋天，从我们这一带路过，有时还成群地落在有麦苗的田地里，沙沙地吃着麦苗（秋末还能控制麦苗过早地分蘖），很少见一只大雁独飞、独落，再说它的翅膀飞起来也不上、下呼扇。”那小朋友定睛又细心端详说:“唉，是呀，它的翅膀一直展着飞。”旁边正好有一位环卫老人也注意到说:“较大的鸟，只有老鹰或鹞子才展翅飞翔或盘旋，现在只有在边疆才能看得到，像他们这十几岁的孩子，在内地确实没见过了。”人群中有一位妇女插话:“今天这孩子有福气看到了。”于是大家纷纷议论开来，说:“这两年国家治理大气污染，保护环境，真的起作用了，不管鹞子或老鹰看来已有回来的迹象了。”大家都说:“是呀，这是个好兆头。”是呀，近几年，人们见到的蓝天白云，一天天多起来。

真的，孩子嘴里没空言，现在，在内地大平原已长年累月，很少见到我们小时候曾经看到的鹞子和老鹰，是否它们已逃到山野，据说山野也不多了。最近从央视新闻台和香港凤凰台看到澳大利亚的森林大火已燃烧了半年了，还没扑灭，这不但造成空气污染，而且还死伤了一些人，还有很多动物如松鼠、黑熊、考拉等被烧死，特别惨烈，据说已殃及到邻国，如智利、阿根廷等国，损失惨重。看来现在从世界范围内，提倡保护大自然是很有必要了。据说现在北极的冰雪在不断地融化，北极熊的生存已举步为难了，海水也在逐年上涨，如果我们再不好好保护大自然，我们人类的生存就很难了，据有关资料发表，如果气候再不断地变暖，南北极的冰雪就会逐渐融化。由此人们应接受教训，要好好保护大自然，和世间万物共生共存，这才是人类的道德规范。看来这要靠全人类的自我修养和约束，共同努力做到世界大同，自然界中的一切生命才能悠哉悠哉地生活。

小表弟已跑了，接着我们又在一起说啊，笑啊，嬉戏啊，做着各种百玩不腻的游戏，捉迷藏、踢毽子、蹦房子、赛跑、猜谜语。玩耍间，我们看到了表哥他们堆起的小雪人，用黑煤块给它安上小眼珠，小表哥又把他的红领巾再给它系在脖子上，用雪块安上耳朵，你别说雪人真的活灵活现，好像在朝我们笑。我们乐此不疲，玩得满头大汗，还未尽兴。听到似有人在喊，我们都侧耳静听，原来是河堤那边有人在喊我们："快来看呀，那里有一只小松鼠。"我们一听，朝他喊的方向望去，好似望到了一堵白茫茫城墙，不，就是那道河堤，又不，它也叫村围墙，被皑皑白雪覆盖着。远远望去，上边的树木挂满了风吹雪飘天气后的树挂，和皑皑的围墙看似一体，像一道连绵不断的雪山，影影绰绰看到

两个穿深色衣服的小人儿，在向我们招手。未略，是姥姥邻家的一小男孩，拽着小表弟已爬在了姥姥家大院南边围墙（河堤）上的半截腰。平时到姥姥家自顾在院子里玩，真是熟视无睹。这次定睛一望，还真壮观，越往前跑，看到那河堤越高，坡度还不小。我们要爬这河堤时，远看像一道长城，墙体和墙的顶端被植物们覆盖着，这些植物们又顶着皑皑的白雪，又像一道皑皑的屏障。再走近些又像一堵小小的冰山，围墙顶上顶着的白雪，举目看上去有些耀眼。再走近，看到参天的大树枝上弯垂着融融的雪花，鸟儿们在上边再一飞，一落，雪花飘飘摇摇，像天女散花散落下来。我们刚走到围墙近前，突然，一只野兔正从围墙的斜坡草丛中趴着，身上还带着从树枝上飘下的雪花。二表姐说：“过年野兔也穿花衣了。”逗得我们又一阵大笑。小表哥嘘了一声，怕把野兔惊动跑了，哈，还是惊动了野兔，它被吓得立即一纵身，就跑了。一看野兔跑了，小表哥带着几个小弟弟就攀爬起围墙，朝野兔跑的方向就追，小野兔跑得很快，早已无踪无影了。他们一看追野兔无望，转身就朝围墙的顶端爬去。我们呼呼都跑过去，先后也爬到了围墙的半截腰，眼睛到处巡视，也看不到一只小松鼠，就问小表弟松鼠在哪里？他到处乱指说：“那不是？那不是？”我们一想他是在骗我们，大表姐说：“他是在骗我们，上他的当了。”

不过，走近一看，现在我想，那河堤足够三层楼高。上面长满了很多种植物，矮的是覆盖着河堤的植被，高的，还有那参天

滑冰

大树，更增加了河堤的高度。一会儿，我哥哥说："既然来在半坡，那咱们就干脆爬到河堤的顶上望一望。"小表哥听后，高兴地说着笑着，气喘吁吁地，带着我们爬到了河堤的顶上。

啊！真是高处不胜寒呀！极目远眺，到处银光素裹，比我们先前路过的相家河的河堤高出近一层楼。我们站在河堤兼围墙的顶端上，静静地呼吸着，深深地吸着那清新的空气。我觉得自己从没吸到过那样既清香又爽凉的气息。这时明媚的阳光已高照，比清晨暖和多了，感觉到自己的双肺和气管像被清洗过的一样爽，还感觉到自己像轻轻飘摇在高空。自己正享受着这美妙的空间，这时大表姐高兴地说："你们快看那原野。"我们禁不住，马上瞭眼四处张望，真是"一览众山小"啊。远处望去，茫茫的一片雪原覆盖着这广袤的大平原，不，还有纵横交错的河流，又看到了我们来时的相家河，使人感到是那样的神奇。我们看着看着，哥哥突然，踮着脚，手向北指着说："你们顺着相家河一直往北看，望到相家河的最北边，看那不就是横贯我们村北的马颊河吗？"我们正望着四周议论着，大家随即将视线朝向相家河的源

头望去。

我们小的孩子专找一个突起的地方，站上去举目朝北远眺，似望到了那天边，纵观略西南东北似一条长长的雪原大马路，横在地平线上，和我们的村庄以西，姥姥家村庄以东的这条南北向的相家河，构成一个硕大无比的丁字形，一个真实的图案较清晰地展现我们面前。再回望俯视，看到了姥姥家大院围墙南面下边这条东西向的河流，虽然也是一条较大的河，但它是一条支流，它的源头就在姥姥家村东相家河，还是支流的支流。它的源头就是马颊河的支流相家河。身处这高处，纵贯南北东西，在万里晴空的透视下，顺着一条条河流由近及远望去，小表哥说："如果这三条河连起来，现在就是咱们看到世界上最大的一个'上'字了。"这时，正好旁边有一位成年男子领着他的儿子也在观望。听到小表哥说，随着夸奖地说："好孩子真聪明。"可他马上又寓意调侃地问我们："哎，你们知道当时这是谁设计的造型挖成的吗？"我们摇头。他又说："还是我告诉你们吧，据说这都是大禹治水时规划开挖而成的，那时大禹为治理水患，三过家门而不入，所以大禹的名字流传至今家喻户晓而不衰。"我们听了好高兴。我哥哥和小表哥说："关于大禹治水，我们老师也讲过，但就不知道这马颊河和它的支流造型是大禹治水的佳作。"他们像讲故事一样，我静静地听着，从此关于大禹治水的传说，深深地铭记在我的脑海中。长大后翻了一本《水经注》，关于大禹治理马颊河的创举记录在册，大禹为国为民忘我治水的精神激励着一代代后世百姓，确实值得我们学习。现在我再回想那当时的景观，确实壮观极了，它虽不是四川省，峨眉山下的三江源，但它却有北国异样的风景，由此我才深深地体味到，什么叫心旷神怡，这是在我童年中，走出村庄到姥姥家拜年，和哥哥姐姐没有想到的收获。

接着我们又向周围俯瞰下去，几十里外的村庄都能收入到我们的眼帘。大表姐说：“你们看，家家的平房小院，不是别墅，胜似别墅，还有很多四合院。”是呀，写到这里我想到当时的人们的自然生活是多么的美妙、舒展。家家户户出出进进，都生活在一个平面上，几十户或几百户人家聚集在一起，形成一个个村庄，人们串门聊天、休闲游玩、借、还，互通有无，互相劳作，互相交流着，那种自然的人间欢乐和幽默全在这里。从那时起，我深深地体味到那才是自然的幸福生活，不像住在高楼的小区内，如果已下楼就像走在山涧里。阻碍着我们的视野，各户人家之间，老死不相往来，更缺少那种人间的情味。

我们再俯瞰姥姥村庄的周围，啊！是呀，被冰冻封着并被皑皑白雪覆盖着的相家河，又是这大院围墙南面脚下的这条向西流去的河的源头，支流和源头的交汇处西北方，形成近百度的夹角，姥姥的村庄正好坐落在这夹角内。再纵贯东西南北，马颊河，相家河，和围墙脚下的这三条河又像一条偌大的曲线，特别壮观，像正要腾飞的一条银白色巨龙，贯穿南北、东西，被阳光一照，反射着耀眼的光茫，显得是那样的气势磅礴，壮美极了。

随着姥姥村庄围墙脚下这两条河的接壤处，再往西一望，这相家河的支流，也不示弱，纵横东西，瞭无尽头，河中，冰雪茫茫，和河堤并列西去延伸。我们再俯视河面上一看，南北东西河面上都像蠕动着人流。小表弟一看乐了，高兴地说：“看，河冰上那么多滑冰的。”我们再定睛一看，不但有滑冰的，来来往往还有很多人流，在冰面上来来往往，络绎不绝。姐姐说：“他们好像还背着、提着行囊。”大表姐接着说：“是，他们背的提的都是礼物，互相向对岸的村庄亲戚家拜年的。”是呀，在 20 世纪 50 年代的冬天，比起现代的冬天的天气冷得厉害，河水冻得很结实，有的在上边骑自行车，还有的在上边用牲畜拉着车。过年了正是寒冬腊月时节，人们到亲戚家拜年，就不再绕路从桥面上走，而是借河面上正是结冻厚实的时候，抄近路过河，到对岸的亲朋好友家拜年。所以说冰面上人来人往，前去拜年的人络绎不绝。我暗暗地想，拜年的真多呀，在哪里都能看到、散发着年的味道，现在河封着，没有船，他们都从河冰上走，也要去拜年。

我正想着，再定睛一看，那些正在玩耍的青少年们，他们有的弹玻璃球，有的抽陀螺，还有的滑着冰，打着雪仗，互相追逐着。还有小朋友甩着啪，这片冰面上又像游乐场，到处欢呼雀跃，新年的那种欢乐气氛，还在蒸蒸日上，那真是一道亮丽的风景线。小表弟和小表哥一看河面上这么多人玩，眼馋得想叫着我们绕到河堤口，一块下去玩，但被大表姐阻挡住。大表姐说：“天已不早了，快中午了。再说河的冰面毕竟不那么安全，大人们不知道，大过年的，万一出现不测，将成千古恨，咱们还是回家去吧，待大哥有时间让他带咱们一起来，他有滑冰的鞋，还有滑冰的经验，会看护我们的。”大表姐话音刚落，小表弟突然又嚷起来：“你们看那里！”他用手指着嚷，我们朝他手指的方向一看，我们都惊呆了。十几个小男孩，都穿着滑冰鞋，倒背着手，前后形成一条线，正滑得起劲，突然，最前头的一个歪倒，后边的在惯性的冲击下，难以自控，就像那多米牌，第一个一旦倒下，就一个接着一个地摔倒了。看着他们一个跟着一个，摔着屁股蹲儿，我们看着哈哈大笑，笑着笑着，突然又屏住气，觉得好险呀。我姐姐说：“看他们别摔着胳膊摔着腿。”嗨，姐姐话音刚落，我们看到几个小男孩，抬起了另一个小男孩，看来是真的摔伤了，接着周围的人朝小男孩围过去，详细情况我们就不知道了，当时我们也下不去。这时小表哥说小表弟：“多亏了听姐姐的吧，没转下去，不然的话，出了问题我们可管不了呀。”这时太阳快中午了，大表姐说：“咱们还是回家吧。”听听大表姐这么一说，小表弟随着就噘起他那小嘴。我们一听刚才大表姐和小表哥说得都有理，大家逗着乐，恋恋不舍，便哄着小表弟一起准备往回走。

我哥哥走在前头，朝大家挥着手说：“嗷，‘下山了’！”我们像行军的队伍一样，一溜排开。真是上山容易，下山难啊。我哥哥一面往前走着，一面拨着荆棘，在前面开路。

当我们拨开堤面上的荆棘走在堤顶上，看到那河堤绵延起伏虽然很大，但看到河堤距水面的距离，比起距地面的距离还高。

我们走着走着，小表哥跟着我哥哥在前面突然站住，环视着远方，倒背起他的手，像模像样地朗诵起一首诗：“横看成岭侧成峰，远近高低各不同。不识河堤真面目，

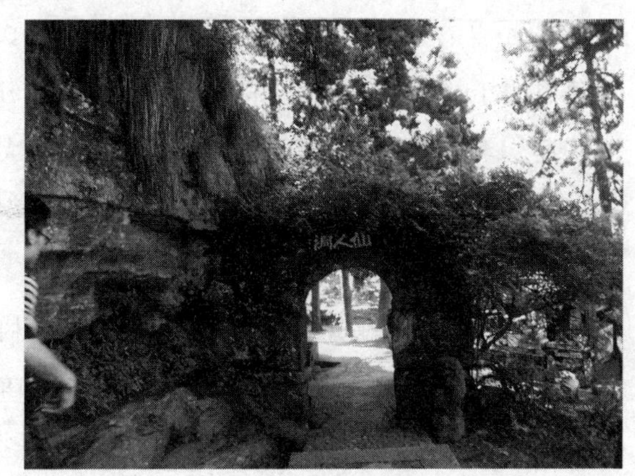

庐山仙人洞

只缘身在此堤中。”这围墙，不，这河堤，就像苏东坡在他的《题西林壁》的古诗中所写的一样，“横看成岭侧成峰，远近高低各不同。不识庐山真面目，只缘身在此山中。”正读中学的大表姐，和我哥哥称赞着在笑他，说他偷梁换柱，还人模人样的。我则不明白其中含义，为什么是偷梁换柱？我还以为是小表哥自己编的诗，还觉得他好厉害呀。我们一边走着，一边小心翼翼地往下爬着，说着笑着，你一言，我一语。走着走着，刚走到半截腰，没注意，我的手被荆棘扎了一下，哈，好疼啊。我一咋呼，大家听到，都围到我跟前，看我的手，滴了两滴血，姐姐正给我擦着，听河堤下边有人喊：“别爬上去，快下来，围墙那边是条河，好危险啊！”

我们朝喊声一看，原来是二表嫂在喊我们。她一开院子的二道大门，正找我们，走近围墙，一眼看出是我们正在河堤的半截腰，她还以为我们是在往上爬呢，就立即喊我们快下来。我们听了都沾沾自喜，装作还没爬上去的样子呢，就高声喊着：“嗷！听见了，我们不往上爬了，马上下去了！”大家的声音在河的堤端，互相回荡着，显得非常嘹亮。我们又自得地咯咯地笑着，蒙着二表嫂。

原来这条河堤是和村围墙连在一起的，村前这一段是一举两用的，既做河堤又做围墙，所以比村后面的围墙高和宽都出一大截，东西横向的。旧中国，社会很乱，有很多地方出现老缺，窜院子偷盗，牵牛滚包袱的，还有杂团，更别说日本鬼子了，给社会带来很多不安定因素，整日民不聊生，为了防止这些，很多村庄都修得有村围墙，我们的村庄又何尝不是呢，我们村庄在村围墙周围还修了四道大门，分别是东门、北门、南门、西门，在社会不安定的时候，村周围的这四道大门都关闭起来，以防杂团、老缺等的进入。逢年过节，百姓都到四道大门去烧香磕头，以求平安。但在我的记忆中，很多村围墙都已残垣断壁，但看起来，都没像姥姥村庄的围墙这样高，姥姥村庄这围墙，大概是因为村南有条河，围墙和河堤并用，是一举两用的原因吧。姥姥家就在这河北岸上的围墙脚下广场大院的北侧。这个村庄是偌大的一个村庄，更少不了这么一条围墙保护当村的百姓。中华人民共和国成立以后，社会安定了，百姓可以安全地生活了，好多村庄都把村围墙拆掉了，唯独这块围墙还留着，因为有围墙南面这条河，对村民来说，特别是保护儿童安全，还有防发大水等原因吧，所

以一直保留着这道围墙。再说围墙南面脚下这条河，它虽是相家河的支流。但在中华人民共和国成立后国家很注重河渠的疏通，并没淤成小沟渠，既有深度也有宽度，如果从围墙上掉下去，就会直接摔到河里了，那生命就难保了。曾有过先例，表嫂是土生土长的本村人，是知道这厉害的，所以看到我们像朝围墙顶上爬，就急着喊我们快下来。恰好，我们听到喊声时，就已下到半围墙腰，我们多亏听了大表姐的话，带领我们这个队伍下来。

实际这时天已不早了，舅妈她们已做熟中午饭，是让表嫂来喊我们吃饭的。当二表嫂还没来在我们近前时，我们已嗖嗖下来，但我们总觉得还没玩够，就不想回家，又要堆起雪人。二表嫂看老喊不动我们，干脆来在我们近前。她一看那雪人，赞不绝口:“这是谁的手艺，这雪人还真像模像样的。”我们都装作没上河堤顶的，这个说:“我给它安的眼珠儿。”那个说:“我给它安的耳朵。”哥哥说:“过年了，我给它安上的红鼻子，让它也喜庆、喜庆。”喜得大家哈哈大笑。大表姐说:“这是我们共同堆垒起来的。”二表嫂笑着说:“这里边你们都有功劳，是你们合力的杰作，好啊，值得夸奖！”表嫂话音刚落，我哥哥喊:“你们快看，那有一只猫头鹰，在院外的树上趴着，你们快看呀！”我们走近一看，这只猫头鹰就趴在这个大院右边的墙外，在村围墙的一棵大树杈上趴着，两眼朝前方看着。这时弟弟和小表弟及邻家的那小男孩，他们也跑过来，一听说看到有猫头鹰，又来了兴趣，朝猫头鹰望去，乐得要蹦起来，朝我们手指的方向望去，高兴地说："你看它瞪着圆圆的大眼睛儿，朝咱们这边看呢。""看什么？猫头鹰瞪得眼再大，白天什么也看不着，它还有一个名字，叫夜猫子。之所以叫它夜猫子，就是因为只有晚上夜里它才能看到东西，所以白天它就趴在那里，晚上出来偷鸡摸鸭抓老鼠。"二表嫂正说着。小表弟转身从小表弟手里拿过弓箭，朝夜猫瞄准射，还没射出去，二表嫂一把给他把弓箭拽过来，不让他打。表嫂说："夜猫子是益鸟，它爱吃老鼠，老鼠是有害的动物。"我们在旁边听了，看了，高兴地看着他那架势。小表弟则又前腿弓，后腿蹬，拉开他那小小的弓箭喊："我这哪是射夜猫子，我这是模仿后羿射日，为民做好事呢。"我们小的则不明白什么叫后羿射日，看他那姿势也就略知一二，就是冲着太阳射去呗。但就不知后羿这个人，也不知他为什么射日？我们想，后羿如果把太阳射下来，那天下不就一片黑了，哪还有白天？为什么还夸奖后羿呢？由此引起了我的思索和纳闷？我想后羿是什么人？他为什么又去射日，我正想问，表嫂听了小表弟的表白，哈哈大笑，说："你还是擦擦鼻涕玩去吧。"说完，二表嫂拽着我们说："咱们快吃饭去吧。"大家禁不住二表嫂这么一说。小表弟也哈哈笑着，一声令下："嗷……吃饭去了。"于是，我们小表兄妹八九个人，便一溜烟似的，叽叽喳喳，呼呼啦啦，一口气穿过硕大的大院，进入了大院的二道门，经过天井，跑到姥姥的主屋北房屋里。

啊！刚进屋，一股喷喷的香味扑鼻而来，五颜六色的炒菜摆

满了餐桌，母亲姊妹几个都穿着一身干净利落的新衣服，扎着裤腿脚，绣花鞋穿在她们裹着的带尖的小脚上，个个都翘着脚尖走路，显得很轻盈。她们的上衣都不是对襟的，是大襟的，衣襟的扣子顺着脖领都在左边，和左臂内侧平行。脖领的扣盘着花，她们都端庄地系着自己的衣扣。每个人头上都梳着髻，簪上都插着朵花，雅气中透着灵气。姥姥一说吃饭，她们都上炕围着姥姥按大小次序坐下来。坐在炕上，盘起了腿，两只裹着的小脚都盘在腿下，和两位舅妈她们围着姥姥，都是对号这样坐好。我的母亲她们姊妹几个我的姥姥的这几个女儿们，个个貌美端庄大方，言谈举止中透着一种自然的气质美，她们是姥姥的骄傲。70 年代末母亲来我家，单位发的电影票，我带母亲和单位同事一块去看，单位同事说："一看你的母亲气质就不一般，像位大家闺秀，一点也不像农村的妇女，是那样的典雅大方。"我听了很高兴。是呀，母亲在姊妹几个当中是最小的一位，和她们比起来还不算最有气质的，人称她们是姊妹花。其实，母亲也常说我们，女孩要有女孩文静雅气的样子，不要张扬粗野。但小时候不理解母亲的教诲，成年了懂得了，里边的寓意太深了。

哈，有点节外生枝了，回来，每年来姥姥家拜年吃午饭时，都是一样，还是母亲她们的餐桌在炕上，我们孩子们的小餐桌放在门厅迎门的地上。大表嫂把我们安排坐好，并嘱咐我们说："待大人们动筷子时，你们再动筷子吃，好吧？"我们异口同声答应："好！"大表嫂接着又说："这样才有礼貌，这就叫尊敬长辈。”我们个个都仰望着大表嫂，并还兼顾着坐在炕上的大人们的动作，嘴里又喊着：“好了。”像幼儿园的小朋友一样，不，像小学生一样，各自做好自己的姿势，准备着。大表嫂也像幼儿园的阿姨，不，像小学的老师，照管着我们。当然炕上的人们由两位舅妈招待了。这时姥姥问道：“人都全了吗？惬屋那边的贵客都到位了吧？酒、菜也都准备好了吧？”二表嫂和二表哥是跑堂的，二表嫂把二表哥喊来，姥姥问了那边的情况。二表嫂和二表哥都答道：“请奶奶放心，一切都就绪了。”于是姥姥一声令下：“告诉客房屋他们都要开席吧，趁热吃好。”围着两张对着的小餐桌的我们，一听要开席了，一双双小眼瞅着炕上的大人们。在姥姥家的规矩是，妇女和小孩是不能喝酒的，尤其是小孩更不能喝，所以有时表嫂自己弄点梨汁或豆浆代酒。当大人们都举起了杯中的梨汁，我们随着也高高举起，和姥姥、姨妈她们一样喊着：“新年好！”各自都喝一口梨汁或豆浆，放下杯子，动筷子了，我们也纷纷拿起筷子就餐了。

啊，十几种熟菜摆满了餐桌，虽然我们小，但和大人们的一样，大体每年餐桌上都先摆上蒜苗、蒜毫、红烧肉、炸里脊、鸡、鱼之类的菜。另凉菜还有芫荽拌粉丝或拌豆腐皮，还有的拌着猪肝、猪肚、羊杂肉之类的，虽本地产，但我们都愿吃。那个年代的食物都是原汁原味的，特别是那些凉拌菜，加上点酱油、醋、耗油料酒香油之类的吃起来香喷喷，又清口又凉爽。大表嫂告诉我们，这菜很好做。把芫荽秆和葱丝分别用热水一烫，加点

香油和醋及盐，或再加点芥末粉，这些绿叶菜不放酱油，更好吃。我们一边吃着，一边品着，葱丝或香菜秆拌猪头和下货肉可添加点酱油等。大表嫂说它们的做法、添加的作料大体相同。“我们知道大白菜放地窖里存着，冬天不容易坏。可这菠菜、芫荽、蒜苗还这么鲜，怎么没冻啊？”我们有时无知地问。表嫂高兴地，边帮我们夹着菜，边耐心地告诉我们：“这些菜啊，都是咱们自家地里种的，入冬前，一收家来就埋在沙土里的，所以才存放到现在不烂的呀。这些凉菜做酒肴最好了，可大家不喝酒就这样吃也很好啊。”大表嫂这样一边给我们讲着，一边为我们夹着菜。

有时大表嫂正说着，二表哥和二表嫂端着热气腾腾的菜肴又来了。他们托着盘子，二表哥一个海碗，一个海碗地轻轻放在大人们的餐桌上。二表嫂就托着盘子学着二表哥的样子，往我们餐桌上放，还有大表嫂帮着。啊，一碗一碗又一碗，一盘一盘又一盘，好一派丰盛的大餐嗷。每年餐桌上少不了红烧鲤鱼，二表嫂也学着大表嫂，一边给我们往小碟子里抄着鱼肉，一边告诉我们说：“这叫年年有‘余’。”炸红尾巴梢鲢子鱼、红烧猪肉或卤肉，还有炖鸡肉或黄焖鸡、炒辣子鸡块。二表嫂照样边往我们小碟子里夹着鸡块肉，边说：“这叫‘吉’利。”还有那些酱牛肉或牛羊肉丸子、清炖羊肉，都很好吃，这清炖羊肉吃起来的味道和新疆的手抓羊肉可比美。这些肉类的美餐，陆陆续续都上来了，我们真的是吃接不暇啊。肉菜品种虽然很多，但都是本地取材的。一切都是原汁原味，所以我们动筷就吃，动勺就舀、就喝。餐桌上五颜六色，个个香气逼人。

不过，我们孩子们最爱吃的还是炸红尾巴梢鲢子鱼。因为这鱼是姥姥村东边的相家河出产的特产，吃起来，外酥，里嫩，刺少。二表嫂说：“这叫连连有鱼，表示年年有余。”经二表嫂这么一说，我们更吃得香喷喷。因这鲢子鱼是整条干炸，还适合我们孩子们用手直接拿着吃，越吃越带劲，越觉得美味香甜，真是赛过黄花鱼。不光孩子们愿意吃，大人们也愿吃，所以姥姥每年春节都备不少。因此尽管盛鲢子鱼的盘子虽然装得满满的，但各个餐桌上，每年还是被大家吃得光光的，很多时候二表嫂就随时会往我们餐桌盘子里再添加，最后，你吃着这，他吃着那，咀嚼着那种种美餐。然后，喝着清凉纯甜的梨汁和豆浆，大人小孩都乐呵呵。有时大表嫂还带着我们以梨汁代酒，举着杯给姥姥和姨妈他们敬酒，每当她们都夸我们乖时，我们个个心里美滋滋的，更加听话，回来再乖乖地坐在自己的小凳子上就餐。

记得，从我记事起，每年这时，酒喝到正兴时，就由我的两位舅舅兴致勃勃，陪着他家的贵客——我的父亲和他的两桥们，来给我姥姥和我的舅妈及我的姨们敬酒来了。我们小孩子也站起来，学着大人们，共同再祝姥姥健康长寿！姥姥带着满意的笑容，怀着儿孙绕膝的饱满精神，举着带果汁的酒杯子敬着她的贤婿们，她说：“老敬小，越敬越好。”姥姥以她那吉祥的话语祝福她的亲人们。最后小字辈们再互相祝福。父亲他们也个个衣着

整齐，身穿深颜色的大褂，头戴一顶黑色的帽衬，朴素中带着文气，他们都是识文写字人。舅舅们帅气沉稳，我的二舅舅不亏为他们村的业余剧团的著名演员，在方圆几十里地处都出了名。父亲他们在我舅舅的陪同下，又说又笑，并漫步着，聊着，又回到他们的客房屋里继续着。

二表哥和二表嫂来回串堂地忙活着。我们也将吃饱了，开始自我抑制力有所减弱，你戳我下，我挠你下。特别是小表弟有时吃得满嘴是饭渣渣，大家指着他、笑他、说他。记得那一年，我们说他像花胡子老头一样时，他更加变本加厉，随手摸起两双筷子，一手一双，站起来，掐着腰，冲我们吹胡子瞪眼儿，吓唬我们，惹得我们哈哈大笑。怪不得姥姥说他是活宝儿，确实。小表弟那时才八九岁，胖呼呼的、不黑也不白透红的小圆脸，瞪着一双大眼睛，双双的眼皮下，乌黑的眼球闪着调皮的光，绣着一副漆黑的眉毛，眉梢略翘，舒适的鼻梁镶嵌在小脸上，阔宽厚实的小嘴唇，已略瞧出了男子汉的一种特有气质，确实大家都说他好可爱。有时，大表嫂看时哨，告诫我们说：“人越多他越兴奋，别再惹他了，如果再惹他，他就大闹天宫了。”他的母亲我的二舅妈，看到他不老实吃饭，吓唬他说：“再闹把你爸爸叫来，快吃饭。”言外之意他是怕我的二舅舅的。小表弟听后略有收敛，大表嫂拿起毛巾给他擦着胡子嘴说：“老实点，再捣乱，一会发压岁钱不给你了。”一边说，一边给他耐心地擦着嘴上的饭渣渣。现在我想，大表嫂真是个好媳妇，长大我才意识到，什么叫老嫂比母呀。

一听发压岁钱了，“嗷！要发压岁钱了！”大表姐和我大姐先听见，并高兴地叫起来，我们小的一听也禁不住叫起来。小表哥和我哥哥，在一边就用手指划着各自的脸蛋，嘴角撇着，笑滋滋地逗我们说：“丢，就是认得钱，你们都像钱串子的脑袋。”大表姐和我大姐、二姐她们反驳说：“你不是钱串的脑袋，是‘偷梁换柱’的脑袋。”我哥哥听了，为我小表哥打抱不平说：“他这是聪明会改编、会借用。你们会吗？”二表哥正好又来传菜，听了“改编”二字以后，纳闷，问怎么回事？我哥哥便把小表哥在河堤上借用的那首诗的来龙去脉说了一遍。说着、说着说露了馅，本来二表嫂不知我们当时是刚从河堤顶部爬下来，以为我们都听她话，没去河堤顶部，是在河堤的半腰就下来的。二表嫂听了说：“你们这帮调皮鬼，好骗我，原来你们已爬到了河堤顶，真是初生之犊不怕虎呀。还改编了一首诗。”从那以后，我们便把“横看成岭侧成峰，远近高低各不同。不识河堤真面目，只缘身在此堤中。”都成了镶话，背得滚瓜乱熟，变成了我们的顺口溜，每到姥姥家都拿这诗降着他。

我到小学高年级后，才听老师讲，知道这首诗的原创，并略知其中的哲理，看事物的局部性和全面性是不一样的。这首诗，原来是宋朝著名诗人苏东坡，爬那著名的庐山时即兴发挥的望庐山《题西林壁》：“横看成岭侧成峰，远近高低各不同。不识庐山真面目，只缘身在此山中”的一首名诗。当时是小表哥借题发

挥，把诗中的庐山改作河堤，真的是好聪明呀！

我们正嘻嘻哈哈地争辩着，姥姥说：“谁要再逗嘴，我可真的不给了。”姥姥一边从布袋里掏着什么，一边说着，便从炕上下来，高高兴兴走到我们跟前，手里攥着早已准备好的一大把红包，倒背着手。小表哥最调皮，有一次，他悄悄绕到姥姥的身后，趁姥姥给我们说话不防备，嗖，从姥姥手中抽出一个红包，暗示我们不要说。姥姥便从小表弟、小表妹、我妹妹、我弟弟从小到大，一个个发起，我们各自说：“谢谢姥姥！”“谢谢奶奶！”可，当发到我哥哥和二表哥时，发现缺少一个，于是就再往自己的兜里找，正纳闷时，我们你看他，他看你，暗暗发笑，小表哥突然伸出手上的小红包，拿给姥姥看说：“我变出一个来。”姥姥明白了说：“又是你这个小兔羔子捣鬼，好，自己拿着吧。”说着把另一个递给了我哥哥，哥哥礼貌地双手接过小红包，捧着，拿出了作揖的架势来，学着大人一哈腰说：“谢谢姥姥！”这时，小表哥也双手拿着小红包，做了个鬼脸和我哥哥以同样的姿势说：“谢谢奶奶！”一会，二位舅妈和我的姨们也纷纷来发压岁钱了，并嘱咐我们好好学习，不要调皮、不要贪玩，听老师和家长的话，长大做个有用的人才啊。我们个个神采飞扬，一声声祝福，一声声谢谢，交叉着，对答着，一家人高兴不已，满堂欢笑。待压岁钱发完，大表嫂嘱咐我们各自放好自己的钱，说着并帮着我小弟弟和小妹妹把钱收拾好，放在他们各自的兜里，还告诫大家别丢了！我当然也和姐姐、哥哥们倍加小心的，把钱放在母亲为我们做过年的新棉衣时，早已缝好的衣内襟里的口袋里，方觉安全，方觉着神儿，并沉浸在欢乐中。年年如此，已习惯，看来母亲早有预示，我们的棉衣上都缝着布袋。

一会儿各餐桌的人们都酒足饭饱，表嫂她们把餐桌收拾干净，沏上茶，大家喝茶聊天，大家说："并用茶水杀杀吃在胃里的油腻的食物。"表嫂刚沏上茶，听到有几位成年男女进院子里来，喊着："奶奶，过年好！我们拜年来了。"大家一听，是姥姥家本家族嫁出去的几个孙女带着她们的夫婿回娘家拜年来了，饭后到本族血缘关系较近的几家拜拜年，所以也到我姥姥家给我姥姥及我的舅舅和我的舅妈来拜年了。姥姥一家人高兴地迎接着，他们进到屋门厅，先给我姥姥磕了一个头，然后按年龄的大小，给我的舅舅和舅妈们喊着他们的尊称，都先后磕一个头，相互问寒问暖。

我们小孩子们则在一旁，琢磨着猜谜语。开始，我哥哥先出一条谜语说："一点一横长，梯子顶着梁，大狗张着嘴，小狗往里藏。打一字。"当然了，我和姐姐弟弟都不言语，慢慢思量着，看他们能否答上来？小表弟还弄不清怎样猜，二表姐那时已是小学五年级的学生了，说："我想起来了，商量地商字。"哥哥摇摇头："说不对。"我姐姐说："快了，已靠谱了。"还是小表哥聪明，把手从前额拿下来，伸出去说："我猜出来了，就是你们家姓的姓，'高'字。"我和哥哥姐姐都拍着手叫好，说："对了。好棒！"这时两位表嫂在一边瞅着我们，笑嘻嘻地说："出的谜

语好，咱们的生活就是年年高嘛。”哥哥听了好高兴呀。还有一次，我弟弟顽皮，出了一个谜语让大家猜，他说：“旁边来了一根线儿，曲里拐弯到井沿儿。打一物。”他说完以后，我们略大的孩子们都发笑，这个小谜语，在我们村的儿童中早已背得滚瓜乱熟，当然也包括我们家的兄弟姐妹了，可我们就是不说。小表弟这个小活宝，也不假思索地说：“我知道。是井绳。”“我拉屎你喷怂。”我弟弟马上回着我小表弟。我们哈哈大笑，预测着他准得说这句话，所以我们知道也不说，防备着他习惯地用这个谜语学我们。我小表弟一听受了骗，毫不示弱，马上就去追逐我弟弟，我弟弟一看事不巧，我们还在桌子前围着，他拔腿就在我们身子后围着桌子转，小表弟在后边追，准备报复，正追着，我父亲他们贵客们在我舅舅的陪同下，正说说笑笑地来给我姥姥磕头。表嫂看他们来了，便吓唬小表弟说：“爸爸来了。”小表弟一听，吓得停下了脚步，装没事似的，他们两个这才老实下来。

嗽，不亏是姥姥的贤婿们，还是在舅舅们及大表哥的陪同下，个个衣冠堂堂，给我姥姥磕头来了，他们先在舅妈早已在厅堂铺好的毡布前站好，由大姨夫说：“给岳母大人拜年了。”于是六个贤婿一齐将双手半握拳，举过前额，两拇指并列朝上，右手四指并拢，半握住半握的左手四指，紧握在一起，要作揖，然后身子向前倾，再伸出右脚向前迈出一步，右腿膝盖骨弓出，左腿跟上跪下，随着右腿和左腿并拢跪在一起，两手垂下，再两手指半握，分别在膝盖骨前方触地，最后前额将着地，再起来站好后，方可离开此处，站在一旁。他们都磕得很认真，大概是表示对他们的岳母的尊重吧，这也是我国百姓上千年来的文化传统。我的母亲和我的几个姨妈，也都下来炕，郑重其事地为他们的母亲磕下了头，以表对母亲的孝敬和感谢养育之恩。于是我的表哥们和我哥哥他们学着父辈们，给长辈纷纷磕头。在我们那一带同辈之间一般是不磕头的，也就是不拜年的。看着大人们磕头的样子，我们小的孩子们学着大人的样子，随后也抢在毡前，抢着磕头。最小的表弟和表妹不会磕，扑哧，趴地上，惹得大家笑得前仰后合。我夹在姨妈们的缝隙间，听大姨妈说："你看多热闹，如果父亲在世看到这些子孙后代，还不知多高兴呢！"二姨妈听了，暗示我大姨妈不要说了，正在新年期间，怕我姥姥听了伤感。是呀，我的外公才五十多岁就离世了呀，姥姥听了能不伤心吗？好在是，二姨妈把话压下了。大家热热闹闹地一场磕头拜年过后，父亲他们那些贤婿们，还是在我舅舅的陪同下，到姥姥家的本家族中，有长辈的人家去拜年了，母亲她们有舅妈陪着，也同样去拜年了，我们又开始了自由自在的玩耍。

年糕

当母亲和姨妈及父亲他们拜年回来，已是下午三四点钟了，再休息片刻，他们随聊着在本族各家拜年的见闻，把我们也找回家，穿暖和了，准备整装待发。

姥姥和舅妈早已准备好给各家带的礼物，这礼物里边，每年都少不了年糕，借用谐音，意思是娘家盼望着每个女儿家，日子越过越好，生活的一年比一年高。这当然是一种意念，一种女儿到娘家拜年再回到婆家的一种习俗和礼物，更是一种祝福啊！临行前，姥姥似乎嘱咐着她们什么，无非是让他们回到婆家，孝敬公婆，尊重老人，与婆家的人和睦相处，学会宽容，把孩子看管教育好，好好过日子之类的话。她们个个点头："请她们的母亲放心。"就这样，母亲姊妹几个依依不舍，告别了她们的亲人，各自带着自己的一小家人，带着娘家人的鼓励和希望，满怀信心地、高高兴兴地踏上了回家的路，开始新的一年的启航，一年的新航程生活。等到来年再来聚、再汇报汇报新的收获。

我听母亲说过，这个汇报，她们是只报喜，不报忧的，怕娘家人不放心。母亲还说："会做媳妇的两头按，不会做媳妇的两头搬。"大了我才知道母亲说的话的意思，就是会做媳妇的要把两头不高兴的事情化小，避免引起亲家间的矛盾和娘家亲人的牵挂，闹不好还会影响到夫妻之间的感情，所以只报喜不报忧，这是做人家媳妇的常识。

从记事起，每年农历的正月初二到姥姥家去拜年，已是习俗，不要小看这个习俗，就是通过这个习俗，莫说亲人们的亲情绵绵不断、互相传递着信息，交流着生活的经验、对长辈的敬重。更是，一出门的闺女带领子女和丈夫到娘家去汇报、报恩，以缓解父母对女儿的思念，并来借助娘家的精神或物质力量等，开始新的一年生活。

对我们孩子来说，既是一次出游，又是一次对加强亲情的浓厚感。不说从长辈们的一举一动中学到一些我国古老的传统习俗，也慢慢加深了对亲情的理解，血缘之间的记忆流长，青少年之间在游玩中教学相长。譬如，苏轼《题西林壁》的这首诗，小学高年级老师讲到此诗时，那我比起别的同学理解得就深刻，早已就背得滚瓜乱熟，心想，把小表哥当时改成的“河堤”两字，再改成原状的庐山就是了，在这首诗的学习理解上要深刻得多，记得老师还让我站在讲台上背诵、演讲，得到老师和同学们的好评。现在想，当时的我并不比其他同学聪明，为什么能做到这样呢？就是姥姥村庄河堤上的景色给了我视野开阔的通道。成年以后去了庐山，站在庐山山顶，四周瞭望，山峰上，处处云雾缭绕，给人仙气腾腾的感觉，真不愧为一座名山。庐山的高度和它的波澜壮阔，再和姥姥村庄的河堤一比，真的是小巫见大巫，无可比拟。但，通过对庐山和河堤这两种事物的实地观望，再回想苏轼的这首诗，加上小表哥借用苏轼的诗修饰那座河堤的诗，它们之间的大小虽不一样，不过通过它们，我想看事物的哲理是一样的，那就是看事物要全面，不要单一。

不但这，我还学到一些先人的故事，并一直纳闷着，如，后

羿射日之事，我一直没机会问起。当我们回到家，一家人吃饭时，一直在我脑海里转悠的后羿射日之事，终于有机会向我父亲问起。父亲听我问起这个故事很高兴，说我已知道思索问题了，并借这吃饭的时间，给我们讲起了后羿的故事。他说他也是听他的老师讲的，据传说有两种，第一种，在远古时代，天上有十个太阳，每到夏天，十个太阳出来，它们的光线都射向大地，大地被晒得像火烤，一些物种受不了，有的被热死或饿死，人还有动物，如狗猫、野兔、豺狼虎豹，还有植物，如庄稼杂草等。这些都被天帝看在眼里，他为了救他的子民，就把后羿派向人间，让他带着工具——弓箭。后羿接受指令，带着他的妻子嫦娥下凡，来在人间。后羿认真执行了天帝的命令，用弓箭射去了九个太阳，留下一个，做适量的用途，照明，万物都需要适度的日照，如果没有日照，万物都会阴弱，没有了生命力。第二种，天空的十日，射向地球，温度超高，森林起火，野生动物逃出森林，饥饿而死，庄稼被照射酷死，百姓受着酷暑被热死或饿死，万物生存举步维艰，当时的皇帝尧，为拯救百姓，拯救万物生存平衡，用现在的话来说，也就是保护自然。因羿平时善射猎，于是尧帝就委派羿，射去九日，留有一日，普照万物，使万物得到适度的光照，创造它们的各自生存条件，使万物生死有度、自然调节，让自然生态平衡。于是，后羿就接受委托，以高超的涉猎技术，射去了九日，留有一日，为世间万物做出了贡献，因羿有功，尧便指派了羿，做皇帝，因“后”字还当“帝”字讲，所以后人称羿为后羿。

嗷，听了父亲的讲解，从此我明白了，不管哪种说法，都是围绕着一个主题，原来后羿是在为人类做好事，射去那多余的九日，使人类和万物不再被那多余的九日火焰般的蒸烤，使人类和万物，一年一年，经过几千年地传承至今，永不衰败。在以后的日子里听到类似的故事，看到类似的图案等，都会引起我的关注，对故事的情节加深了理解，不会那么的死记硬背。再说表嫂指着餐桌的鸡、鱼肉说到的“吉和余”字，都是我国古文化利用了汉字的同音不同意这一特长谐音来表达的。这都是我到姥姥家拜年的经历中打开的思路，放宽了我们的视野所悟到的。所以小时候，父母带我们走亲戚，既懂得了一些礼数，又在无意中引起对一些历史故事的兴趣，打破砂锅问到底，还加强了亲情感。在每一年中，再加上耳听、目染，亲身经历，长了不少见识，每过了一个新年，感到年味更加浓郁，不亏又长了一岁。从孩童时期，这样一年加一年，随着过年次数的增长，加上学校的书本知识，一年一年地积累熏陶，丰富着孩童们的阅历和知识含量，慢慢走向了成年。

由此我还悟到过年，不单是一年四季农作物地耕种，收获，储藏的结束，隆重庆祝和轮回，它也是人们生活阅历和书本知识一年来的增加和收获的庆祝，因为每个人不白长一岁。这一岁，为将来回馈自然，回馈社会的更好发展做好铺垫，因为一年一年的知识的积累，它是来自大自然的恩赐，来自社会的发展，来自

家庭地熏陶和教育，来自亲朋好友之间的交流和互助。

一般，成年妇女从娘家拜年回到婆家以后，成年的男子，该开始到姑姑、姨家和自己的外婆家拜年了。特别是这些亲戚家如有长辈的更该去，如，我的祖母在世时，我的表哥们都来给我的祖母和我的父母拜年。可我的表叔和表大爷们都到我家来只是为的给我的祖母拜年（祖父很早就不在了）。拜年，如果亲戚多的就得加快脚步。有的一天走两三户。在我们那一带，拜年期间有一种风俗习惯，不管什么时间到了亲戚家，他们随时准备的都有饭，把准备的年货食品，拿出来一上锅腾热，就上餐桌，很及时，并不费劲。即便是在另一家已吃过了午饭，但，再到另一家，主人家还是再准备饭的，所以多少还是得吃点，以表示对主人热情招待的尊重，有条件的还准备小酒，让客人喝点，使客人酒足饭饱，所以不愁到哪里赶不上饭，家家户户都会热情待客的，这些习俗都在年味里蕴含着，有的到血缘关系较近的亲戚家拜年，还带着自己的男孩，使孩子懂得亲情中的连带关系，血脉相连，但除去到孩子自己的外祖母家，很少有带女孩串门拜年的。可是，在我们那一带，有句俗话说“拜年拜到初七八，也没豆腐也没渣。”也就是说，在正月初十之前，是走亲串友拜年的时间段，如果有时间，到外村的亲戚朋友家拜年，一般情况下，尽量赶在农历正月的初十之前，该去拜年的亲戚朋友家，都赶到这个时间前拜年较好，否则，年前备下的食品就少了，显得关系有些疏远。因为那个时代没有冰箱，过年准备的食品存放时间是有限的。过了正月初十这段时间，再来了客人吃饭，就是现吃现做了，食物的年味也就淡多了。

我父亲和他表兄弟之间也这样，是不会脱俗的。这些风俗，当时我虽然开始记事不久，但已深深地在脑海里留下了记忆。

寓意的小戏儿

在农村，尤其是温带地区，过了除夕拜完年之后，有段时间，学生学校寒假没过完，农村距备耕春播的时机也还要隔一段时间，大人和孩子们便悠闲自在。有的凑在一块打牌，有的凑在一块下棋、摸麻将，孩子们则做着各种游戏等。这一簇，那一群，仨一团俩一伙，做着各种活动，都玩得不亦乐乎。更热闹的是那些喜闻乐见的文化活动，丰富着人们的业余生活。每逢这时，街上踩高跷的，划旱船的，打捞子的，锣鼓喧天，好不热闹。每天晚上村里还演着小戏。这些小戏很接地气，都是从实际生活中提炼编写出来的，使大人小孩都乐去观看，为年味增加着生活色彩。

每年看戏，更是我们孩子最爱凑热闹的事儿。有时为了占个好位置，午饭后，就和要好的小朋友约好，各自赶紧从自己的家扛着凳子跑到广场，先在戏台子前选好位置、占个好地方。大多都是孩子们先来，熙熙攘攘，你挨着我，我挨着你，和要好的朋友凑在一起。占好位置后，可我们要到广场去玩，怎么办呢？

嗨，不用急，我们自己会有办法的。那就是，谁想到广场玩，大家先选派个人轮流照看着凳子，另外的人就放心地去玩了。

每当我们跑在广场上，就高兴地撒开自己的丫子，追呀赶呀，做着各种游戏，有的几个人找在一块，捉迷藏。在玩的过程中，要捉人的人，如果找不到被捉的人，那被捉的人一见空隙，便马上跑到原地喊一声："吆！"无奈，要捉人的人就只好为败者，再轮换着被捉，这个游戏就看谁的手疾眼快，谁取胜的可能性就大。另外还有弹玻璃球、拍皮球、踢毽子、跳皮筋、跳绳的等，反正最后我们儿童都玩得满头大汗，还不亦乐乎。不单这，场外的小商贩，有的来自我们自己村，还有的来自我们周围的村，还互相争喊着，叫卖着"卖糖葫芦啦""卖花糖啦""卖江米团了"。有的在戏台子周围吆喝着，争卖着。孩子们蹦蹦跳跳，你买这个，他买那个。有时好朋友之间，你尝尝他买的，他尝尝你买的，互相品尝着。你说这好吃，她说那好吃，斗着嘴，还手脚不拾闲，整个广场沸腾着，热闹着。

到傍晚时，我们孩子们互相轮番着回家吃饭。待大家吃完饭，青年人、老年人也陆续往戏台前赶，孩子们已坐下来。小孩子们也摸着规律，看到戏台上的服务人员上台了，我们的精力都投到戏台上，指指这，点点那。20 世纪 50 年代初，农村还没有电，当时汽灯已在基层农村出现，我们村什么事都超前些，汽灯一上市，就早早买来用上了。每年演小戏，汽灯就一直挂在戏台的顶棚上，所以服务人员每当蹬着凳子给汽灯打汽，并点亮汽

灯，我们孩子们就知道开始做准备工作了。于是大家就纷纷咋呼起来:“嗷嗷地嚷着，快开戏了！”个个欢呼雀跃。大人们急急忙忙，从四面八方赶来，找到孩子们早已放好的凳子，坐下来，和邻里互相聊着。我们小朋友借着灯光，则互做着手脚不拾闲的动作，剪子包袱锤，用线绳在手中翻牛槽等游戏。我们做着做着，大人们聊着聊着，台上突然，哐哐啷啷，待锣鼓一响，打第一通开始了，我们孩子们也知道，当锣鼓打到第三通时，这就说明马上开戏，演员就要出场了，我们也急忙各就各位了，老实下来，静静地等着演员的登场。

这一年打到锣鼓三通后终于停了下来，字幕上出现了几个字，吕剧《小姑贤》。吕剧是山东地方戏，非常喜闻乐见。直到现在还使我记忆犹新。这出戏的内容是写的旧社会一家两代人的故事。婆婆、儿媳、小姑子还有儿子，一家四口人。它主要表现了小姑子的贤惠，姑嫂之间的友谊，婆婆的刁钻，儿子和儿媳的老实守规矩孝顺，婆婆百般刁难儿媳，说明了在旧社会，妇女受封建制度的约束，在婆家受气。

序幕呼啦拉开，台上露出四位演员，一位是婆婆，是由我们本村宋氏家族的一位男青年扮演；一位是儿子，是由我本姓家族的一位侄子扮演；一位是儿媳妇，是由我们当村的一位李氏家族男青年扮演；一位是小姑子，是由我们本族一位女青年扮演。一开场，婆婆坐在当中央的椅子上。儿子还背着书包，儿媳和小姑子都站在这位婆婆的身旁。婆婆像正训斥着儿媳妇，儿子一直低头站着不语，儿媳像尊让着婆婆什么，女儿一眼翻白着她的母亲，婆婆对着儿媳手指眼凹，一家人都围着她。

有一次，婆婆装病，老实的儿媳信以为真，便给她做了好吃的，还煮了鸡蛋，恭恭敬敬地给婆婆端在跟前，让她吃。自古以来，都知道已经证实鸡蛋是有营养的好食品，可是呢婆婆却吹毛求疵地唱着："鸡子本是那鸡腚里拉，俺不吃，扔了它！"在一旁的小姑子看出问题，劝她的妈妈说："嫂嫂这么好，你还嫌她什么？"她的专爱找碴儿的妈妈又唱："我嫌你嫂嫂好说话。"女儿着急地盯着妈妈有意反驳说："休了她，不要她，给俺哥哥娶个哑巴！"她的妈妈一听，自己的话被女儿用反着的话截住，便斜着、翻白着眼，还身子扭到一边。又唱道："我嫌你嫂嫂好串门子。"女儿又赌气分辩道："休了她，不要她，给俺哥哥娶个瘸吧！"台下观众听了掌声雷动。这些演员虽然是本乡本土的，个个都演得活灵活现。尤其是我那本族的侄女扮演的小姑子特别逼真、形象，表现得特别贤惠雅气，受到观众的好评。还有那扮演婆婆的也是我们本村的顽皮的男青年学生，观众说："这小伙子把奸道的婆婆演活了。"母女这一问一答，蕴含着深刻的哲理。这个哲理，女儿用了简单的语言浅显地表达出来了，还表现了小姑子的聪颖贤惠和品质的高尚，没有和她母亲同流合污，刁难嫂子。这一小姑子可值得千万做小姑子的学习，如果做小姑子的再和母亲站在一起，刁难嫂嫂，那做嫂嫂的就在婆家不好生活下去了，做丈夫的也就为难极了。同时也揭露了封建社会的传统观

念，做儿媳的就应在婆家不管对错，百依百顺地受着气。同时也表现了婆婆借封建礼教，吹毛求疵的一面，对儿媳的百般刁难和虐待，它反映了在旧社会妇女们的地位的低下。还是中华人民共和国成立后，妇女解放了，男女平等了，妇女可参加有益的社会活动了，获得了自由。

更有意思的是，时间一长，婆婆可出名了，那可是臭名呀。儿媳朴实，性格温厚、宽容；儿子扮演得老实文静；女儿精明伶俐；婆婆受封建礼教的影响较深，百般刁难儿媳。他们虽不是专业演员，都是我村在校学生，个个扮相逼真。乡亲们从唱词中，从道白中从他们的扮演形象中，都知道婆婆对儿媳的刁难。儿媳也出了名，和婆婆的名声正相反，那就是，老实忠厚，尊敬孝顺婆婆，受人爱戴。贤惠的小姑子一直为嫂嫂打圆场，是一家人和睦的润滑油，更是得到大家的赞扬，觉得她确实是一位贤惠聪明的好姑娘，所以称她是小姑贤，一点都不过分。

有一次，一家人正忙着，刁钻的婆婆为要吓唬儿媳和一家人，便搬来凳子放到院子树下，还拿来绳子，并站在凳子上面，对着左邻右舍喊:“左邻家，右舍家，我要上吊了！”左邻右舍听了，以为是谁呢，都心急火燎的，想赶快去劝阻。仔细一听，是那刁钻的婆婆在喊，像《狼来了》中说的一样，知道她又在吓唬儿媳她们，在装蒜。于是邻居们便回应，故意高声喊着说:“有绳子吗？没绳子我们借给你！”说着，人们从墙头外边扔进婆婆的院子好几根绳子来。这时全场静谧下来，天空中，繁星眨着眼，似在观看人间的这一刹那，观看着人间的是非曲直。邻居家也心里矛盾呀，如果她真的死了呢，便从墙缝偷偷看着，有的则蹬着凳子从墙头上探着头看，如果他要真的上吊，大家就得来救她了，何况是家庭矛盾。这时，台上台下一片静悄悄，看到这情景，我的心也在颤抖，倚在母亲的怀里，又害怕又想看，和几个小朋友一样，用手指捂着脸，从指缝里不时的，瞅一瞅。观众开始静观着，几乎也都猜到这婆婆心思了。绳子一扔到院子里，突然，台下又一片掌声，看你怎么办？观众们心里想着，嘴里嘟念着。你说这老太太可就没法了，她一看，也没人来劝解，自己从凳子上尴尬地下来，在院子里走来走去，蹲手跺脚，没辙了，自己就乖乖地把凳子搬走了。呵呵，邻居们没看错，将了她一军，逗得大家在台下哈哈大笑。看她又是在刁难儿媳，欺骗大家。看到这，我颤抖的心也放下来，随着大人们哈哈大笑。空中的繁星闪烁得更加灿烂，似乎也在轻蔑这一丑料。

1949 年 10 月 1 日中华人民共和国成立了，在破除封建礼教那一套，男女平等了。这婆婆在社会环境的影响下，在当地干部的教育下，已改前非，大大地变了样，待儿媳像女儿，来了一个翻天覆地的转变，一家人和和睦睦，参加着社会活动，并成为了百姓的好榜样，儿媳和女儿参加一些当时的社会活动或生产劳动，婆婆在家做好后勤工作，如做饭拾着家务，一家人过得丰衣足食。

这场小戏，演员们虽都不是专业演员，但个个演得栩栩如生，字正腔圆。特别是那扮演婆婆的，简直是闹翻了圆场，台上

台下互动着，表演得生龙活虎，结束后，台下一片掌声，经久不息，婆婆向善后，百姓看后都赞口不绝。

小戏演完，演员们出来谢幕，百姓们鼓着掌久久不愿离去，没有不散的戏，我和小朋友们随着大人们恋恋不舍地离开剧场，大人们议论着，我们小朋友通过看这场戏，也能分辨出这出小戏中的人物是非，也都夸那老太太变好了。

过新年演小戏

祖祖辈辈传下来的俗话：“说书唱戏教育人。”确实《小姑贤》和一些类似的小戏，给人以启发和教育，使大家是非分明，从中借鉴了好多好的东西。在婆媳这个问题上，那时我们村子虽然大，但我从记事起，从没听到谁家的小姑子和嫂嫂合不来的，挑拨嫂嫂和哥哥之间的夫妻关系的，同时也没听见谁家的小姑子挑拨婆媳之间关系的，各家的姑嫂关系都很好。记得我的嫂嫂还为我们几个作妹妹的做绣花鞋，我们穿在脚上都觉得美滋滋的，婶婶、大娘们看到我们穿着漂亮的绣花鞋，常常问："谁给你做的花鞋？"我们为有好嫂嫂而感到自豪，回答说："嫂嫂给我们做的花鞋。"曾穿过的那美丽的绣花鞋，至今使我们难以忘怀。在这个问题上，我们村起到了楷模作用。

在农村，像这样群众喜闻乐见的小戏，确实很富有生活气息。每逢过年期间，春耕前，我们村里都得演上几出小戏儿，像《小二黑结婚》《王汉喜借年》《刘海砍樵》《王小赶脚》《夫妻识字》等。这些群众喜闻乐见的小戏，从不同角度反映了不同的故事情节。有的歌颂了婚姻自由的制度，有的赞赏了真挚的矢志不渝的爱情品质，痛斥了嫌贫爱富的不良风气，还有的也赞扬了勤劳持家、忠厚老实、孝敬父母的好青年等。

总之在我的印象中，这些小戏儿，对提高我们村的村民素质起了一定的作用。例如，1958 年大丰收后，有的地方于 1959 年还饿死人，原因就是丰收后没好好地勤俭持家，把粮食全浪费在田野里，漏掉在不同的地方，造成 1959 年粮食短缺，有的人被饿死。而我们村基本没断粮，还没听说谁被饿死了，这就是村支书带领百姓勤俭持家的结果，并得到了周围百姓的羡慕。当时离我们村方圆几十里的村子里，就有不少女孩子嫁到我们村做媳妇。我们的村民都说："这些也离不开小戏的功劳，它使咱村百姓

吕剧《王小赶脚》

养成了良好风尚，并带来了好结果呦。”像这样的小戏剧，在那个年代没有电视，但大家都是实地观看，实景实情，另有一番情景，每年都演，今年演这样内容的小戏剧，明年演那样内容的小戏剧，大家百看不厌，每到过完新年大家就盼着，念叨着今年排练的什么剧？

现在掐指算来，时间虽已过去几十年，但一想起童年时新年后的文化生活，就使我向往不已啊！可贵的是现代新版的《王小赶脚》《刘海砍樵》又登上新年的舞台，刊登在《山东画报》2010 年第 1 期，并创建了新的剧目，《王汉喜借年》，反映了新式的年味生活，群众看了欢呼雀跃，更是高兴不已。

过“破”五节

过年，除去大年三十、正月初一以后，还有属于年的几个节，那就是初五、正月十五，还有二十五及二月二。

正月没过完，等于过年还在行程中，所以，这几个节日都属于过年的范围，虽然各有不同的来历，但它们有一个共同的习俗，那就是欢歌笑语，休闲娱乐，欢庆新年的来到。撩开初五，迎接新年的第一个圆月，祝福风调雨顺，意念着新的丰收，备好粮仓，除虫除害。

在除夕之后，首先的一个节日，那就是正月初五，俗称破五。具体它的来历，还有一个小故事，据《封神榜》中讲到姜子牙封神之后，将背叛他的妻子封为“穷神”，并命令她“逢破即归”，姜子牙妻子被封为“穷神”之后，人们更加讨厌这位“背夫之妇”的“穷神”，所以人们就在正月初五这天，集体“破”穷神，即姜子牙的妻子，让她回去。这便是“破五”的来历，也是“破五”赶穷神的来历，这是一种说法。还有一种说法，破五是个重要的日子，因此在这一天也有一些特定的风俗，大扫除。

一般在正月初五之前，中国民俗不宜大扫除，尤其在正月初一这天，不能动笤帚，否则会扫走运气和财富，所以在破五这天，必须进行大扫除“赶五穷”，将所有的“穷气”与“穷鬼”都赶走。放鞭炮，将“晦气”和“穷气”都轰走。另，家家户户包水饺，寓意“捏小人嘴”，迷信说，可免除谗言碎语。破五这天也有禁忌，就是不能串门，带去晦气。还有不要做针线活，不要劳作。也就是，破五这天还是迎接财神之日，如，商店开门。总之，聪明的中国古人，灵活地运用了中国自己文字的优势，借用了它的谐音，“除”字和“捂”字也就是中国新年正月初五之前，一些禁忌正月初五就可破了。除掉捂着的禁忌，揭开捂着的障碍物，又如，禁忌打碟子打碗，包好的水饺不要放在面板上更不要掉地下，也不要说闲话等。把这些捂着的禁忌除掉、打破，开启新的一年顺利的新生活，迎五谷丰登。人们为了这一天的到来，习俗吃水饺庆祝，家家户户放着鞭炮，寓意庆祝前进道路上的障碍物被打破，顺顺当当开启新的一年。在我的记忆里，每逢初五这天，家家户户都在忙这些习俗，放开那些束缚的禁忌，铺平新的一年的生活道路，过上幸福的日子。我们儿童们则放开手脚，尽情地玩，就不被那些过年的禁忌，如，说闲话，避免打破碟子和碗等小心翼翼地束缚着了。

盛大的元宵节

除夕夜之后，正月里的第三个节日，那就是正月十五这天的元宵节，这个节日在历史上就是一个热闹非凡的节日。白天，到处锣鼓喧天，歌舞奔腾；晚上到处灯火辉煌，烟火缭绕，气势恢宏。百姓们观灯、赏月、猜谜语、看文娱活动，到处欢歌笑语。所以，尤其是对儿童们来说更是眼边、眼望地盼着，因为每逢这个节日，数不清的传统的文化节目几乎要展现出来。所以我们小朋友们每逢这个佳节，都观望得忙得应接不暇，跑到这里，顾着哪里，既看这，又观那，奔忙着并观赏着。

谈到元宵节，可是一个地地道道的传统节日，它的来历源远流长。据史料记载，元宵节又称上元节，小正月、元夕或灯节，为每年的正月十五，是中国的农历新年伊始，较盛大的第一个传统节日。又，正月是农历的元月，古人称“夜”为“宵”，正月十五也是一年中第一个月圆之夜，所以称正月十五为“元宵节”。又，根据道教“三元”的说法，正月十五又称为“上元节”，与“中元节”（地官节、盂兰盆节）、下元节（水官节）合成三元。

据说，元宵节民俗地形成有一个较长的过程。还有，据有关历史资料记载，元宵节在西汉就受到重视，汉武帝正月上辛夜，在甘泉宫祭祀“太一”的活动，被后人视作正月十五祭祀天神的先声。不过，据说正月十五元宵节，真正作为民俗节日是在汉、魏之后。如今已成年的我，早想了解元宵节的来历和它的伟大意义了，这是元宵节的灵魂呀。所以在闲暇时间，我带着这个问题查了有关资料。

说到元宵节，有一种说法，那就是西汉时的董仲舒著有《春秋繁露》中说：“龙灯最早起于汉代，先是作为一种祈雨的仪式，隋朝时演变成民间游艺。”还有一种说法，《隋书》上说：“每岁正月绵亘八里，列为戏场，百官起棚夹路，从昏达旦，光烛天地，百戏之盛，亘古无比，自是每年以为常焉。”

从历史资料看，元宵节习俗自古以来就以热烈喜庆的观灯习俗为主。传统习俗出门赏月、燃灯、放烟火、猜灯谜、共吃赤豆粥、元宵、吃水饺、拉兔子灯等。有的地方耍龙灯、舞狮子、踩高跷、划旱船、扭秧歌、打捞子、跳竹杠、太平鼓等传统民俗表演。还有的说，古人在田野点火把，驱蚊虫，驱鬼神等习俗。据说在 2008 年 6 月，元宵节被选入第二批国家级非物质文化遗产，可见它的历史性是源远流长了，所以自古以来，元宵节就引以重视。

过元宵节，一年一个新花样，但这天吃元宵的习俗是永恒的，各家各户忙着备过元宵节做元宵的料，如青红丝、面糖、枣

元宵节打腰鼓

泥、红豆等做馅的料，还有黏米面等做元宵皮的料，待料全备齐，元宵节的前一天，家人们开始忙着做元宵了。

有些老年人说，做元宵的方法，只要备好料，相对来说较简单。先是用一圆簸箩，把黏米面放里边，把各样的馅拌好，根据大小，做成一个个的圆馅，放到黏米面里，用圆簸箩筛，筛的过程中，元宵的馅也随着滚动，沾上黏米面，个个越滚越大，大小根据自己的喜好，一栏一栏做好，做了这种馅的，再做那种馅的，一样样做完，就根据各自的口味或油炸或像煮水饺一样地煮熟，就可食用了。

记得小时候，每年元宵节这天，一大早，母亲把我们孩子叫醒，高高兴兴待洗刷完毕。哥哥姐姐扫完地，我们把小饭桌放在门厅里，便你拿筷子，他拿小勺，我放小板凳，他拿碗，然后，陪着奶奶和父亲坐在小饭桌周围。这时母亲也把元宵煮好，我们七嘴八舌，一家人说笑着，母亲先盛满一碗，恭恭敬敬端着先放奶奶面前一碗，再给我们一碗碗地盛好并喊着我哥哥姐姐为我们端碗，吃元宵了。哥哥姐姐便给我们把盛上元宵的碗也放在我们

的面前，喊着我们。母亲给我们都盛完了碗后，也坐小饭桌前，一家人方都坐下来。这时奶奶一声令下：“咱们开始，要吃汤圆啦。”奶奶高兴地说着，一家人其乐融融。我们便各自端着母亲给煮好了的汤圆，围着小饭桌吃起来。那元宵个个圆圆的，其中有黄米面的，有江米面的，黄的白的，滚烫滚烫，滚圆滚圆，每人一把小勺，我们各自忙着将黏黏的小汤圆舀在小勺里，端在嘴巴前，先用气吹吹，稍凉些，便吃将起来。吃着那白白、黄黄嫩嫩的小汤圆，黏黏的外壳，各种甜甜绵绵的馅，赤小豆的、青红丝的、白糖的，都黏着还带着甜，柔软里发出甜滋滋、香喷喷的味道，里边散发着更加丰满的年味，真是大人小孩都喜爱的香灿可口的美餐呀。一家人吃着，品着，这个说这种馅的好吃，那个说，她吃的那种馅味更美，还甜。

这年元宵节的早晨，我们正吃得暖融融的，奶奶突然问我们：“元宵好吃你们知道为什么吃元宵吗？”“老师说，元就是开始的意思，今天是新年的第一个月，就叫元月，所以吃的汤圆就叫元宵呗。”哥哥马上回答。奶奶说：“大孙子说的也在理，不只是这呀！还有圆圆满满，迎接新年伊始的第一个圆月啊！消灾祈求丰收呀！为迎接新年开始的第一个圆月呀！”“嗷，我们知道了，原来如此呀！”姐姐接着说。从此元宵节吃元宵，我略知了一二，真正进一步的了解还是在工作单位。

又有一次，和几位书画同事出差，路上聊起了吃元宵的事，其中一位年龄较大的老师说：“说起元宵，它的渊源长了。”一位老师说:“怎的?”他说:“据史料记载，元宵节吃粥、吃汤圆，在我国东汉时期已颇盛行，并且还传到了日本。”在火车上他抽着烟不紧不慢地说着，我们几位年轻人静静地听着。他说:“据《荆楚岁时记》中记载:‘冬至日量日影，做赤豆粥以禳疫，；又，隋朝杜公瞻注释讲：上古的共工氏有个不才的儿子，在冬至日死了，死后他变作疫鬼，鬼怕赤豆，所以人们在冬至日吃赤豆粥以避瘟疫。还有《续齐谐记》中讲：吴县的张成夜间起来，看见一位老媪在宅边举手招呼他，并讲:‘我是一位土地神，明年正月半你煮些粥，再在粥里加些油脂祭奉我，我能保佑你家桑蚕丰收。’第二年，张成按着土地神说的供奉了土地神，这一年桑蚕果然获得了丰收，从此桑蚕产地订于正月十五日以豆粥、糕糜插箸而祭祀。真正的以粥变为元宵，大概到了唐代以后，据说江南桑蚕产地，正月十五以粥祭祀土地，后演变为以米轧成粉做成形似蚕茧的圆子，也就是现在人们吃的团子或汤圆。”这时我们在场的几位同事正听得津津有味，他哈哈一笑说:“知道了吧？正月十五吃元宵就是这么传承下来的。”有同事问:“这是真的吗？”他说:“真的不真的反正人家是这么记载的，不信你可自己去翻资料。”当时我也半信半疑，可又想，不管真假，这元宵已传承了近两千年，直到现在，这美餐还在传承着。

说来说去，关于元宵的来历，我想，万变不离其宗。不过我还是相信民间的传说，所以，奶奶讲的吃元宵的缘由一直在我脑海里记忆犹新。当时奶奶享受着儿孙绕膝的欢乐，我们你一

句，他一言，说着说着，听到大街上已传来锣鼓喧天声。奶奶这时说：“你们先不要喧闹，听，闹元宵的来了，快吃，吃饱了出去看。”一听，其实奶奶不说我们也加快了速度，一会儿吃得酒足饭饱，浑身热乎乎的，放下饭碗，来不及观赏父亲在我们家门已挂好的大红灯笼，姐姐、哥哥带着我们一溜烟跑出了家门，在胡同正好碰上邻家调皮鬼小哥哥，他刚从大街又跑回家拿来忘下的东西回来，你们还不快跑，一边用手往胡同北指着，再不快点跑，那些节目就不等你们了，来，给我一块跑。

我们知道他在吓唬我们，时间告诉我们，不至于像他说的，但也得快点。便顺他手指的方向再往北加快脚步，一块走出胡同。来到表演线路一看，横到我们村的一条东西大街，已站满了很多人，大家正欢声笑语地朝西望着。我们马上站在东西大街上的人群里，很快，从大街的西边传来了锣鼓声，声音越来越近，声音也越来越大，这锣鼓发出的声音，特奇妙，震耳欲聋，那真是震天撼地。大家翘首期盼着，随着锣鼓的响声，朝大街西瞭望，一支支闹元宵的文娱队伍，正要整装待发。我们小朋友们似乎一时也老实不下来，随着成年人瞭眼静等。

一会儿，一支乐队，锣鼓喧天，朝东大街这个方向走来，看到后面人头攒动，越来越近。乡亲们手舞足蹈，乐得鼓起了掌。啊！等来了一支大高个子的队伍，他们排在最前头，从西面一边玩耍，一边朝东走来。怪不得远远地看着他们那么高，哈哈，原来他们是高跷队伍，走在最前头。这支队伍，前面的人打着锣、敲着鼓，后边的人踩着高跷，他们个个都穿着鲜艳的服装，头上的毛巾朝前系着，像我国上世纪五六十年代的大西北男士打扮，腰间还系着褡包，踩在高高的两手攥住的高跷上，扭着，踩着锣鼓的点，走着花样，个个面部带着喜悦的笑容，眼神随着动作转动着，神灵百态，潇洒自如。他们有的踩着高跷，翻个跟头，随又站稳，像演杂技，花样多端，看他们那么大胆，并都是本乡本土的业余爱好者，观众们都揪着心，让人感到不可思议。队伍里边还有一小丑，抹着鬼脸，扭来转去，串着场，闹着傻故事，朝着观众噘嘴、扭头、弯腰，窜到高跷队伍的当中去，逗得大人小孩哈哈大笑。

这支队伍刚过，随着后边来了一伙抬花轿的，轿里边坐（实际是扭着两手，驾着轿两边的架子）一位扮演花媳妇的，头戴着莲花，描眉画眼，抹着红嘴唇，随着前后抬轿的人，踮着脚，走着花样，弯腰扭动，“她”还装出害羞的样子，有时像戏剧演员，一只手挑着小手绢，放在脸旁，歪着头，斜着眼儿，往旁边偷视，显得是那样拿娇、扭捏，不过她和抬轿的人们一起扭动得还很协调。抬轿的人的脚步交叉着和两手架着的花轿杆，随着胳膊前后左右摆动着，使花轿上面的装束丝绸和缎子料，闪闪的左右漂移，整个花轿摆起来是那样的美妙，像花蝴蝶。这个队伍里还有一位傻老婆，一时人们的吸引力又集中到这里，这傻老婆，手里拿一把扇，头戴一顶老年妇女的毡帽，身着肥肥大大的紫底红花颜色的大襟（衣扣在左臂那边）上衣，下身穿着肥肥长长的红

裤子，扎着裤脚，裤腿往下垂着，像灯笼。探着腰，摆着头，斜着眼，瞭着眼皮，摇着手中的扇，翘着下嘴唇，哇顾着嘴，僵着鼻子，闹着傻故事，逗得观众哈哈大笑。弯着腰在花轿前后左右，闹着丑婆子的傻样子，在花轿周围，串来串去，逗得大家笑得前仰后合。

笑着，笑着，大家叫起来:“快看！西边又来了一个划旱船的队伍！”嚷着，嚷着，那划船的队伍来在我们面前。在嚷声中，我定睛一看，船是用竹木或秫秸扎成，周围围上鲜艳的丝绸缎面料，丝绸缎面料的下垂边沿，还挂着鲜艳的穗头，船身已晃动，像水波荡漾。一人在中间驾着，腰间也蒙一丝绸布料，和船形成一体，像坐在真船状，还有一人手持一花船桨，这两个人既歌又舞，旱船周围还围着一群扭秧歌的，活灵活现，两手舞着扇，做着各种花样，一会这样扭着身子并蹩着脚，一会又那样弹跳，划船的人摆动着船身，摇晃着身子，描着的眉，画着的眼，这边瞧瞧，那边看看，船桨往左，往右两边划动着，像真的行于水上那样逼真。街道两边的人们，一边喊好，一边鼓着掌，大家一起乐和着。“呵！别急，

秧歌

后边还有更好的！”

有人话音刚落。“哇！”大家高兴地喊起来，扭、跳、舞鼓子秧歌的来了。哈！说道鼓子秧歌，我先聊聊它的渊源。据老人们说，鼓子秧歌是我们那一带喜闻乐见的节目，它距今已有两千多年的历史，它源于我们当地，在我们当地发展传承下来。

说道鼓子秧歌，说来话长了，据当地百姓说，在北宋年间，山东省商河一带连年受灾，包公从河南到此放粮，赈济灾民，并由他的属下，为了鼓舞当地百姓的赈灾意志，把鼓子秧歌传授给我们这一带。后来当地百姓为了纪念包公为民赈灾、访问贫苦百姓，以示感激之情，所以每逢过节人们就舞起鼓子秧歌，一年一年流传至今，已成民俗；还有一种说法，鲁西北和鲁北之地居黄河沿岸，深受黄河灾害及战乱之苦，同时又受益于黄河之润，在长期的与黄河带来的灾难和兵戎交战抗争，黄河之水滋润着当地的土地、滋润着当地的干燥气候。在与灾害和战争中的抗争过程中，利用棍棒刀枪，畚、镢、锨、镐、棍杠、夯、刀、戈、盾、矛等工具，磨炼出了一种粗狂豪放的性格，练就了一身硬功夫，又与黄河滚滚、浞浞的流水之声共生共存，奏出了共鸣曲，自然哼出的调子，通过大人小孩对这些劳作抗争的动态的提炼，利用休闲文武杂耍，编排成一种花样繁多的鼓子秧歌，来庆祝新年佳节，祈求来年的美好生活，并丰富新年欢乐生活的文化需要，以感天、谢地，加大提高过新年的欢乐氛围，年复一年的庆祝，新年的味道一年更比一年浓，为新年添光加彩，便形成每逢过新

年，便奉献的习俗节目，它无不显现出我们先民的智慧和才艺，可见过新年这个节日是多么的隆重，从隆重中说明我们先祖对过新年是多么的重视。

从以上您可知道？现在我们这一带，正在进一步深入挖掘黄河文化资源，在原有的文化基础上做进一步的创新，那就是将黄河文化传承和经济发展有机融合，打造成沿黄河文化旅游产业带，现已展露出风采，如已建成的博物馆，其中有二十个主题馆，展示黄河的地址，历史变迁和文化生活等。2021 年 1 月 3 日已由央视新闻播出，这一挖掘和传承创新、播出，又为黄河的文化传承，进一步发展创造了良好的条件，为百姓了解黄河文化的历史，传承、发扬黄河文化，创造了良好的条件，并开辟了一新的旅游景点，为发展当地经济打开了新视点。

从舞秧歌当中看出演员们那灵动的舞姿、装束、道具的样式和运用，它是当地百姓生活习俗和历史经历的汇拢，文、武、劳作表演齐全，经过两千多年来的提炼，里边的每一个动作都是习作中的精华，既细腻又豪放，无不看出它来自自然生活的实践，用文化的手法把它记载下来，回归自然文化生活的需要，并用精练的手法把它编排出来，奉献给新年这一重大节日，为新年添光加彩，弘扬中华文化，千古不衰，它来自自然，回馈自然。所以它在我国已形成传统文化的精华，在一代代先人的努力下，传承至今，这简直是我们当地先民的一个伟大的创举。

由此，对以上关于鼓子秧歌的渊源说法，我更看重第二种说法，因为它更符合我们当地的生活习俗。

我们站在秧歌队的两旁观看着，在秧歌队中有一敲大鼓的，头顶蒙一带圈的黄布巾，身着黄布衣，腰间扎一条杏黄腰带，手持鼓槌，挥臂敲击着，整个形体也随之起伏着，显现出黄河之子的豪爽之气。听旁边的大人们说，这位敲大鼓的，是音乐组也是整个秧歌队的总指挥。

舞者们分文、武两部分，表演的项目相当丰富。如前面有一男演员，手里举着一把伞，扭起来，显得是那样的飘逸和流畅。一会儿顺方向，一会儿逆方向。后边的舞者们有的同样手持一把伞，和前面持伞领舞者一齐旋转着，使花伞一会儿上，一会儿下，一会儿弯腰，一会儿将那花伞斜上旋转着，一会儿又弹跳起来，伞面边沿的丝绸，随风飘逸，鲜艳美丽。一会儿又直上旋转，一把把花伞像硕大的蝴蝶在空中飞舞，显得缥缈轻盈，观众纷纷鼓掌叫好，场面非常恢宏壮观。然后再由那些舞伞者，将旋转下落的伞，仰视伸手接住。

悬在空中的花伞刚落在演员手上，他们又左右地舞动起来，不断地变换着花样。后边的演员们有的一手持鼓，一手持鼓槌，持手鼓的舞者随着音乐组的大鼓点声敲击着，使得节奏特别明快整齐，伴随着手举伞的舞者们，他们双脚交替弹跳着，像旋风一样，身体前后左右，来回旋转着，做着各种花样，舞姿跨度大而流畅，粗狂而豪放，做着各种变幻多样的花样，一会单腿蹲地，另一腿斜伸出去，一会两脚尖着地，似蹲非蹲，敲击着花鼓，一

会又一脚着地，另一脚挑起，手朝着斜上方，举着花鼓敲击着，像飞奔而起，使人看这又看那，目不暇接、眼花缭乱。

一组男演员和一组女演员随着跳起热烈的鼓子舞。女演员手里拿着鲜艳的舞扇，舞动的花样繁多，两手一手拿扇，另一手搭在后腰间，拿扇子的手将扇子举在耳旁闪动着，左右倾斜着腰，一会儿左一会儿右，歪着头，来回旋转，扇叶在手持下，像天鹅闪翅，踩着鼓点，时快时慢。她们身着红花衣，脚穿着大花鞋，碎碎的小步前走后倒，蹩着脚尖，又像芭蕾舞演员。另一种舞者，男演员身着蜡黄衣，头戴紫头巾，脖颈上挎一拴着花鼓的绳，花鼓像小脸盆大，摆在胸前，两脚尖交替着弹跳，两手拿着鼓槌，敲着花鼓，伴奏着每一种舞姿，演员们载歌载舞，和舞伞的，打着手鼓的，闪扇的，大家圆着场，使节目冲到了高峰，使场面非常活跃沸腾，让人们感觉整个节目舞、乐，配合得是那样的协调和美妙。大家观看着，个个欢欣鼓舞，称赞着，欢呼着、雀跃着，还有的模仿着，享受着我们先人为我们留下的珍贵的文化遗产。

说到鼓子秧歌，它就发源于我们鲁北和鲁西北地区，这里边还有一小插曲。我们国家由于 20 世纪 50 年代末，60 年代初，遇上了自然灾害，一直到 1966 年人民生活走上好转的路，这期间乡村文化活动别说平时，就是逢年过节也很少，有些传统节目处在失传的边沿。为抢救一些传统节目，在我们当地，尤其是鼓子秧歌这样土生土长的传统精品节目，很多人为此作出了贡献。如鼓子秧歌，于1979年，山东省鲁西北地区的艺术馆领导们，不畏劳苦，那个年代还很少有轿车，他们便骑自行车，想尽一切办法，到乡下尤其是到商河县（那时的商河县，还属于德州地区的辖区，20世纪90年代划归济南市）寻找会鼓子秧歌的老人，集中到德州地区艺术馆，通过大家的回忆，你回想到一招，他回想到一举手投足、转身弹跳，千方百计地苦思冥想、回忆，哼曲，经过一段时间的深入研究总结，才拼接起了鼓子秧歌的每一个动作和曲目，使大家集思广益把记忆又唤醒起来，这才使节目修旧如初，婉转流畅起来。终于把这个节目挽救起来，并培养了一批新人，又使民间的文化生活像先前活跃起来。2006年5月20日鼓子秧歌经国务院批准，已被列人第一批国家级非物质文化遗产名录，它将被传承下去，留给后人这一文化精品，这是山东人的骄傲，我们还应感谢当年的德州地区艺术馆那两位务实的馆长，一位是国家古琴传人庞玉珠，另一位是夏斌馆长，可惜他们都已辞世。大家怀念他们，为国为民，挽救了黄河的古文化艺术，向他们致敬!

当人们正观看着这鼓子秧歌赞不绝口时，这花鼓舞演员们打着圆场还没走远，后便接着来了哗啦啦的响声。我刚想回身，姐姐朝响声那边说着:“快看，这边打捞子的来到了。”啊，我转眼一看，一方队身着浅绿色衣服的方队朝东走过来，个个头戴白毛巾，模样像我国大西北地区，扮演王二小演员戴的头巾样，每人都手持一根竹竿，竹竿两头拴着铜钱儿和彩色布条，一动就哗哗

响。接着舞龙的，玩狮子的等一一从人们面前走过，从这条街串到那条街，远处望去像一条长龙，并鲜艳夺目。最后来了一组跳竹杠的，他们带着乐队，八人一组，分两边蹲着，对应一边四人，八根竹杠，正好对方每人持竹杠的一头，对应地持着竹杠，随着乐队的鼓点，他们操动着手中的竹杠，使竹杠间上下平行着，并等分着竹杠的距离、负责跳竹杠的人，也按着鼓点竹杠的分合，随着节奏，在竹杠分开的那一刹那，用脚尖在竹杠的空隙间弹跳过，看到他们好像在跳舞，屋子是那样的优美。我心里特喜欢这项活动，好羡慕呀，可惜那时参加元宵节活动的，都是当时的青壮年人，长大后参加工作了，在我们当地这个节目也在慢慢地消失了。这些年来，跳竹杠人的舞姿，脚尖在竹杠们碰撞后，又分离，又碰撞后的间隙空当中弹跳的协调美，它一直牢牢地记在我心中，向往着，有机会我也参与其间，学着弹跳。啊！机会来了，去年冬天，我在海南三亚的一个宾馆住了几天。晚饭后遛弯，来在了一个偌大的小商品市场，碰到一群人在热热闹闹地跳竹杠。

啊！天生爱运动的我，心里顿时兴奋起来，想马上参与其间。但我随着又消极起来，心想，人家能让我体验一下吗？我凑到跟前一看，在那看热闹的人谁都可参与其间，试着、跳着，嬉戏着玩，凑热闹，在场的专业演员还专门辅导试跳人们弹跳的要领。人家搞这项活动是义务活动，就是为了烘托市场的气氛，还有专业人员身着少数民族的服装，发髻的形状，就是少数民族的

跳竹杠

发型，有人说，看他们的面相也是少数民族。我一看，心想，他们崇尚文化传统，对传统文化更加有乐趣，保护得很好。在我们这一带，这个文艺节目，现在几乎看不到了，面临失传，但在他们中间还活跃着，并保存下来，传承到现在这是他们的美德，对古文化的尊重。这不得不引起我们的注意，应向他们学习，保护传承好传统文化，这是我们国人的义务。我一看想参与，但又怕把我的脚碰着，心想有辅导的，怕什么？随之又兴奋起来，专业人员一看我也想参与，于是就拉着我的手，告诉我一些要领，给我壮着胆，协同我，随着音乐的节拍和竹杠的碰撞的节奏，脚尖在竹杠的刹那空隙间一个一个往前踮着，好美妙呀！和手持竹杠的人们协调起来，我心惊着并弹跳着、愉悦着，在协同人员的辅导下，跳过一遍，觉得好轻松愉快，自己又单独跳了几遍，还和旁边爱好者一起跳了几遍，嘻嘻哈哈，说说笑笑，互相鼓励着，互相交流着，愉悦着，跳得出了汗，觉得好舒服轻松呀！在这里实现了我多年的愿望。

在我们那一代，元宵节这天早晨吃元宵，中午包水饺上供后

食之，最热闹的还是元宵晚会，晚上观灯赏月和猜谜语。

直到现在还使我记忆犹新的，大概是1955年或1956年。父亲因工作忙，从单位回来的晚一点，我们兄妹几个为了观灯，急不可待地盼着父亲快回家吃饭，当父亲回家后天色已晚。我们急急忙忙吃过饭，就想往街上跑。母亲看我们慌里慌张的，说我们要沉住气，吃饱了，穿暖和了再往外跑。我们又多吃了几口饭，随着哥哥、姐姐，叽里咕噜地跑出了家门。

哈哈！听、看，大街上鞭炮已响个不停，随着响声，散出的火花在空中四溢，把我们一个个惊呆了。一轮皎洁的圆月，已高高地挂在晴空万里的东方，像悬在东方空中的一个圆圆的火球，特别明亮，给人以特意的美美、玄玄的立体感，不愧为新的一年的第一个圆月。当我们再看整个胡同，家家户户门前都挂上了各式各样的红灯笼，长长的南北胡同，像一条火龙。朝着那飞向蓝天的鞭炮声望去，美美的圆月明亮如镜，散射出柔美的光线，挂在高高的树梢以上，将柔柔的光洒向人间，洒向大地。月光、灯光交融在一起，再加上飞向蓝天的爆竹火花的光，还有高高的天空中那闪烁的星光，各种光线融合在一起，靓丽而宜人，观灯望月，使人觉得心境特别的明亮愉悦，好爽啊！我们小朋友们高兴地活蹦乱跳。

胡同里的大人小孩们说说笑笑，早一步走出了家门，走出胡同。我们兄妹几个，跑着撵上他们，和小朋友们一起蹦蹦跳跳，一边观望着周围，一边快步小跑，走出胡同。

和白天不一样的是，再往东西南北大街上的交叉口一走，啊！到处灯火辉煌，流光溢彩。原来大人们已点着着[illegible]的火，发出噼噼啪啪的响声，夹杂着鞭炮声，那烴火之间的距离，约距几十米一堆，一堆堆的火苗正冉冉向上，散着耀眼的光芒，整个村庄天上、地上，到处光芒四射。现在我想，当时的欢乐壮观景象，比西方的狂欢节还热闹。

大家走着，扒开嗓门大声地聊着。至今我还记得，本族中的一位少爷爷给我们讲：“每年的正月十五闹元宵，关键在一个‘闹’字上，这个闹，可不是打闹，就是采取一切，各尽所能，以极大的限度，闹得热火朝天，把能歌善舞的等人们的才艺、才思发挥出来，才能烘托出过年的气氛，为闹得来年得到一个更好的年景，赶走邪气，垫个好兆头底气，鼓舞士气，增强百姓争取新一年的美好生活的勇气，所以闹得越热闹越好。”我们侧耳细听着。我家对门的大哥哥说：“爷爷说的是呀！人们都盼着有一个好年景……”大哥哥刚想再往下说什么，少爷爷家的小姑手指着说：“咱们快走啊，你们看大街上那么多人了。”

大街小巷，家家户户张灯结彩，院子里和大门洞都挂上红灯笼，当然晚上家家门户红灯笼一点，五光十色亮起来。虽然那时科学还没发展到现在这个程度，还没有电灯，但元宵节这天晚间，到处灯火通明，五彩缤纷，各种灯笼挂满了大街小巷，怪不得古人说：“光耀九天能夺月，辉煌一室胜悬珠。”有龙灯，有宫灯，还有鱼灯及荷花灯和大公鸡的灯，你可知道这各种各样的

灯，都是百姓中的能工巧匠制作而成的。我父亲虽不会扎那复杂的灯笼，但每到这时，也要显现他的身手。

这一年，父亲买来一些大红的纸，给孩子们做起了小灯笼。他先是把做灯笼的纸材，根据做灯笼的大小裁成半圆，然后把这些半圆纸张沿着圆弧线的边，每一张在每一页的边沿处，每隔三厘米处抹上一点浆糊，每页沿边抹的位置都错开，做成后提起来更好看。一张张整齐地粘起来，然后在把正面和反面对折起来粘住，便形成一盏圆灯笼（可大可小，根据自己的意愿）。当然父亲给我们做的是小灯笼了，父亲在给我们做完这小圆灯笼后，再把这小圆球似的灯笼上边沾上黄边，拴上提芯。底下外边再粘上一个穗头，既鲜艳又靓丽，还美观，让我们元宵节和小朋友们提着玩，游走在观灯的人群中，大家都投来羡慕的目光，我们心里则美美的，这是爸爸亲手给我们做的，还感到自豪。

记得这一年元宵节傍晚，夕阳已西下，余晖慢慢消失，元宵灯会将要开始，但月亮还没高高挂起，天空中繁星似锦，闪闪发光，眨着眼似乎在期盼着灯会的开始。我们提着父亲做的小灯笼在等待观灯的人群中，正游荡着。突然，大街小巷都亮起灯笼来，到处布满了各色各样的灯展，哈，我们小朋友们马上都脑洞大开，忙得我们目不暇接。

首先我和小朋友们一溜小跑，穿过我家门前的长长的胡同，跟着人群来在了大街上。啊！整个大街已亮晶晶起来，挂满了各式各样的红灯笼，有植物样的，还有动物样的，更有动物植物都具备合成一体的。如植物的，有的像个大石榴，还有的像小房子；动物的，有的是龙腾虎跃，还有的是百鸟朝凤、雄鸡高歌、猪八戒吃西瓜等等。我们小朋友特喜欢那小鲤鱼跳龙门，这种是动植物合成的。那龙门的门框都缠绕着各种龙，龙头朝上像腾飞，小鲤鱼蹦出水面悬在空中，头朝向龙门，红红的尾巴梢，弯曲着身子，鳞光闪闪，瞪着俊俏的双眼儿，朝着龙门跳去的样子，既生动，又逼真，还活泼，特别有意思，真是栩栩如生呀。

大人们一边观看着，一边议论着，还一边走着。一位老人说："这个传统手艺做得很逼真。"说完手牵着几个孙子往前走，他们和其他小朋友们一样不愿离开。还有许多小朋友也提着自家制作的小灯笼，各式各样，一边观看着，一边互相比试着，看谁的更亮丽。在比试中，观看中，还有很多文娱活动，真是热闹非凡。一会儿在白天表演的那些文娱活动又活跃在我们眼前，这有扭秧歌的，那有踩高跷的，还有打捞子的、打腰鼓的，在灯光的照耀下，和白天比起来，别有洞天，到处锣鼓喧天，使整个元宵的夜晚活动跌宕起伏，热闹非凡，觉得整个村庄都沸腾起来了。不，邻近的村庄也传来了锣鼓的欢乐声，走在大街的村庄口边，往周围瞭望，村村灯火辉煌，闪闪烁烁。天空中的星星们似乎也活跃起来了，个个像眨巴着亮晶晶的眼睛，笑眯眯地望着人间的欢腾和跳跃，真是世间万物同欢庆呀。

一会儿空中的圆月已越过了树梢，亮丽地高高挂在东边的天空上，像一轮圆盘，不，像一个大大的篮球，色泽红亮而透彻，

射出金色的光芒普照下来，洒向人间。正像崔钟雷所编《对联》一书中所说:“春色无边，良宵玉宇初圆月。太平有象，火树银花不夜天。”又有人说:“月明星稀。”旁边有位老翁听后，接话茬说:“这是三国时期的曹操说的，后边还有一句是‘乌鹊南飞’。”不管谁说的，我倒是觉得不是月明星稀，是星星一个一个都没少，而是它们高兴地把新一年初的圆月盼来，把人间这样的美好欢乐时光，让月亮老人前来共享，即使天空中的八大行星也躲在后方眨巴着眼睛保护着月亮老人，这是它们在尊重爱护月老人，恐怕有那更遥远的星球赶来观赏，影响月老人的视野。人们看到月老人已高高地挂在天空，天上人间互相呼应着，人们更加兴奋欢腾起来，开始观起了灯。这时大人们便熙熙攘攘，议论纷纷，慢悠悠地逛起来。一会儿我们跑在了大人们的前头，哇！朝我们村中的大街小巷精心一望，现在给他一个词，那才叫火树银花不夜天，真的像古人们的门脸上写的:“光耀九天能夺月，辉煌一室胜悬珠。”特别是东西南北大街上，每条大街上，都像悬着条大火龙，灯光闪闪。那时在农村虽然还没有电，但已有电池和手电筒的灯泡，用在各种样式的灯具上都亮晶晶，还有那蜡烛点着的灯、棉油灯、煤油灯。有的借助高高的树干，新年前，已入冬，树枝的叶脱落，在春节前后，还未长出绿叶，特别是沿街的那些大杨树上，都挂满了各式各样的灯笼，大宫灯、小金鱼灯、蟠龙灯，狮子灯。还有牲畜、家禽灯，如，玉兔、大肥猪、牛、马灯。总之，各种灯笼里散发出强弱不同的光，而强弱不同的光，互映，给人一种柔美感，展示着各家的技艺和欢快。

再看那家家门户挂的灯，更别出心裁。还有的自己家做的红灯笼更富有新年的生活气息，有的做得像大鲤鱼，象征年年有余。有的做得像宝葫芦，祈福全家平安，福如东海。还有的做得像大南瓜、红苹果，象征着平平安安，瓜果飘香。一样，一样，又一样，花灯的样式虽然多，不管大街小巷，千姿百态的灯样子，但它都来自百姓自己的手。它显示着我们当地的百姓的艺术能力和丰富的想象力及它深厚的文化底蕴。

和除夕之前不一样，除夕之前，家家户户忙年货，备过年的物品。而元宵节之前，家家户户忙做花灯，备过元宵节的食料，还有做花灯的材料，更有意思的是，很多家庭还琢磨几条谜语。到时让大家都动脑，笑话连篇。

做花灯，我家每年也自己做几样，那就是父亲大显身手的时候了，每到这时，我们孩子都围着看。我们最喜欢父亲做那花灯的样子像大火球的那种，挂起来层层叠叠，翠红翠红的，像红葫芦，外底层再配上黄色的穗头，真是光彩照人呀！当然除此父亲还做几样别样的花灯。那时我们每年都提着父亲做的花灯，和小伙伴们一起去观灯，这年又是。

看吧，街上到处灯笼火把，墙上、树上、门上，处处是各式各样的彩灯，展示着家家户户的才艺。我们的村庄又大，人口众多，邻村的人们也前来观灯，到处人山人海，欢歌笑语。人们比试着，互相观赏着，议论着，你说这个好看，他说那个漂亮，有

的看到那带棱角的框边镶着的玻璃上，还画着弥勒佛的图像，有的画是穿着古装的小朋友们争着给同样穿着古装的老人在拜年，画面好生动活泼，灯的下面也挂着鲜艳的穗头，很多人向这盏灯笼投去喜爱的目光。有的说：“这盏灯既喜悦，又文化，还彰显着过年的气氛，很有故事。”更有意思的是，有的彩灯旁，还挂着一条条彩幅的谜语。人们便驻足，你猜他也猜。记得其中有一条幅上写着：“红辔头，绿罩头，里面燃着火苗头，底下似垂马尾头。”这一谜语，旁边写着打一物。人们都琢磨着，这时有一位大姐突然灵机一动说：“我猜着了！就是红光灯笼。”大家往条幅后面一看谜底，都为她鼓掌，她高兴地弹跳起来。

大家慢步着，观赏着，我们跟着成年人继续往前走，至今还使我记忆犹新的一条谜语，打一字：“兴字头，林字腰，大字底下把火烧。”大家又你猜，他猜，我也猜，有的按着脑门，就是猜不着。正好有一位长者站在其中，高高的个子，温文尔雅，不声不响，默默地思索着，大家的目光都投向了他。一会，那位老先生不慌不忙地告诉大家说：“这是咱们常用的烧水的爨子的‘爨’字吧。”这时有些成年人受到了启发，异口同声地说：“是它，就是它。”从那时起孩子们拿来当顺口溜，并猜着玩，我也就背得滚瓜乱熟了，有时还拿这个字和小朋友们在一起调侃逗着玩。

从以上这个谜底的‘爨’字，中国的象形字是多么的奥妙，从字形上就能看出它的来历，它是烧水用的一个盛水器具的名称，就类似一把烧水壶，它名字叫爨子。因为从远古到上世纪五六十年代以前，在农村烧水做饭还大部分烧毛柴的，电没有，煤炭也很少，烧水时，将爨子盛好水，放在一个铁质的炉架上，爨子底下铁架里再点着火就烧起来，直到水烧开，就沏茶饮用了。爨子这个器具的形状，就像一个凹凸的凸字倒着类似，只是在上边再加一像篮子的提心，就像那爨字的形状了呀。它的质地是金属的。现在我想，当时人们用它烧水，可能是水开得快吧，因它接触火苗的面积大。那位长者在猜到这个字的谜语时，大家都向他投去羡慕的目光，因那不单是一个笔画繁多的字，又不常用，所以很难猜得到。只有那位长者从它的结构，想到了它的形体，便猜准了，这位长者真是一位有才思的人啊！

大家羡慕着那位老人，都沉思着，继续漫步在流光溢彩中，仰望着，路两旁高高的两行大杨树，叶子被年前的秋风扫去，展现出枝杈之间的透明度。杨树的枝头上一圈圈挂上了六棱的大灯笼，灯臂上写着偌大的福字，被刚崭露头角的大大红红的月亮的光线一反射，那红灯笼显得是那样透明光亮，又大又黄的福字被里外的光线一照，映入人们的眼帘，给人们带来幸福美满感，另外有的红灯旁挂着条横幅的谜语。

曾记得，其中一幅条幅上写着与明月有关的谜语，即“十字对十字，日字对月亮”。谜底写着“打一字”。哈，一看我好高兴呀！记得，当年我虽然刚上小学二年级，可平时在家里，我们兄妹几个也常出谜语猜着玩。想跃跃欲试说出来，我刚想说出谜底，又不敢，唯唯诺诺。“朝阳的‘朝’字。”突然，另一个家

族的一位大哥哥举手喊出声来。随着大家的掌声响起，我好扫兴呀！抱怨自己没喊出去。现在想，小时候好可笑啊！真是童心无忌呀！一会又高兴起来。一开始只顾猜谜语，没顾及到一轮圆圆大大的月亮，就要爬到树梢，红红的正和灯笼们比美，那些圆圆大大的灯笼们在高高的树枝上，也高悬在空中，如果站在一个侧面，使月亮和灯笼在我们的视野中都在一条线上，远处望去，美极了，使整个空中光鲜照亮，照的我们整个村庄银光素裹，灯笼们被风一吹，摇摆着，月亮像灯笼们的大大的粉红色轴心，温文尔雅，照射着大地照射着人间。人们在这月光灯光的照射下，议论着。有人说："今天这个朝字的谜语出的好里边含一个日子和一个月子，并成明字，应验了元宵节晚会好兆头，明月高照。"还有人说："是呀，'八月十五云遮月，正月十五雪打灯'去年八月十五时天蓝月圆，你们看，今天的月亮还真的特别明亮、圆，给新的一年送来好兆头。"随着话音我们仰望起蓝天，那轮皎洁的圆月，在刹那间，已鸦雀无声地爬到树梢以上，光线更加明亮了起来，照得大地和人间，红里透白，白里透红，胜似银光素裹，有叫不上来的美。

在喧嚣声中，我呆呆地望着那高高的已越过树梢的圆圆明月，随着他的升高，他的颜色已有粉红色，演变成杏红颜色的，给人以舒适的美。我仔细地端详着这圆圆的明月，看到在他的中间还隐隐约约地有一幅图案，便想起奶奶教会我的一首词句："月姥姥明堂堂，进去门洗衣裳。洗的白，糨的白。贪了个女婿不成才，去他一边的老灯台。”这首词句，虽然不长，在我幼小的心灵里，产生了对月姥姥的敬重。自己自言自语地说：“月姥姥不但光照人间，还是人间勤劳的好榜样。”我刚想到这里，当家的小姑告诉大家说：“那个谜语朝字里还有两个‘十’字哩。”旁边的人听了夸她好聪明，并说：“这象征着新年伊始，人们的生活就十全，十美。”大家一致赞同，都说这个谜语出得太好了。

就这样，大家一边观望着，一边走着，有的一边思索着，欢笑着。一条条谜语，一盏盏灯，闪烁的星星在皎月后面露着笑脸，眨起了眼，也不显得逊色。月光、星光、灯光，还有爆竹声声，将散出的火花送上蓝天，试与星光比灿烂。这光那光，光光交相互映，使元宵晚会既光彩夺目，又欢心嘹亮，鼓舞人心。

如果赶上一年，遇上正月十五雪打灯，各种花灯更是别具风格，和沙沙的积压的洁白雪花的光一反衬，显得盖在地上的雪花和灯光更加美丽，光亮夺目。雪光灯光、爆竹声声射出的火花，像洒出的天光，它们相遇一起，照得大地光芒四射，别有洞天。俗话说：“这叫瑞雪兆丰年。”

哈，我们正观赏着各种灯笼，猜着各样的谜语，突然，在不远处传来了锣鼓喧天的声音。一看，敲着鼓打着锣，舞龙灯的团队来了，人们鼓着掌，整个村庄更加热闹沸腾起来，不，似乎整个宇宙都大放光彩，奔腾。一会儿，我们村庄的锣鼓声和周围村庄传来的锣鼓声响成一片，震撼着大地、响彻到云霄、耀眼了宇宙。

是呀，我们小朋友也顾不得自己手中的小灯笼，便高兴地拍着手跳起来。看那舞龙的，不，和白天舞的龙不一样，这是晚间舞的龙灯呀，别具风采呀！制作龙的材料，是用竹子和木质料做成的，一节节地连起来，每一节中都有一盏灯，用的还有纸和布。被舞的两条龙，全身灯光粼粼。一条黄色的，一条红色的，都那样的闪亮耀眼。看那龙头，瞪着闪亮的双眼，口含着龙珠两掌朝前，还有那龙须，随身摆动，鳞光闪闪，有舞龙的几个师傅头上系的毛巾，两头的边角朝前系着，像我国大西北男士唱民歌时头上系毛巾尖的样式一样，前额上的毛巾尖部，随着头部的摇晃闪动着，显得是那样的活跃、灵动。

看，舞龙灯的师傅们的站位是那样匀称，用他们的手中的木棍拖着龙灯弯曲的身躯，拉开长长的距离，弯弯曲曲，扭着，并随着鼓点的伴奏声，上下舞动着，蜿蜒的龙身闪烁着红、黄交替的光亮，和皎洁的月光相互辉映着，和大街上的各色各样的灯光争光夺彩，射出耀眼的光芒。师傅们舞动着他们手中托着龙灯的木棍，旋转着，来了一个三百六十度，像真龙盘身。领

舞龙

头的师傅举着龙头从高空往下俯冲，一会儿又婉转攀升，真是生龙活虎，那样逼真，美极了，靓丽的长长的身躯在空中驱动着，突然俯冲下来，犹如真龙下凡。观众中一阵阵掌声雷动，呼喊着，叫着好，人们纷纷议论着说:“这才是闹龙灯呢！”师傅们舞动得更欢快，锣鼓的节奏更急凑，声音更震撼，一个高潮接一个高潮，环环紧扣。大家观看着，交谈着，在我们旁边有几个成年男女交谈着，议论着，听他们说:“这种上千年的民间艺术能传承到现在就已经很好了，别说技术这样高超，又有了创新，龙的眼珠，现改用了手电筒的灯泡，更加明亮耀眼。”在嘈杂声中，我们侧耳细听着他们扯着嗓门的交流。从他们的议论交谈中，我们小朋友意识到，舞龙这个节目多亏传下来了，不然，我们少年儿童是看不到的，这是有先辈的努力才得来的呀！听到成年人们的交谈，在我们的心灵里正意念着，突然那舞龙，盘曲着的身躯，昂起耀眼的龙头，携着盘旋身躯又扶摇直上。“嗷！上九天了！”哈，人群中一位老人激动地在雷鸣般的掌声中喊起来。我们惊觉地扭过自己的小脸，举目仰望着蓝天，被舞的龙灯正在高昂起着头，闪烁着光芒，独树一帜的奔向星空，是那样的耀眼和光亮。

现在我想，那是否在振奋我们国人的精神，是否在实现“敢上九天揽月，敢下五洋捉鳖”这一撼天动地的愿望传承？哈，国人的龙马精神真的被振奋起来了，终于在 2020 年这一新时代的开启之年，嫦娥五号探测器，奔向了月球，开启了我国首次地外天体采样返回之旅。据有关资料说，它不仅是我国航天史上的里

程碑，还为科学界的研究开启了一扇新的大门，为我们研究行星的起源和月球的演化提供了关键和宝贵的资料，也为探月工程的二、三阶段打下了良好的基础。终于实现了中华民族，敢上九天揽月的这一气势磅礴的伟大目标。不但这，还实现了蛟龙号的深海探索，这一伟大目标的实现，是我们中华民族龙马精神的巨大威力地体现，更是我国人民的骄傲。

是啊，你可知道？舞龙这种传统的民间艺术，不但在我们国家传承了下来，也传承到了国外。2019 年 4 月 19 日电视节目华人世界播出，为了庆祝复活节，在澳大利亚的华人制作了一条一百二十米长、直径一米七多的长龙，整个龙身龙头都是用竹子扎成，龙的外衣都是用丝绸装扮起来。表演起来，有近百人参与，当他们舞动起来，个个熟能手巧，运用自如，他们的身躯也弯如龙，整个龙身被舞动着，翩翩起舞，龙眼随着舞动在不断的转动，舞得特别壮观美丽、逼真，非常的气势，训练舞龙的都是华人的后裔，一代又一代，虽然这些人成了混血儿，面目已不完全像华人，但他们的祖籍都是中国，父辈们把这项民间艺术带到了澳大利亚，传承下来，并得到了发扬光大，创新、发展，这是一项奇迹，也是我们华人为世界文化的传承发展做出的贡献。其实这项民间艺术在我国也在不断地传承发展着，近些年每逢元宵节，我国各地也在搞着这项活动，并搞得热火朝天，也越来越壮观，有些都市并搞着比赛，选出最优秀的参加更高一级的比赛，传承这一传统节目。

这年我们山东省德州市，在元宵节一大早，一轮红日刚刚挂在东方，广场周围就挤满了人群。舞龙比赛在即，广场中心各系统各县的舞龙队伍一队队一列列，分成了若干个小组，一个小组有几个团队组成，个个跃跃欲试，急不可待，纷纷进入广场，站在台阶上一看，人山人海。主席台上的评审团人员早已静坐待观审，两边的彩旗迎风飘扬，在红日照耀下更加光彩夺目，好不壮观，看来比起我在儿时观看的舞龙还要起色。广场周围的人群，叽叽呀呀，熙熙嚷嚷，预测着，你说这个团队准能取胜，他说那个团队要胜出，纷纷议论着、期盼着比赛的开始。

期盼间，突然，高音喇叭一喊："比赛就要开始了，各就各位！"喊着。马上几个并列的队伍，舞着长龙，从周围几个方向跑步进入了赛区，秩序井然。观众们鼓起了掌，舞龙的师傅们，个个精神抖擞，跃跃欲试，充满信心。一会高音喇叭终于喊出："比赛开始！"马上，第一个小组几个团队，高举着醒目彩龙，弯弯曲曲，先后快步进入了自己的领地。锣鼓一响，在观众们的欢呼声中，表演起来。舞龙的师傅们，踩着鼓点，有一走在前面的师傅举着龙珠，摆动着，领舞着龙头方向，带动着龙身，一列十几个人，个个生龙活虎。

各个团队队员身着不同颜色的衣帽，都和舞的龙，装束的颜色一样，有的身着黄色的，有的身着红色的，有的腰间系着腰带，大部分都是一身便衣，这大概舞起龙来比较利落。他们有的把龙装扮成黄色的，这叫黄金龙。有的装扮成粉红色的，这叫红

金龙。使被舞的龙彩色缤纷，特耀眼夺目。最醒目的还是那龙头，有点像马的头，较瘦长。据有关材料记载，这是龙和马的缘，在甲骨文中，某些龙字头部窄长，就有点像马的头（汉代王充《马与龙的文化缘》），装饰得都特别醒目。龙嘴中含着一颗大大的圆珠，看样子真的像龙吸珠，龙的眼睛在双双的眼皮中，光闪、体亮，转动着，闪着耀眼的光芒，龙的胡须有的下垂着，有的向斜上方张扬着，晃动着，拨动着蓝天白云，栩栩如生。龙身长驱，鳞光闪闪，在整个场地上，在各自的领地舞起来。随着鼓声，时快时慢，各个团队的师傅们踩着节奏点，快慢交叉，一会儿节奏快起来，锣鼓点，咚咚、咚、嘡嘡，师傅们随着锣鼓节奏的加速而加快了脚步，小步跑起来，双手舞动着，这条龙伸展开，那条龙又盘踞起来，还有的在举龙珠人的龙珠指挥下，龙头带着龙身上下摆动返转，各自围着自己的领地绕起来，摆动着龙首，带动着龙身起起伏伏着，旋转起来，跌宕起伏，使整个广场真的像龙腾虎跃，周围的掌声一阵阵雷动，人们的喝彩声、掌声、锣鼓声交汇在一起，大家看得起劲，舞龙的越舞越流畅，将整个场面沸腾起来。

接着这个小组的团队将结束，另一小组的各个团队，气势恢宏，在另一位举龙珠人的带动下，一个个团队带动着黄金龙和红金龙双双快速地又进入了赛场，高音喇叭又一声令下，锣鼓喧天，全场又舞动起来。各个团队的队列都有一位举着龙珠的舞者引领，一列列队员舞步矫健，随着锣鼓的旋律，观望着龙珠摆动方向起伏盘旋。一会儿双双跃起，一会儿卷起龙尾，起伏着龙身，高昂起龙首，像一座宝塔。龙眼俯视着宽广的广场上观看的人们和若干个团队，穿插着舞步，波澜壮阔，远处望去壮观极了。我们站在跨马路的桥上俯瞰，整个广场，像大海的波涛汹涌，五彩缤纷，将元宵节、将年推向了一个别样的高潮，鼓舞着人们。刹那间，看，那龙首又缠绕向上，龙身盘坐，龙首向上高昂，龙须闪动着，像一大大的日时针，看气势，每条龙虽然没有国外华侨做的龙身那样长，但群龙聚首，别具一格，评审员们不断举起小旗给队员们点赞。我想，这是在我国舞龙史上的一大创举，气势非凡，比除夕正月十五晚间，闹龙灯舞龙的场面更胜出一筹，和华侨带到国外的技艺创新各有所长。也值得和海外华人舞龙技艺互相借鉴着，互相传承、创新这新的技艺。它比起我儿时观看的舞龙更别具风格。儿时观看时是在长长的一条大街上，只是整个文艺表演团队中一支舞龙团队，表演的舞姿虽然也很舞美流畅，但队伍单薄，气势不如比赛的场面恢宏。使在场的人们更加饱了眼福。参赛的队伍已入场，我们确实预测得很准嗷！确实这套传统的中国文化艺术传承到现在实在不容易，这是炎黄子孙们一代代人认真保护传承的结果，才流传至今。这时，一组一组，几十个团队，经过激烈的角逐，已纷纷取得圆满的成绩，还有少数团队继续地赛着、舞着，一个更比一个耀眼活跃，技艺高超。蔚蓝的天空中暖阳照射下来，比赛接近尾声，人们个个欢欣鼓舞，在阳光的照射下，暖融融地议论着赞不绝口：“今年更加开

了眼界，比以往的花样更多，参加的团队也多，更加气势壮观。”人们带着满意的表情谈论着，称赞着，最后几个团队比赛完毕，评审团选出几个县级单位发了奖，其中也有不少平原县我的故乡团队，在场的家乡人民都欢呼雀跃。主席团主席给了表扬，作了总结，将选出的团队参加省级比赛。观众们给以热烈的掌声鼓舞，高音喇叭这才喊出比赛到此结束，大家又一阵热烈的掌声，经久不息，大家久久不愿离去。

说到此，你可知道，我们中华民族有关龙的传人起源的历史，又往前提了两千多年。那是 2019 年 4 月 25 日 CCTV4 播放了一套节目，叫《辽西探秘——寻迹查海遗址》，节目中播出了，在中国辽西查海地区一位农民整治土地时，发现一处别致的石堆图案，后经过考古人员发掘，原来是八千年前的石堆塑龙，这一发现把中国传统文化提前到八千多年。这一大惊喜对我们中华民族有关龙文化的传承有了更深的认识。从电视画面上看着，用石子镶嵌在地面上完完整整的一条巨龙，从考古结构图上看，石堆塑龙的痕迹完整地镶嵌在结构图上的中央，周围居住结构图分布有序，人们围绕着塑龙雕像扩展居住，石堆塑龙丝毫没受到扩展的侵扰。这就说明塑龙，在查海先民心中得重要地位。更值得一提的是在查海文物遗址发现的不仅仅是塑龙，还有更重要的关于龙的形象的两块陶片，据报道，在同一平面上，一块是龙尾朝上蜷曲，一块是龙身盘蜷，杏红色样的颜色，质地细腻，色彩均匀，它们的共同特点，是身体宽而平，有明显地压制成排的鳞片，质地明显高于其他出土的陶片文物。这些足以说明，在八千年前，查海先民们对龙已有了深刻的龙观念，中华民族是龙的传人这一传说的真实性，龙已是当时氏族社会的重要象征，查海石堆塑龙雕像文物的发现，也是中华龙文化悠久历史的有力证明。

当《辽西探秘——寻迹查海遗址》节目播到这里时，我对中华民族作为龙的传人有了进一步的认识，在我脑海中产生了一连串的联想。从图中看，查海石堆龙的雕像的位置在整个结构图的中心。至今中华民族一直还传承着这种传统的居住习俗文化，作为子孙后代，修房、盖屋，如有条件会依偎在长辈的周围，尤其是要在距离父母住址近的地方，这种优良传统自古传到今，不愧为龙的传人。从遗址的平面图看，住址分布结构有序，石堆塑龙雕像位于查海先民们集聚村庄的中央，就说明对龙的尊重和保护及依存。是否像我们祖祖辈辈家家户户，生活起居，按一个组群一个组群地都围在老人周围排列？从这一点证实，尽管房屋建筑不断扩展，但对位在整个结构图中心的石堆塑龙雕像毫无侵扰，我觉得这些都证明了查海先人们都对龙的亲近、感恩、尊崇和爱戴，并说明，龙作为我们中华民族的一种文化传承，我们中华民族作为高级动物的一个族群，是否就是由龙演化而来的？我们的祖先就是龙，是值得探讨的。自古以来，它就是我们民族的一种底气和精神支柱，鼓舞着我们奋发向上，我们中华民族在历史上经历了无数磨难，到现在久经不衰，那就是有龙马精神在支撑着我们。

可我又一想，通过石堆塑龙雕像的发现，是否在远古北方的

文化氛围比南方更发达？人类的起源更早？如，北京的山顶洞人头骨的发现。以后由于战争等原因，百姓南移，如，我国历史上的宋朝时代，最后形成了南宋是否说明这一点？

既然查海先民在八千年前把龙的形象已雕塑出来，并能制作成精致的陶器，把龙的形象表象出来，说明这之前就经历了一个相当长的过程，已形成根深蒂固的概念和文化底蕴，这是表象和概念的统一，这个概念和表象的形成，也要经历一个漫长的时段，少说也要有上千年，追溯起来，那前后合起来我们中华民族作为龙的传人，不应是八千年，而应已是上万年的历史呀！这么久远的文化历史，是我们中华民族的骄傲和自豪。

再说到这里，有关龙文化的起源很早就备受关注，据说，据有关资料的记载，有以下三种说法：第一种，龙是中国古人对自然界中的诸多动物和天象经过多元融合而创造的一种神物，其实质是先民对自然力的神化和升华。龙已成为中华民族的广义图腾、精神象征、文化标志、信仰载体和情感的纽带。第二种，柳宗元《龙马图赞》记载：明皇时，灵昌郡，得异马于河，其状龙鳞、蛇虺……后帝西幸，马至咸阳西，入渭水化为龙，游泳去，不知所终。第三种说法：《太平广记》四五二引《录异记王宗朗》："有群龙出水上，行入汉江，大者数丈，小者丈余，如五方之色，有如牛马驴羊之形。"从以上几种情况来追索，看来，确实有一种实体的庞大的活体生物存在，因它的庞大罕见，形又如善良勤劳奔腾的骏马行于水中，但它比马身要长，有时，它还腾于水面之上，这种气势和奔腾奋发的精神，也正是中华民族的精神所在，所以人们称它为龙，又把它的腾飞精神称作龙马精神，作为中华民族的象征和骄傲。最近更值得一提的是，我国的考古专家在四川省的三星堆遗址考古中，又发现了金属的神树和鸟等，据专家说，这一发现，可与埃及金字塔和空中花园比美，从这里证实了我们的祖先曾说鸟是通天的说法，这无不彰显出了我们中华民族的深厚的文化底蕴。

总之，把中华民族奋发向上的精神比作龙马精神，这是多可贵的精神依托呀！龙不管是在上古的住宅区，石堆塑龙和陶龙的制作或现在制作的龙灯，还是那水中真正出现的龙，这都是从它的形上来说的 。再从它的意义上来说，如甲骨文中的某些龙字头部窄长，就比较像马的头，如汉代王充《论衡龙虚》言“世俗画龙之象，马首蛇尾由此言之马蛇之类也”，又如《周礼夏官司马》:“马八尺以上为龙。”还有的古书记载，“马有三分龙性”，从形象上说，马是把高昂的头颅飘逸的身姿等贡献给了龙；从内涵上说，马是把刚毅、坚强、友好、善良、奔放、洒脱等品质贡献给了龙，使龙又具备了形与内涵的良好品质。从上古这些资料中可看出，龙和马一样，都具有头颅高扬、身姿飘逸、刚毅坚强、友好善良等特征集于一身。所以先人把一个人的不屈不挠、进取比作龙马精神，作为中华民族，已继承了勤劳善良奔腾不息龙马的品质，自古以来我们这个民族就以农耕为主，与自然灾害抗争，自强不息，在彰显着这种龙马精神。

纵观历史，这里边有一个过程，现在再回顾历史，几千年来中华民族，几经周折，抗击着外来侵略，如八国联军等帝国主义的入侵，就是以不屈不挠的龙马精神抗击着，使我们国家屹立在世界的东方。

时至今日，我带着内心的已知和半解，带着对朝鲜人民的友谊、带着对最可爱的人——中国人民志愿军的憧憬，我参加了一次朝鲜旅游。当我们走在志愿军烈士墓前，全体游客肃然起敬，手举着鲜花，眼含热泪，向烈士们敬献了鲜花，心情复杂，浮想联翩。当年我们村还有两位抗美援朝志愿军战士，万幸，抗美援朝胜利后又回到了祖国。一位在领导岗位，一位是普通士兵。这些年来，他们和其他战线上的回国志愿军战士一样，他们用毕生的精力，一直在为着我们伟大的社会主义祖国的建设贡献着自己的力量，直到生命的最终，他们是家乡人民的骄傲，是最可爱的人，展现出不屈不挠的龙马精神。

当我们从朝鲜旅游回国时，来到了祖国的边疆辽宁的丹东市的历史博物馆，看到了当时抗美援朝一件件真实的历史文物，在丹东讲解员的讲解下，对朝鲜战争前因后果，使我有了进一步的了解。看到了当时金日成将军给毛泽东主席的亲笔信，还看到了毛主席给金日成将军的亲笔回信，字里行间显示了中朝两国人民的友谊。

这就是龙的传人，就是龙马精神的再现，是中华龙马文化的精神力量。这一龙的文化经过了上万年的传承不朽，这是中华民族不断进步发展，具备了龙马精神的综合素质，使中华民族才从一万年前的氏族社会，发展到了今天的中国的现代化程度，我们中华民族的龙马精神，从这里进一步证实，我们民俗的东西就是发扬传承的东西，舞龙这一文化艺术经过上千年的传承经久不衰，一直活跃在民间并传承到全世界，正是我们拥有这种精神，并以这种精神传承，我们中华民族才为之自豪和骄傲，永远立于不败之地。

儿时，在年味里，游手好闲，一听大人们说进了腊月门了，闻到年味了。我们孩子听了特别高兴，欢天喜地，一直享受着浓郁的年味，在年味的娱乐活动中追求热闹、贪玩，看舞龙，只知道热闹，从不知去思考它的缘由。不过，随着自己年龄的增长，通过看书学习，加之耳闻目染，对龙的起源有了初步的认识。从图腾的形体上看，龙有马的影子，马有龙的形象，如果真的是一实体动物，龙在水中的游刃有余，再加上它的腾飞，确实给人以壮观和鼓舞感；具体到马，我曾在呼伦贝尔大草原看到过奔腾的群马，小时候又看到演杂技的，那枣红色奔马载着杂技演员，沿着一处辽阔的大广场飞奔起来，昂起它的头，撩起它的四只蹄子，甩开了它的马尾，脖颈的马鬃也跟着飘逸起来，飘逸的像丝绸，是那样的俊美。马儿飞奔的那种豪爽气势特别壮观，像大展宏图，把龙马的精神展示得淋漓尽致，在场的观众一阵阵发出雷鸣般的掌声。

还有一次，曾去内蒙大草原旅游，看到了赛马。赛起来，马儿们个个四蹄飞速向前交替着踮弹着地，四条腿急促交替向前奔

着，马鬃随着奔腾的身躯闪闪飘逸，马尾甩起来，不是飞，但胜似在飞，强壮的身躯，奔驰起来，已拉长，又像腾空疾驰的巨龙，它们那种奔腾的形象，无论是在杂技表演现场，还是在那广袤而美丽的大草原，马儿的那种非凡的奔腾形象，更展现出了马儿的潜在魅力，至今使我回想起来还倍感震撼和鼓舞。怪不得我们的先人把龙和马的这种游刃腾飞奋勇奔驰的精神作为国人的榜样，使国人不屈不挠，在困难面前一如既往，奋勇向前，经历了几千年苦难，永远立于不败之地。嗷，现在我终于明白了，是因为有龙马的精神在支撑着我们，这一精神就是我们国人的无价之宝。这是多么值得我们国人继承发扬的呀！

随着年龄的增长，经历着的年也越来越多，所见所闻的新年故事也越来越多，对年更加深了理解。现在我还悟出一层意思，对新年这种文娱活动，舞龙，鼓子秧歌等，我们的祖先不单是为了娱乐活动，它里边还有更深刻的含义，那就是一种文化地传承，是龙马精神的传承，更是对发扬龙马精神的一种鼓励和启发。通过这些活动，告诉他的子民，只要具备了龙马精神，以龙马精神为依托，在这地球上，遇到任何风浪，不管是人为的也好，还是自然的也好，就会永远立于不败之地，接过先民五千多年来生存密集，一代一代传承下去，让我们的子孙后代，一代更比一代强，使我们的国家永远茁壮地屹立在世界的东方，在整个宇宙，展现我国人民的民族气节。

我们小朋友们正在仰望着那扶摇直上的舞龙，在人们的嘈杂声中，在锣鼓喧天声中，舞龙继续着，还有许多二雷子一个个嘭嘭地响着，飞向天空，送去人间的欢乐，天上人间呼应着。踩高跷的那装傻婆子的，身穿紫上衣，头戴假发，假发上的簪子斜插朝上，满脸涂满了皱纹，歪嘴斜眼。手里拿着一把羽毛扇，在高跷上来回地呼扇着，另一只手指还指着一位装老汉的打逗着，使出了浑身的解数，是那样的滑稽，逗得人们哈哈大笑。还有那骑毛驴的花旦，更是打巧，打扮得花枝招展，擦着粉，点着胭脂，满头上戴着首饰，丁零当啷，骑在毛驴上，露出满脸的笑容，身躯还扭来扭去。一会儿，那头驴，抬起了它的后腿，撂起了蹶子来，赶驴的小伙一看，马上扬起了手中的小鞭子，摆出了逼真的架势抽驴，连连抽着驴的屁股，逗着乐子，惹得大家满堂哄笑，笑得上气不接下气。还有打锣的，敲鼓的，吹号子的。

这里还没看完，你瞧，一会又过来了打捞子的，打捞子的人们，个个精神抖擞，头上系着西北人唱民歌时系的白毛巾，系的方式也一样，毛巾两头的边角都是朝前系着，甚是精神，身着紫色衣服。另，还有一群人，每人手中拿一杆一米半多长的竹竿，每根竹竿的两头都串着孔，系着鲜红的丝绸，并还都各挂着一串铜钱，一动就哗哗啦啦作响，打起来更是清脆悦耳，两头的丝绸随着竹竿的摆动，缥缈着，我们家乡的人们俗称这叫打捞子。打捞子的人们各自手持一根竹竿，脚踩着鼓点，踮着脚尖，前后、左右、头上、脚下，直立，变换着敲打着身躯肩膀和四肢，将戴铜钱的竹竿一会儿打在腰上，一会儿打在脚尖上，一会儿又打在

腿上，一会儿又打在胳臂上，当他们将竹竿分别打在左、右肩上时，铜钱们和竹竿们发出的撞击声更加响亮，清脆悦耳，协调一致、节奏明快、美妙怡人，阵容节奏非常整齐有序，演员们个个面带笑容，以节奏的变化，打着这传统的捞子式的舞蹈，觉得他们心情是那样的爽快。我们小孩子们，静静地看着入了神，我觉得自己观看得有些呆了，突然一个花样的动作，大人们来一个鼓掌，我们才醒过神儿来。有时打捞子的人们随着鼓点，节奏加快起来，分别将竹竿旋转着，有时还投向空中，仰脸举手，再接回来，马上身子再来个三百六十度的大旋转，然后踮起脚尖，再将竹竿的一头，打到脚外侧，每打一次，竹竿上挂的铜钱就哐啷着有节奏得响一次，哗啦，哗啦，节奏也显得更加明快，很是美妙。还有时它们将手中的竹竿扽一下，再打在脚后跟上、后背上、肩上、腿上、胳膊上发着不同的声音。有时打捞子的演员们，还双脚尖一弹，跳起来打，花样更迷人，节奏更加明快，总之打着各种各样的花样，协调优美，在以后的日子里，我们孩子们在玩耍时，还时常模仿两下。至今，在我们这一带打捞子的技艺虽已失传，但

传统民俗划旱船等

从香港凤凰台电视节目中曾看到，在我国的长江以南有的地方还流传着，如，重庆的长江岸边的奉节县，还流传着，劳动人民在采摘橙子果实的间歇时间，还欢乐地打起捞子，在画面上看到是那样的亲切，那样的欢快妩媚。他们的精神可嘉，把祖国的古典文化艺术保留到现在，在劳动的间歇间，作为休息调神，还不忘古代的文化艺术，少数民族这种对文化的传承精神，更值得我们江北人民学习，不愧为龙的传人。

接下来，节目表演已接近尾声，我们小朋友们活蹦乱跳的，随着人群行进在文艺节目表演结束的大街上。

总之，元宵节不愧是除夕之后的新年伊始的第一个重大节日，既有传统的民俗文化内涵，又使人们乐趣横生，使人们对新的一年充满希望，扬起斗志，乐趣横生使大人小孩都乐在其中。可这个盛大的节日它的渊源在哪里？当年只知看热闹，不知道为什么要过元宵节？更不知元宵节的来历。

综上所述，元宵节从某些史料上记载，不难看出，起源于汉朝，兴于唐朝传承至今。在精神上，以涤众生之烦恼，祈福新的一年风调雨顺，幸福安康，求个好兆头。随着时间的推移，发展到现在，它的形式越来越丰富，如各种活动，舞龙、秧歌、划旱船、踩高跷、打捞子和竹杠等，还有哪人人动脑地猜谜语。更别说美食了，蒸花糕，做元宵，包水饺等，都是为着共同的目的——欢乐和祈福。

打囤

在过以上三个节的时候，早上起来，一般都是女主人在家里做早饭，男丁早早起来就打囤。用料很简单，就是用灶台做饭，烧柴火烧成的草木灰。每当这天早晨起来，我们孩子一走出屋门，展现在眼前的是院子里的地上，画着一个大圆圈，圆心当中还放着一块砖头或瓦块，砖头或瓦块底下还放着粮食。旁边还时常画着几个小圈。将记忆时，觉得很好玩，不管三七二十一，在这圈周围跳进，跳出，来回蹦着玩。以后，记忆了，懂事了，母亲或由姐姐、哥哥告诉我，这是打的粮食囤，为了祈求老天，给我们带来一个丰收年。

嗷，我知道了，原来二月二打囤是为这个。因父亲常年不在家，每到这几天的头天晚上，一般都是由母亲早早把草木灰准备好，准备第二天让哥哥早起打囤。由于我的好奇心，有时早晨也早早起来，看哥哥打囤。母亲每每都是头一天晚上，从做饭的锅台底下，把做饭用的烧毛柴后形成的灰，用掏粑掏出来，整理好，放在一个器皿里，给哥哥把打囤用的草木灰全准备好了，以备第二天早起打囤用得及时。这年我盼望的正月十五到来，高高兴兴和姐姐早早起来看看哥哥打囤，嗨，没想到，哥哥比我们起得还早。我们一看，哥哥已把准备好的草木灰放在簸箕里，一看我们起来，高兴地说："谁让你们起这么早？别乱动！"说着就弯着腰，一只手拿着簸箕的后沿，使簸箕和地面形成四十五度的夹角，让簸箕嘴触地，然后使草木灰在簸箕细细地往地面流，随着哥哥的走向，将草木灰在地上仔仔细细，慢慢地画成一个大圈。有的圈是圆的，有的是椭圆的，这就是象征性的囤，当时我觉得哥哥像大人一样，其实哥哥才十几岁，就干着大人干的活，我和姐姐好羡慕呀！哥哥画完这圆圈，中心里还分别放上一把麦子呀、玉米呀、谷子呀、高粱呀等五谷杂粮，"囤"的旁边还画上一个梯子。哥哥说："听奶奶说，象征着囤大，好把粮装满仓用。"我和姐姐则潜意识地蹬着那象征性的梯子上下，模仿着将丰收的粮食装满囤，我运粮，姐姐蹬梯往囤里装。哥哥看到我俩模仿得还有点像，笑我俩："你俩去当演员吧，模仿得还是那么回事，也没人教你们。"我俩哈哈，便自猴儿起来，更加变本加厉。说着，哥哥真的抓来两把玉米粒放在囤的圆心处，并找来一块砖，把粮食压上。我暗暗想，这是给粮食盖的盖子吧。有时因为哥哥嫌我们乱跑，碍事，怕耽误他打囤，老让我们到一边去玩，所以我们有时也老老实实地在旁边看着，不多说话，但，这种情况是坚持不一会的，性子是耐不住的。

哥哥每年先是在自家的天井里打完，然后再到自家的场院里

去打。我们跟在后面，看到邻居家我的少爷爷，带领着他的孩子我的两个小叔在自家场院里忙画，也打了大囤，还有的也正在打着，有的小朋友也在跟着看热闹，大家都互相打着招呼。我觉得好玩，也想模仿着打一个，但哥哥不允许，怕我们打乱了。哥哥有时像一位小大人，他觉得这是一件神圣的活，需要认真仔细，也是母亲交给他的任务啊，可有时，囤还没打完，就和我们一起玩起来，从这个打好的囤，跑到那个打好的囤，和邻家的孩子围着囤撵着玩，我长大了时，才意识到，当时的哥哥其实也是一位未成年的孩子，大我和姐姐五六岁至七八岁。孩提的天性还满满的，因他在我家姊妹几个中是老大，所以母亲常常拿他当大孩子看待，带点小技术的活常常让他来干，哥哥也是一个听话的孩子。

当东方亮起来了，旭日渐渐升起时，我们家的囤也就打完了，这时哥哥才和我们同邻居家的孩子们一起踏踏实实地玩起来，大家互相追逐着，从刚打好的这个囤，跨到那个囤，像赛跑一样地追逐着玩，有一次，都玩得正起劲，“哈！你们看，灰喜鹊到咱们打的囤来偷吃粮食啦。”姐姐一惊一乍地正说着，一群麻雀呼啦也飞来了，他们都落在了我家场院新打的囤里，这里看看那里瞧瞧眼睛不拾闲，悄悄走到囤的中央，有的直接落在囤中央，有的落在那个囤中央，有的歪着头，捡着麦粒，有的捡没盖严的小米吃，啄两粒就抬头环视着小眼睛看看，像小精灵。还有的捡着高粱粒，啄啄吃起来，这时弟弟刚起来，从家跑来，步嗒、步嗒，想去撵那小麻雀，可麻雀刚飞起，后边灰喜鹊马上来跺跶两下，吃了几粒玉米粒，也被弟弟赶跑。那边少爷爷看到了，喊我们，不要撵那些鸟，他说："今天那些鸟们也陪着咱们过节来了，咱们也让它们饱餐一顿，把孩子领开不要撵它们。"我们听了少爷爷的话，先把弟弟引开，便又玩起来。我们几个女孩子踢着毽子都玩得满头大汗，这时一轮红日，冉冉从东方升起，我们一眼望去，红晕的日光照射在邻家大娘家湾边，照射在刚融化的水里，红晕的日光照射在水里，水中的日光和刚挂树梢的日光交响缭绕，一对对称的双日，一轮在地平线上，一轮在地平线下，都光芒四射，交相辉映，红红晕晕的，水中的泛着波纹，地上的光芒洒满大地，照进了千家万户，美极了。少爷爷家的我们的小叔一喊："快来看水中阳。"等到母亲喊我们吃饭时，我们才呼呼地跑家去。见着母亲没等她问，我们就急不待地向母亲回报，这个说，碰见邻家大爷带着他的小儿子也打囤了，我家对门大哥哥打的那囤最大，哥哥展开他的双臂向母亲比画着，我则得意地说："前院少爷爷带着我那两个小叔叔也打了好几个囤，小叔还在那直捣乱。"母亲说，小孩子不该胡乱腾，碍手碍脚的。哥哥则说他们在那才有意思呢。"这个活，有小孩子乱腾着热闹，有过节的味。"母亲接着说："说也是，咱家孩子们也跟着玩，跟着乱腾，要不老大一人干这活就觉得无味了，不愿干了。"姐姐插话说："是呀，我们一边玩着，一边打着囤画着圈，圆的、椭圆的，打满各自家的场院，看着一个个囤在场院里。像一张张大

画，又像一朵朵圆的大牡丹花，点缀着还有花心，多好看呀！”我们一家人听后哈哈大笑，母亲说我姐姐像一个小精灵，还挺会想象呢！

每年过了正月十五，过年已接近尾声。我们小孩子还盼着过二月二，据说这天是土地公的生日，可我们小孩子们不是为这，因为这天是要吃料豆的，有的酥香，有的既咸渍，又香酥，还有的既甜又香，孩子们都爱吃的。母亲每年都是前几天就泡上豆子，在泡豆的过程中，有的加盐还放五香粉，有的加糖。泡好后，然后再凉干，最后再放锅里炒。炒时，母亲先把干锅烧热，随后放些干净的沙土炒热，再把泡好的豆子晾好放沙土里，一块慢慢细火炒，这样不容易炒糊，炒出来还又香脆可口。母亲说，老辈子传下来的，这叫二月二炒蝎子爪，据说夏天不会被蝎子蜇着。除此之外，这天还有弄好菜馅，烙面粉盒子吃的习俗，家家门户烙，有的是韭菜馅，有的是菠菜馅，还有的是茴香苗馅等。有时邻里关系好的，还互相赠送，她们互问：“你做的什么馅的？”那个回问：“你做的什么馅的？”如果两家不一样，她们就互相赠送：“你尝尝我做的韭菜鸡蛋的。”那个也拿来自己做的说：“你尝尝俺做的菠菜鸡蛋的，看好吃吧？”邻里之间彰显着一派和睦的气氛。这个说：“你做的好吃。”那个说：“你做的韭菜鸡蛋的也挺好吃。”她们互相品尝着，说笑着，其乐融融。

另外，根据季节，二月二，还有龙抬头的说法，就是说到了万物复苏的时候了，大人孩子都在这天理发，男的叫剃头，女的叫剪发，反正都把头发修理一遍，使人感到轻松精爽，确实也不错。

记得我在上小学一年级下学期的时候，还出了一个小插曲。二月二这天，父亲给我理了一个男孩的发式，我下午上学校后，书包放在课桌上，就跑到院子里玩。刚跑到院子里，一位我同班的男同学特调皮，正在院子里和同学们玩，一眼看见我，就指着我让同学们看，还笑话我说:“你们看她，理了一个男生的头发，假小子。”听了后，我也不示弱，并说:“我愿意，你管不着。你再说我给你告老师去！”他说:“你敢！你要是不去告，就是家北河（我村后的马颊河）里那个戴红帽的！”更激起了我的火，那我只好去告老师了。于是，我就一手拽着他的棉袄袖子说:“走！告老师去，谁要不去，就是小王八！”同学们都看着我俩，大的同学还拉着仗。我不由分说地拽着他，就去告老师，他说:“去就去！”

就这样，我俩一气跑到了老师办公室，后边同学们还围着。老师一看，说围着的同学:“你们来干吗？去！”说着把围着的同学都撵跑了。老师又说我俩:“站好了，为什么来告老师？并用手指着我，你先说。”于是我先向老师诉说了前后过程。老师又指着他说:“你说，为什么？”他指着我说:“她说我如果不来告老师，就是家北河里那个戴红帽儿的。”我反驳说:“这是你说的。”老师一听，是鸡毛蒜皮的小事，便笑着说:“还戴黄帽哩！以后不要嘴贱、惹事，笑话同学，人家又没碍着你。”老师一边

重复着他说的话，回头又说我:“这点小事也来告状？他说你理成了男生的头发样，说就说呗，反正也掉不两块肉，你不理他，他就没辙了。以后要学得有涵养些，知道吗？”我点着头，心里也服着老师说得理，随着老师又问:“你们说老师说的对不对？”我们都说:“对。”老师又说:“以后不要这样了，听到了吗？”我们说:“听到了。”“以后都要做好学生。听话，去吧。”老师是有理的扁担三，没理的三扁担，各自都评判了一下。走出老师的办公室后，那同学给我说:“是我不对。”其实，我也觉得自己不应该逮住理不让人。

最可笑的是，我放学回家后，缠着父亲把我的头发给接上，哥哥、姐姐都笑我，他们说:“头发是接不上的。”母亲说:“头发是自己长得，不是接的，到了龙抬头的时候了，很快就长长了，过几天就好。”听母亲用话话哄，这才罢休。很快，头发的事就放在了脑后，我也没跑出儿童的天性啊。

其实，出了正月，过了二月二这个节，开始了龙抬头，学生开始了新的学业，工作人员开始了新的工作目标。商人操办着旧业，思索着新的经商思路，农民家家户户开始春播，到处一片生机勃勃，真正新的一年才开始。

总之，年复一年，每过一个年，这个年给青少年带来快乐，给成年人带来劳累和欢乐，给老年人带来喜悦，为什么？成年以后我才体味到。青少年一味地玩、吃，单纯，只看热闹。青年人有活力，还参与到热闹中，很少干家务活，所以盼着过年。成年人年前的准备工作，年后的社会活动，实在太劳累，但累并快乐着，因为他们身上还有活力，看着自己的孩子一天天长大，活泼可爱，生活有长势，又开始播种着新的希望，所以就像央视主持人白岩松说的一样“痛并快乐着”。老年人，则感到自己暮年已垂，充满了对生活的留恋，看到子孙绕膝，一天天长大，从子孙的成长中看到了新的希望，感到高兴。在《说文解字》中称“年”谷熟也。但我觉得这个年，对大多数人来说，是快乐的，他是对过去春夏秋冬一个轮回生活的总结、洗尘，是向天、地和祖先的回报，是对春夏秋冬，新的轮回的祈福，是天、地、人间和睦共享劳动成果的节日，共谋新一轮回的创新和发展，由此我认为“年”是一宏大壮美的目标。他鼓励人们以崭新的面貌轻装上阵，编织更加和谐美好幸福的生活。

年，就是这个年，他的含量太丰富了，给我童年带来无尽的快乐和享受，他丰富了我无尽的记忆，就是那些民俗的文化内涵给了我以后生活的力，使我脑海储存着丰富的美好记忆。妹妹那“你吃老鼠吗？”稚嫩问声，时常回响在我的脑海中。